Que no Show de sua vida nunca falte:

____

Saúde, Sorte e Sucesso!

Com carinho do seu amigo de fé,
— O Motivador do Brasil —

Clóvis Monteiro

Hora do Show!

Clóvis Monteiro

Hora do Show!

O poder da comunicação positiva no dia a dia.
Estratégias, ideias e dicas para tornar sua vida um Show.
A magia do fascinante mundo das comunicações.
Histórias de motivação, bom humor, imaginação e sucesso.

1ª edição

Editora Ideia Jurídica

HORA DO SHOW!

Editor:	*Cláudio Luiz Brandão José*
Organizadora	*Carmem Lucia Augustini Ramires Monteiro*
Capa e diagramação:	*Rogério Mota*
Revisão:	*Elisa Sankuevitz, Marília Pinto Oliveira,Helo Castro*
1ª edição	*2014*
Impresso no Brasil	*Printed in Brazil*

Editora Ideia Jurídica Ltda.
editorial@editoraeij.com.br
Tel. (21) 3437-3400 / 3437-4400

DADOS INTERNACIONAIS PARA CATALOGAÇÃO NA PUBLICAÇÃO (CIP)

C775h

Monteiro, Clóvis
Hora do show! / Clóvis Monteiro / Clóvis Monteiro. - Rio de Janeiro : Ideia Jurídica, 2014.

327 p. ; 23 cm.

Inclui bibliografia.
ISBN 978-85-87873-44-6

1. Sucesso - Miscelânea. 2. Motivação (Psicologia) - Miscelânea. I. Título.

CDD- 152.4

JOSÉ CARLOS DOS SANTOS MACEDO – BIBLIOTECÁRIO CRB7 N.3575

Ofereço este livro às pessoas mais importantes e inspiradoras de minha vida:

Minha mãe Eunice Ramires Monteiro, meu pai Bruno Monteiro (*in memorium*) meus irmãos José Pedro, Elias, Eluza e Ada.

Agradeço à minha mulher Carmen Augustini Monteiro, minha filha Mariana Magalhães Monteiro, meus filhos Bruno e Lucas Monteiro.

O "show" de minha vida não seria completo sem a confiança, o carinho, a força, a proteção e a energia que vem de minha família.

Sumário

Apresentação

A ideia de publicar o livro *Hora do Show* foi para contar a história pessoal e profissional do comunicador Clóvis Monteiro e seu sucesso como Palestrante e apresentador de Rádio e TV, servindo como "pano de fundo" de muitas outras histórias de motivação, superação e persistência.

Partindo da tese de que a vida de todas as pessoas pode render um livro ou um filme, este livro depois do sucesso das duas primeiras edições, nesta terceira tiragem está atualizado com novos textos, novos personagens, novas fotos e a mesma força nos exemplos e o mesmo poder que as atitudes positivas podem impactar em nossas vidas.

"Hora do Show" é aquele momento da escolha, da decisão, do "vamos ver"!

Todos nós tivemos, temos ou teremos a nossa "Hora do Show".

E que nesta hora não nos falte: fé, coragem e entusiasmo.

E que possamos ter sempre: saúde, sorte e sucesso!

O Editor.

Hora do Show!
- O Livro do Clóvis Monteiro

A ideia deste livro é conduzir o leitor numa viagem, tendo como cenário um programa de rádio popular onde drama e comédia se misturam com a mesma naturalidade em que a vida contrapõe alegrias e tristezas, fracassos e vitórias, lágrimas e sorrisos! Bastidores do mundo artístico e histórias imprevisíveis como a própria natureza humana, fazem das páginas desta publicação uma coleção de episódios que mostram como funciona o dia a dia no Rádio e TV. Personagens ricos em vivências, personalidades em depoimentos motivadores e situações que sempre mostram uma lição de vida. Clóvis Monteiro é comunicador, publicitário e palestrante e neste livro através da palavra de familiares, amigos, colegas e profissionais de sucesso da comunicação se mostra como fio condutor de uma história que pode ser de qualquer pessoa que busque seus sonhos percorrendo caminhos de fé, coragem e entusiasmo. Você vai encontrar dicas para se comunicar positivamente no dia a dia, para melhorar seus relacionamentos em família, em sociedade e na vida profissional e técnicas para seu desenvolvimento pessoal. *Hora do Show!* é um livro leve, sem pretensão de ensinar ou formar opinião e sim de emitir impressões a respeito do fascinante mundo da comunicação. A partir da vivência de mais de 35 anos em Rádio e TV, Clóvis Monteiro que promove a "Comunicação Positiva" nos seus shows e palestras motivacionais, propõe um debate sobre um mundo melhor a partir de pessoas melhores! Acreditando que "Ser bom faz bem", o Comunicador convida você a desfrutar dos textos cheios de verdade, emoção, bom humor e da filosofia vitoriosa que encanta e conquista as pessoas.

– "Gentileza gera gentileza"

Usando de simpatia, educação e cortesia podemos gerar um clima de boa vontade e cooperação, fazendo da vida não uma guerra, mas uma deliciosa aventura de amizade, tolerância e amor. Então, vamos lá: desarme seu espírito, solte a imaginação e viaje pelas próximas páginas com a certeza de que todos podemos fazer de nossa vida uma linda história onde a qualquer momento, você percebe que é "Hora do Show!"

Hora do Show!
- O livro do Clóvis Monteiro

⇒ Histórias que aconteceram nos programas apresentados e produzidos pelo comunicador Clóvis Monteiro: "Rio por Inteiro" na Rede Record, "Alô, Clóvis Monteiro" na Band TV, "Tele Show" na CNT, Rádio Globo (RJ), Rádio Tropical FM, FM 105 e "Show do Clóvis Monteiro" na Rádio Tupi do Rio de Janeiro (FM 96,5 - AM 1280 - Internet: tupi.fm facebook.com - Super Rádio Tupi).

⇒ Textos das Palestras de Motivação do comunicador Clóvis Monteiro.

⇒ Dicas e técnicas para o desenvolvimento pessoal.

⇒ Textos de orientação profissional e mercado de trabalho na Comunicação Social.

⇒ Depoimentos de comunicadores, personalidades públicas, familiares e colegas de trabalho.

⇒ Histórias positivas.

⇒ Mensagens de fé, coragem e entusiasmo.

⇒ Vida, carreira, experiências e sucesso de profissionais da comunicação.

⇒ Pesquisa: Origem, trajetória e carreira de grandes comunicadores da história - (Professor Izaias L. do Nascimento - Instituto Mais Memória - www.maismemoria.netlblog.maismemoria.net).

⇒ Crônicas sobre os bastidores da mídia.

⇒ Ensaios e críticas sobre jornalismo.

⇒ Segredos, verdades e mentiras da comunicação eletrônica.

⇒ Ficção, fantasia, fatos e fotos.

A comunicação é o caminho mais curto para alcançar o coração das pessoas.

O segredo do sucesso familiar, profissional e social é saber conviver, compartilhar e se relacionar bem.

E para isso é preciso se comunicar positivamente!

Existem profissionais que aprenderam a salvar vidas, mas por falta de comunicação, deixam morrer amizades.

Existem técnicos capazes de extrair petróleo das profundezas do mar, mas por falta de comunicação, não conseguem extrair um sorriso de uma criança.

Existem cientistas que possibilitam atravessar o espaço e chegar a outro planeta, mas por falta de comunicação não alcançam o coração da pessoa ao seu lado!

1

Hora do Show!

A expressão é muito usada em Hollywood na indústria de cinema mais poderosa do mundo, para definir aquele momento em que a ação tem de acontecer. Depois das palavras, do planejamento, depois de pesar os prós e contras, o momento de tomar uma atitude, após a teoria a hora da prática, depois da corrida, o momento do salto... ***showtime!***

A hora do show é a hora da verdade, a hora "h", o "agora ou nunca". Para todos este momento mágico acaba chegando mais cedo ou mais tarde, mas o ideal não é ser surpreendido por ele. Escolher a "hora do show" pode ser um privilégio e não um episódio de pressão e *stress*. A maioria das pessoas é empurrada para o momento de decisão. Mas não precisa ser assim.

Existe uma frase famosa que diz mais ou menos o seguinte:

"Você não pode mudar o início da história de sua vida, mas pode fazer um novo final a qualquer momento."

Walt Disney, o gênio que criou centenas de personagens, adaptou outros tantos e encantou o mundo com histórias de fantasias que inspiraram inúmeras gerações, disse que o fascinante na vida era a possibilidade de, a qualquer momento, poder mudar tudo na busca da realização de um sonho!

Hora do show é o momento da atitude! Não quer dizer que isso deva ser feito de qualquer jeito, de repente, sem consequências. Para ter mais chances de alcançar o objetivo é preciso planejar. Sonhar é preciso, mas planejar é necessário. Tudo que existe no mundo foi idealizado por alguém. Foi antes de mais nada um sonho, uma ideia, um lampejo, uma inspiração. Mas sem planejamento, trabalho, foco, dedicação, perseverança, coragem e principalmente entusiasmo o sonho não teria se transformado em realidade.

Uma boa ideia pode ser concretizada com sucesso se, além da inspiração, a disposição de trabalhar, planejar e realizar na prática andarem juntas. A hora do show é o momento que você define como – a hora é agora!

Uma famosa canção diz em um trecho: – "Quem sabe faz a hora, não espera acontecer." É exatamente isso! Faça acontecer. Escolha você o momento de partir para a ação. Quem está correndo é que deve decidir a hora de saltar. Não espere ser empurrado, não protele o instante mágico do "pulo" para a realização do seu sonho!

Usando uma imagem para ficar bem claro: A ideia e a inspiração são a motivação para sua corrida em busca do seu sonho. O planejamento, o preparo, a pesquisa, são os paraquedas e a "hora do show" é o pulo, o salto para a concretização do projeto! Os grandes vencedores na história da humanidade escolheram o momento, fizeram acontecer, decidiram a "hora do show"!

A "hora do show" e o botão do *start*, é o "pontapé" inicial, é o tiro para cima na largada da corrida. A "hora do show" é o instante mágico em que você decide fazer sua história, assumir os riscos, usar o livre arbítrio. É aquela hora em que você olha para o mundo, levanta o braço e diz com confiança:

– Deixa comigo!

Quando o vendedor acorda, salta da cama, toma seu banho, coloca o melhor terno, pega sua pasta e sai pra rua confiante que aquele vai ser um grande dia de muitas vendas... Esta é a sua "hora do show"!

Quando Michael Jordan recebia a bola no meio da quadra e partia em direção a cesta... esta era sua "hora do show"!

Quando Ayrton Senna, levando seu carro "no braço" entrava na grande reta e percebia que podia chegar na frente... essa era sua "hora do show"!

Quando o cirurgião da Organização Não governamental Médicos sem Fronteiras, troca suas férias pelo trabalho humanitário num país da África para operar crianças vítimas de atrocidades das guerras... essa é a sua "hora do show".

Quando Leonel Messi dispara do meio de campo em direção ao gol, driblando em espaços milimétricos seus adversários... essa é a sua "hora do show"!

Quando o empresário percebe uma grande oportunidade que pode gerar muitos empregos, onde pode investir com boas possibilidades seu capital produtivo e consolidar sua posição no mercado e parte para a ação... essa é a sua "hora do show!

Quando a dona de casa desperta com a certeza de que a família precisa dela na organização da casa, na administração do dia a dia (crianças na escola, compras e refeições, manutenção da ordem doméstica) e parte para mais um dia da rotina sagrada, estafante, inadiável porém gratificante por que faz com amor... essa é a sua "hora do show"!

Quando o trabalhador parte para pegar seu ônibus antes do raiar do dia ou o trem, já lotado nas primeiras horas da manhã com a disposição de quem vai buscar o pão de cada dia para colocar na mesa de sua família... essa é a sua... "hora do show!"

2

Os 10 Mandamentos para um Atendimento Excelente

Nas palestras motivacionais, percebo que quando o assunto é venda, seja de serviço ou produtos, geralmente o que mais precisa de aperfeiçoamento é a comunicação com o cliente. Ou na ânsia de vender se promete muito ou para fechar um negócio e atingir metas se fala qualquer coisa.

Então nunca é demais lembrar que, assim como dor de barriga não dá só uma vez, você vai precisar vender de novo para o mesmo cliente! Para fidelizar tem que conquistar o respeito e a credibilidade de quem passa a ser seu cliente.

A seguir 10 mandamentos para um excelente atendimento:

1. Só prometa o que puder cumprir e cumpra o que prometer.
2. Fale a verdade em qualquer circunstância.
3. Respeite e cumpra prazos e horários.
4. Seja ágil. Faça seu cliente ganhar tempo com você.
5. Ouça com sentimento de escutar.
6. Fale olhando nos olhos do cliente.
7. Tenha calma e paciência. A ansiedade é a maior inimiga do bom atendimento.
8. Dê retorno das solicitações. Informe e acompanhe os pedidos dos clientes.

9. Cuidado com a arrogância. Tenha um sentimento de servir.
10. Sorria!

Todas estas dicas servem também para os relacionamentos sociais e familiares. Não esqueça, dar atenção e respeitar as pessoas é a melhor receita para encantar e conquistar.

E tudo, tudo passa pela capacidade da gente se relacionar positivamente com todas as pessoas.

(Palestras motivacionais com Comunicador Clóvis Monteiro:
www.showdoclovismonteiro.com)

Palestra motivacional de Clóvis Monteiro para federação Unimed (Convenção Estadual).

3

A Cor do Mundo

Um idoso estava sentado num banco da praça de sua cidade, quando um motorista parou e perguntou:

— *Bom dia! O senhor mora nesta cidade?*

O idoso respondeu:

— *Moro há muitos anos.*

E o motorista disse:

— *Estou de mudança e gostaria de saber como é o povo desta cidade. Como o senhor vive aqui há tanto tempo, deve conhecer todos, muito bem.*

E o idoso, falou:

— *Conheço. Mas, por favor me conte como era a cidade de onde o senhor veio.*

E o motorista respondeu:

— *As pessoas de onde vim, eram maravilhosas! Gente boa, amiga, fiz muitos amigos lá. Só saí mesmo, por causa do meu trabalho.*

E o idoso, sabiamente concluiu:

— *Pois, bem, meu amigo, esta cidade é exatamente igual à de onde você veio. Você vai gostar daqui.*

O homem agradeceu e entrou feliz na cidade.

Alguns minutos depois, outro homem se aproximou do idoso e perguntou:

— *Estou vindo morar aqui. O que me diz desta cidade?*

E o idoso perguntou:

— *E como é a cidade de onde o senhor veio?*

O forasteiro respondeu:

— *Ah, é horrível! Gente orgulhosa, cheia de preconceitos, arrogante! Não fiz um único amigo naquele lugar horroroso!*

O idoso, sabiamente, concluiu:

— *Sinto muito, amigo, pois aqui nesta cidade você encontrará o mesmo ambiente.*

Lição de Vida:

O mundo tem a cor que damos a ele.

Se somos agressivos ou pessimistas, assim será o mundo e só acharemos problemas e conflitos.

Mas se somos do bem, só encontraremos coisas positivas.

Vamos colorir o mundo com as cores do bem, de tudo o que é bom, e positivo!!!

4

A Mulher e o Gênio

Havia uma mulher que vivia reclamando de tudo, pois não se conformava com sua deficiência física.

Um dia, ela encontrou uma lâmpada mágica, onde vivia um gênio, que apareceu na frente dela lhe a oportunidade de fazer quatro pedidos.

A mulher, nem pensou e foi logo fazendo o primeiro pedido:

— *Eu queria ter a casa mais bonita do que a chata da dona Maria, aquela fofoqueira...*

E o gênio atendeu.

Depois, a mulher fez o segundo pedido:

— *Eu queria ter um carro muito mais bonito, mais possante e mais moderno do que o canalha do seu Zé.*

E o gênio atendeu.

Rapidamente ela fez o terceiro pedido:

— *Eu queria ter mais joias do que a ridícula da dona Joana, aquela miserável!*

O gênio também atendeu, e apareceram as joias.

Finalmente, chegou o momento da mulher fazer o quarto e último pedido. E ela pediu:

— *Agora, gênio, eu quero que você suma com tudo aquilo que me trás sofrimentos e aflições.*

E o gênio atendeu ao quarto pedido da mulher: sumiu com a língua dela.

Lição de Vida:

Muitas vezes, nós somos culpados pelas nossas angústias.

Podemos melhorar a nossa vida, mas precisamos mudar o que está errado dentro de nós.

Profissionais do Show do Clóvis Monteiro na Rádio Tupi do RJ.

5

Um Exemplo de Luta

Um menino negro do sul dos Estados Unidos passou o natal muito triste. Seu sonho era ganhar uma bicicleta como a que seus amigos ganharam. Mas os pais dele não tinham dinheiro para comprar o presente tão sonhado. Apenas explicaram a ele o motivo: falta de dinheiro.

O menino, então, decidiu que no próximo ano ele iria comprar a sua bicicleta. Mas para isso precisava trabalhar, e foi o que fez. Arranjou um emprego temporário como carregador de caixas numa mercearia e trabalhou duro. Finalmente conseguiu atingir seu objetivo, naquele momento, o mais importante de sua vida: juntar setenta dólares, que para a época era uma fortuna, e comprar a tão sonhada bicicleta da melhor marca e nas cores preta e vermelha.

Ele se sentiu o menino mais feliz do mundo.

Mas a felicidade durou até o dia em que ele e um amigo foram comer pipoca e sorvete de graça no centro da sua cidade. Quando foi pegar sua bicicleta, a grande surpresa: um ladrão a roubou. O menino chorou desesperado.

Ele foi na delegacia para dar queixa e um policial chamado Joe Martin o atendeu. Furioso e chorando muito, ele exigiu que fossem ajudá-lo a procurar sua bicicleta por todos os lados até acharem. E disse que, se isso acontecesse, daria uma surra em quem a roubou.

Ao ver a raiva do menino, o policial, que promovia lutas de box, perguntou:

– E por acaso você sabe lutar para bater na pessoa que roubou sua bicicleta?

O menino furioso respondeu:

– Não! Não sei!

O policial, então, resolveu tentar ajudar o menino, mas de uma outra maneira. E propôs:

– Então, o que acha de primeiro aprender a lutar, e aprender começando a praticar esporte?

O menino aceitou logo a sugestão, e o policial o encaminhou para treinar boxe.

Tempos depois, ele se tornou lutador amador, e aos 18 anos de idade, em 1960, obteve seus primeiros grandes triunfos. Lutando na categoria dos meio pesados, ganhou sucessivamente a medalha de ouro no campeonato da Amateur Athletic Union, no Luvas de Ouro e nos Jogos Olímpicos de Roma, consagrando-se no boxe amador e voltando para seu país com todas as glórias.

Logo depois das Olimpíadas, passou para o boxe profissional e, após várias vitórias na categoria dos pesos pesados, chegou à condição de desafiar o temido campeão mundial pelo WBC. Numa das maiores lutas de todos os tempos, ele nocauteou o campeão no sétimo round. E tornou-se campeão mundial dos pesos pesados, chegando ao topo de sua carreira. Foi ainda campeão mundial por mais duas vezes.

A cada luta, ele dizia antes, em que round os seus adversários iriam ser nocauteados e os fazia beijar a lona exatamente nos assaltos que havia predito, e por isso acabou sendo acusado de fazer parte da máfia do boxe. Essa acusação rendeu a ele uma intimação, pois o tribunal queria a explicação: Como sabia, com tanta certeza, em que assalto seu oponente cairia?

Ele, com simplicidade mas com extrema convicção, disse:

— O que vou falar já disse em várias entrevistas. A diferença entre eu e os meus adversários é simples: eu sei que posso vencê-los e os venço. É esta certeza da vitória que me inspira a cada luta. Quando subo no ringue, entro lá somente com duas alternativas: a primeira é vencer a luta e a segunda é derrotar meu adversário. Eu sempre me preparo para dar o melhor de mim".

E disse mais:

— É importante também que os senhores saibam que quando começo a lutar, tudo é normal, mas eu sei que num certo momento da luta acontece uma transformação. É o que acontece lá dentro no ringue. Eu me lembro daquele dia, em outubro de 1954, que na saída do Auditório Columbia, fui pegar a minha bicicleta e um ladrão a havia roubado. Nesse momento eu já estou muito disposto a derrotar o meu adversário e vou derrotá-lo, porque quando olho para ele, vejo nele o sujeito que roubou minha bicicleta! Assim, escolho em que round vou acabar com ele e parto firme para derrubá-lo. É isso que me conduz a essas significantes vitórias.

O menino desta história era Cassius Marcelus Clay, que se converteu ao islamismo e adotou o nome Muhammad Ali. Ele é hoje um dos mais queridos e homenageados desportistas, tanto por seus feitos como boxeador, como por suas campanhas em favor dos direitos humanos e civis. Muhammad Ali foi indicado ao prêmio Nobel da Paz de 2007.

Lição de Vida:

Esta emocionante história nos traz muitas lições.

A principal delas, é acreditar que podemos alcançar os nossos objetivos.

6

A História da Cinderela Brasileira (De Filha de Empregada Doméstica à Super Empresária)

Na década de 1970, Heloísa Assis, a Zica não estava satisfeita com seus cabelos. Negra linda, não queria alisar os cabelos. Por não encontrar um produto no mercado que "domasse" os seus cachos,morando com a mãe que era empregada doméstica resolveu fazer um curso de cabeleireira e foi misturando produtos até chegar à famosa fórmula do Super-Relaxante, abrindo espaço para um nicho de mercado não muito no início da década de 90.

Quem hoje vê seu sucesso como empresária à frente da marca Beleza Natural com mais de 1.500 funcionários, dos quais mais de mil são mulheres, não sabe que foram mais de dez anos pesquisando uma fórmula para relaxar os cabelos.

O Beleza Natural nasceu do empreendedorismo de seus quatro sócios, entre eles Heloísa Assis, a Zica. RogérioAssis e Leila Velez, ex-funcionários do McDonald`s trouxeram um processo inovador para a realização dos serviços, semelhante a uma linha de montagem, além da preocupação com atendimento encantador e rígidos padrões de qualidade. O primeiro salão foi aberto em 1993 no bairro da Muda (Grande Tijuca).

O sucesso foi enorme. Não demorou muito para as filas começarem a se formar e a equipe trabalhar até de madrugada para tentar atender toda a demanda. A expansão foi inevitável.

Hoje com salões espalhados por várias cidades brasileiras, Zica continua com sua simplicidade encantadora e feliz como a gata borralheira que virou Cinderela!

7

Fazer por Merecer

Álvaro trabalhava numa grande empresa. Era um empregado sério, dedicado, cumpridor de suas obrigações, e por isso mesmo, já com vinte anos de casa. Um dia, ele foi reclamar com o patrão:

— *Tenho trabalhado durante estes vinte anos em sua empresa, com toda a dedicação, e agora me sinto um tanto injustiçado. O Juca, que está com a gente somente há três anos, já está ganhando mais do que eu.*

O patrão fingiu nada ouvir e cumprimentou Álvaro:

— *Foi bom você vir aqui. Estou com um problema e acho que você poderá resolvê-lo. Quero oferecer ao nosso pessoal uma sobremesa após o almoço de hoje. Aqui na esquina tem uma barraca de frutas. Por favor, vá até lá e verifique se eles têm abacaxi. Sem entender nada, Álvaro saiu da sala e foi cumprir a ordem do patrão. Em cinco minutos estava de volta.*

O patrão então perguntou:

— *Como é? Conseguiu a informação que pedi?*

Álvaro prontamente respondeu:

— *Verifiquei, como o senhor mandou, e eles têm os abacaxis.*

O patrão continuou:

— *E quanto custam os abacaxis?*

Álvaro, meio sem jeito, disse:

— *Ah, isso eu não perguntei não.*

O patrão fez outra pergunta:

— *Eles têm outra fruta que possa substituir o abacaxi?*

Álvaro, já nervoso e sem graça respondeu:

— *Também não sei, não.*

O patrão, sabendo onde queria chegar falou:

— *Muito bem, Álvaro. Sente-se e me aguarde um pouco.*

O patrão pegou o telefone e mandou chamar o Juca. Quando Juca entrou na sala, o patrão foi logo dizendo:

— *Juca, quero oferecer ao nosso pessoal uma sobremesa após o almoço de hoje. Aqui na esquina tem uma barraca de frutas. Vá até lá e verifique se eles têm abacaxi.*

Em oito minutos, Juca estava de volta. O patrão perguntou:

— *E então, Juca? Conseguiu a informação que pedi?*

Juca, rapidamente respondeu:

— *Eles têm abacaxi, sim, e inclusive em quantidade suficiente para todo o pessoal e, se o senhor quiser, eles tem laranja e banana também.*

O patrão perguntou novamente:

— *E qual é o preço?*

Juca, com a resposta pronta disse:

— *Bom, o abacaxi é vendido a um real e cinquenta centavos a unidade; a dúzia da banana custa dois reais e um saco de laranjas está custando cinco reais. Como eu disse que a quantidade que queríamos era grande, eles me ofereceram um desconto de quinze por cento. Deixei reservado o abacaxi. Caso o senhor resolva, eu confirmo.*

Depois de agradecer ao Juca pelas informações, o patrão o dispensou e virou-se para Álvaro, na cadeira ao lado dizendo:

— *Você falou alguma coisa quando entrou na minha sala hoje. O que era mesmo, Álvaro?*

Álvaro, envergonhado e já saindo da sala, respondeu:

— *Nada... nada sério, não, patrão...*

Lição de Vida:

É preciso fazer, por merecer, para vencer!!!

8

Gestos que Salvam Vidas

Estava chovendo fino, quando um carro, já velho, parou no acostamento. O motorista, um jovem, saltou do veículo, levantou o capô e começou a mexer em tudo o que viu. Um fazendeiro, de onde estava, pensou: *"Coitado. Pelo jeito, esse rapaz não entende de mecânica"*. O fazendeiro decidiu, então, colocar sua capa de chuva e ir até a estrada. O jovem estava muito nervoso, mexia no carro, voltava, tentava dar a partida, passava as mãos pelos cabelos, nervoso, mas nada adiantava.

Ao se aproximar, o fazendeiro perguntou:

– Quer ajuda?

O rapaz, desolado, parecendo prestes a chorar, apenas balançou a cabeça confirmando.

O fazendeiro, deu uma boa olhada no carro e disse:

– É a bobina.

Então, o fazendeiro combinou de rebocar o carro e ir comprar a peça na cidade. Pegou seu cavalo, rebocou o carro até o celeiro, e com seu próprio carro, foi à cidade comprar uma bobina nova. O fazendeiro estranhou quando o jovem não quis entrar com ele, e deu dinheiro necessário dizendo ter vergonha de entrar, por estar molhado.

O carro foi consertado, mas já era noite. A esposa do fazendeiro, então, convidou o jovem para jantar. Não era costume naquela região convidar estranhos para entrar nas casas, mas como o rapaz parecia angustiado, o fazendeiro e sua esposa insistiram. Ele comeu muito pouco. E continuava preocupado, ansioso. Voltou a chover, e desta vez, muito forte. O casal acabou preparando o quarto de hóspedes e pediu ao jovem que só fosse no dia seguinte, já que poderia ser perigoso viajar à noite e com as pistas molhadas. Ele aceitou. De manhã, suas roupas estavam secas e passadas. Mas o jovem parecia estar menos preocupado. Desta vez se alimentou bem e depois, foi embora. O fazendeiro e a esposa ficaram olhando o jovem indo embora.

Mas quando pegou a estrada, aconteceu uma coisa estranha: ele tomou a direção contrária da que seguia quando seu carro enguiçou. O rapaz voltou para a capital.

Porém, o fazendeiro e a esposa, acharam que o jovem havia se confundido. Passaram-se alguns anos...

O fazendeiro recebeu uma carta. Abriu e começou a ler: "Caros senhor, *não imagino que se lembre do jovem a quem ajudou, anos atrás, quando o carro dele quebrou. Imagine que, naquela noite, eu estava fugindo. Eu tinha no carro uma grande soma de dinheiro que havia roubado do meu patrão. Eu sabia que tinha cometido um erro terrível, esquecendo os bons ensinamentos de meus pais. Mas o senhor e sua esposa foram muito bons para mim. Naquela noite, em sua casa, comecei a ver como estava errado e antes de amanhecer, tomei uma decisão. No dia seguinte, voltei ao meu emprego e confessei o que tinha feito. Devolvi todo o dinheiro ao meu patrão e implorei seu perdão. Ele podia ter me mandado para a prisão. Mas, por ser um homem bom, me devolveu o emprego. Nunca mais me desviei do meu caminho. Hoje estou casado, tenho uma família maravilhosa. Trabalhei bastante. Não sou rico, mas estou numa boa situação. Poderia recompensar bem o senhor pelo que fez por mim naquela noite. Mas não acredito que o senhor queira isso. Então, resolvi criar um fundo para ajudar outras pessoas que cometeram o mesmo erro que eu. Desta forma, acredito poder pagar pelo meu erro. Que Deus abençoe o senhor, e a sua bondosa esposa, que me ajudaram mais do que imaginaram".*

Lição de Vida:

A solidariedade sempre vai salvar vidas. Mesmo através de pequenos gestos como este da história!!!

9

O Gigante da Comédia

Facilidade para imitação, senso de humor irrefreável, texto criativo. Mas o que chama atenção mesmo no Miguel Marques é sua capacidade de trabalhar na busca de seus sonhos!

Quando diz que já trabalhou até como garçom se orgulha por ter praticado uma profissão importante e pouco reconhecida, na caminhada para seu objetivo – ser um artista de sucesso no humor e na comédia!

No Show do Clóvis Monteiro, Miguel Marques diariamente destaca uma frase do imaginário popular encarnando o personagem "Mulambo,o Poeta das Ruas", tipo:

– "Se casamento fosse bom, não precisava de testemunha"

– "Se você não sabe a diferença da caneta e do bum bum...cuidado quando te pedirem uma caneta!!!"

– Se cunhado fosse legal... não começaria com essas duas letras!"

Miguel Marques também imita o Animador Sílvio Santos no quadro:

"Pegadinha do Sílvio", onde diariamente desafia os ouvintes com charadinhas tipo:

– "Como se coloca cinco elefantes num fusca?"

(Resposta – Dois na frente e três atrás.)

– "A diferença da bicicleta e da privada?"

(Resposta – Na bicicleta você senta pra correr. Na privada você corre pra sentar.)

Mas na criação do personagem Nem Lamatraca (uma sátira do ator Ney Latorraca) a ideia foi usar a voz e trejeitos do ator e emprestar uma característica que fosse o contraponto do clima do programa que se dedica a motivar as pessoas com mensagens positivas e lições de vida.

O personagem Nem Lamatraca pra começar é mal humorado, estressado e odeia pobre! Se diz conhecedor do famosos e admirador do ricos.

Resultado: Nem Lamatraca é um sucesso no rádio e nos palcos, onde Miguel Marques se apresenta com seus shows.

No começo, participando timidamente dos shows de outros comediantes, produzindo stand ups de humoristas já conhecidos. Depois quando começou a produzir e dividir o palco com o personagem do consagrado Maurício Manfrini (Paulinho Gogó da Praça é Nossa -SBT e da Patrulha da Cidade da Rádio Tupi) começou a construir sua carreira.

Com sua contratação para a Tupi para o programa Companhia do Riso de Luizinho Campos, Show do Clóvis Monteiro e Patrulha da Cidade Miguel Marques ganhou seu espaço, o respeito dos colegas e seu lugar ao sol no mundo do humor... e olha que sua sombra é enorme, por que se trata de um "gigante da comédia"!!!!

Miguel Marques como personagem Nem Lamatraca no palco com Clóvis Monteiro.

10

Gustavo Kurten, um Campeão Dentro e Fora das Quadras

Gustavo Kuerten, o nosso querido "Guga", nasceu no dia 10 de setembro de 1976, em Florianópolis, e aos seis anos de idade começou a dar as suas primeiras raquetadas.

Naquela época, o tênis era apenas mais um esporte na vida do pequeno Guga. Ele passou a levar o tênis mais a sério quando tinha 13 anos. Começou, então, a treinar com o gaúcho Larri Passos, que convenceu Guga e sua família que ele tinha talento suficiente para se profissionalizar.

Na categoria juvenil, Guga chegou a ser o terceiro melhor jogador do mundo, em simples e segundo em duplas. Foi campeão da Sunshine Cup, a Copa Davis junior, campeão de duplas de Roland Garros e finalista do Orange Bowl, o maior torneio juvenil do mundo, em simples e duplas.

O seu primeiro ano de profissionalismo foi em 1995.

No ano seguinte, já ganhava o seu primeiro título de torneios challengers, em Campinas, e em 1997, depois de ser campeão do torneio challenger de Curitiba, Guga derrotou o espanhol Sergi Bruguera, por 3 a 0 e abocanhou o troféu de Roland Garros, na França. Desde então, a vida do tenista Gustavo Kuerten mudou. Da noite para o dia, ele passou a ser requisitado por fãs no mundo inteiro e ser alvo da imprensa. Guga tornou-se o primeiro tenista do Brasil a alcançar uma posição entre os dez melhores jogadores do mundo: a oitava.

Mas a fama e o assédio dos fãs não o transformaram. Pelo contrário, só o estimularam a tornar-se uma pessoa ainda mais humana e empenhada em ajudar as causas sociais. Desde o início da sua carreira, Guga sempre esteve envolvido com doações a entidades, como a Associação de Pais e Amigos dos Excepcionais (Apae), e inúmeras campanhas solidárias. Além disso, a cada jogo disputado a partir de 1998, Guga sempre doava duzentos dólares a instituições de caridade. Depois veio a participação dele em eventos beneficentes promovidos durante torneios na França, na Austrália, na Argentina, no México e nos Estados Unidos. Camisas de jogos, uniformes, raquetes, bonés foram doados ao longo da carreira de Guga para instituições, principalmente a Apae, com o objetivo de arrecadar recursos através de leilões.

Em 17 de agosto de 2000, Guga fundou o Instituto Kustavo Kurten, o IGK, que é uma associação civil sem fins lucrativos, com sede na cidade de Florianópolis, Santa Catarina, cujos os objetivos são exclusivamente educacionais, esportivos e sociais, de caráter filantrópico. Surgiu como uma forma de organizar e ampliar o envolvimento da família de Guga em ações sociais.

Fora das quadras, Guga sempre gostou de surfar, curtir os amigos, ouvir música, principalmente reggae, e passar o tempo ao lado da mãe Alice e dos irmãos Guilherme e Rafael.

Mas nem tudo foi glória e fama para Guga. Duas tragédias familiares marcaram sua vida. A primeira foi aos 8 anos de idade, com a morte de seu pai – jogador amador de tênis e incentivador da educação pelo esporte, que colaborava nos campeonatos como juiz de cadeira – que sofreu ataque cardíaco enquanto arbitrava uma partida entre juniores em Curitiba.

A segunda tragédia, diz respeito a seu irmão caçula Guilherme Kuerten, que ao nascer, sofreu falta prolongada de oxigênio, o que causou nele deficiências física e mental severas. Guilherme faleceu no dia 07 de Novembro de 2007, vítima de parada cardiorrespiratória. Desde cedo Guga foi muito ligado à luta diária do irmão, algo que incorporou em sua carreira. Por isso, todos os troféus que conquistava eram dados para o irmão caçula, incluindo as três réplicas em miniatura do troféu de Roland Garros.

Gustavo Kuerten foi muito aplaudido e se emocionou na sua despedida do no torneio de Roland Garros, mesmo local onde sagrou-se campeão do tênis.

Aos 31 anos e com uma lesão no quadril, Guga não escolheu Paris por acaso para encerrar a carreira. Muito admirado na França, Guga venceu o torneio aberto da França em 1997, 2000 e 2001.

Guga foi homenageado pelo presidente da Federação Francesa de Tênis e recebeu um troféu reproduzindo as diferentes camadas de materiais que formam a quadra de saibro de Roland Garros.

Guga não conseguiu conter as lágrimas durante a entrega do troféu e também fez um breve discurso em francês. Com a voz embargada e bastante emocionado, Guga disse: "*Aqui é minha vida, minha paixão, meu amor. É ótimo ter aqui a minha família, o meu treinador, mas o mais importante é o amor que vocês me deram*".

Guga saiu de cabeça erguida e muito aplaudido.

Lição de Vida:

De nada valem as vitórias na vida se não as dividirmos com aqueles que amamos.

Mais do que as vitórias do esporte, Guga é um vencedor também como ser humano; campeão de solidariedade, campeão como filho, como irmão, como amigo...

Gustavo Kuerten, o Guga, com Carmen Monteiro.

11

O Milagre do Papa

Ele era o Comunicador que disputava a audiência nas primeiras horas do dia com a emissora líder naquela época no rádio do Rio de Janeiro. Quando perdeu o emprego já tinha seus anunciantes, seus ouvintes cativos e buscava com muito trabalho a liderança.

No cenário radiofônico do estado do Rio, duas emissoras investem alto para assegurar os primeiros lugares – Rádio Tupi e Rádio Globo. As outras mais de 40 emissoras disputam seus seguimentos de público segmentado.

Quando se perde um espaço assim, é natural que se tenha a sensação de "perder o chão" embaixo dos nossos pés. Mas ele não se deixou abater e foi à luta: fez campanhas publicitárias, aceitou trabalhar em rádio de menor expressão, liderou a busca de novos mercados, usou sua influência positiva para abrir novas emissoras.

O tempo passou e cada vez era maior a certeza que tinha que voltar à uma grande emissora e retomar sua carreira de comunicador importante, influente, formador de opinião.

Passados 15 anos, sem perder a esperança era hora de exercitar sua fé. Quando o papa Francisco visitou o Brasil e veio ao Rio de Janeiro por ocasião da Jornada Mundial da Juventude, em uma manhã de tempo chuvoso, lá estava ele e sua esposa em meio a população que esperava a passagem do Papa com a mais clara e límpida ideia do que queria pedir ao Santo Padre: voltar á uma grande rádio!

E de repente, as pessoas se agitaram, era o Papa...o Papamóvel passou na frente dele e fervorosamente ele fez seu pedido mentalmente quando seus olhos e os olhos do Papa se cruzaram numa fração de segundos...

Na mesma noite, em casa – o telefone tocou. Era um diretor da Rádio Tupi, perguntava se ele podia comparecer na emissora no dia seguinte...

E assim, aconteceu. Dia seguinte, com o coração transbordando de fé foi até a rádio tupi e recebeu o convite formal para voltar a trabalhar ali. E mais, por outros motivos, o comunicado da madrugada se desligaria no mesmo dia e foi oferecido a ele o programa, que há 15 anos atrás fora tirado dele.

Esta história está sendo contada com a autorização do seu personagem principal, o pai da Giovana e do André Felipe, o Marido da Kátia Bronzo... o Comunicador, agora campeão de audiência Mário Belisário!

Diretor de programação da Tupi Marcus Di Giácomo e o comunicador Mário Belisário.

12

Dez... Nota Dez!

No nosso show na Rádio Tupi do Rio de Janeiro, diariamente de seis ás nove da manhã o objetivo é informar (trânsito, polícia, esporte) mas o humor e as notícias de artistas e celebridades são ferramentas importantes para conquistar audiência popular.

Pelo programa já passaram vários profissionais apresentando a coluna das chamadas "fofocas": Juçara Carioca, Monica Bloch, Ana Paula Portuguesa, jornalista Márcia Peltier, a atriz Solange Couto, André Gasparety e agora quem brilha é Simone Molina!

Rádio atriz do elenco do programa Patrulha da Cidade há mais de 10 anos, Simone Molina aceitou o desafio de acordar muito cedo de segunda à sábado (o programa é de 6 às 9 da manhã), pesquisar sites, jornais e revistas especializadas para fazer o papel de colunista social, repórter de entretenimento, articulista de celebridades...ou no popular – Fofoqueira!!!

Com bom humor, inteligência, voz bonita e excelente interpretação (é ótima atriz) Simone criou seu estilo, conquistou seu espaço e de forma original fala de cantores, jogadores de futebol, atrizes e diretores de novela, apresentadores e até celebridades tipo "miojo" (instantâneas)...

O interessante é que apesar de apimentar as fofocas, Simone Molina sempre destaca talentos e virtudes dos artistas dando uma nota que se repete, enaltece, motiva e virou um bordão de sucesso:

– "Dez...nota Dez!!!"

13

Vendendo Entusiasmo e Alegria

Ele tem uma banca...não, uma super banca onde vende de tudo! Na zona norte do Rio, no bairro de Bonsucesso, a calçada de pedras portuguesas (típica do Rio de Janeiro) abriga a Banca do Coquito! De radinhos de pilha a álbuns de figurinhas de futebol. De utilidades para o lar à carregadores de celulares...a banca do Coquito oferece seus principais produtos: simpatia, disposição e entusiasmo!

Conheci o Coquito (é nome mesmo) quando reuni ouvintes do Show do Clóvis Monteiro que participam pelas redes sociais. No começo impliquei com seus óculos escuros (que insiste em usar até em dias de chuva e dentro de casa) mas logo depois fui observando nele um cara determinado que dentro de sua simplicidade e certa timidez, se mostrava solícito e orgulhoso de seu trabalho.

Com duas lindas filhas – Gisele Gaudard, de 25 anos e Gabrielly Coquito, de 8 anos – Eliezer é admirado pela turma de amigos ouvintes (um grupo organizado tipo fã clube) e tem espírito de iniciativa e liderança.

Quando este livro (Hora do Show) em sua segunda edição começou a ser vendido também em sua banca da Rua Bonsucesso 404, em Bonsucesso comprovei o talento de vendedor e de empreendedor do Coquito. Ele não se limitou a oferecer o livro na Banca. Começou a seguir os eventos da Rádio Tupi em teatros, shows e locais públicos e montava sua banca para expor os livros, que não se limitava a vender: após a venda tirava fotos com os compradores e postava no facebook, valorizando cada "cliente".

14

Jamais Desistir

Ele faliu nos negócios aos 31 anos.
Foi derrotado em uma eleição para deputado aos 32 anos.
Faliu outra vez nos negócios aos 34 anos.

Perdeu seu primeiro grande amor aos 35 anos.

Teve um colapso nervoso aos 36 anos.

Perdeu outra eleição aos 38 anos.

Perdeu as eleições para o congresso aos 43; aos 46 e aos 48 anos.

Perdeu uma disputa para o Senado com 55 anos.

Fracassou na tentativa de se tornar vice-presidente aos 56 anos.

Perdeu uma outra disputa para o Senado aos 58 anos.

Até que, aos 60 anos, foi eleito e, se tornou o maior presidente da história dos Estados Unidos da América.

Seu nome:

Abrahan Lincoln, o homem que nunca desistiu de seus sonhos!!!

Lição de Vida:

O segredo para vencer, é nunca desistir!!!

15

John Lennon

John Winston Lennon nasceu no dia 09 de Outubro de 1940 em Liverpool. Filho de Julia e Alfred Lennon, teve o pai ausente em toda vida e acabou sendo criado por uma tia, Mimi, irmã de Julia.

John tinha um padrão de vida muito bom, se comparado aos outros Beatles. Estudou na Quarry Bank Grammar School, escola que, com seus companheiros viu o nascimento do 'Quarrimen' (que mais tarde daria origem aos Beatles). John adorava escrever, e alguns de seus poemas da época seriam um prefácio das letras que o tornariam tão famoso.

Aprendeu a tocar guitarra com sua própria mãe, Julia, que o visitava esporadicamente, até que morreu atropelada, quando John era adolescente. Isso o fez se aproximar de Paul McCartney, que havia perdido sua mãe na mesma época, e ao Rock and Roll, em discos de Elvis e Chuck Berry.

Em 1957 ingressou na Liverpool Art College, onde conheceu Cynthia Powel, que se tornaria sua primeira esposa, casando-se em 23 de Agosto de 1962.

Naquela época os Beatles começavam a subir a escadaria da fama, e turnês, gravações, filmes e outros compromissos fizeram de John um marido ausente e foi o motivo pelo qual, seu filho Julian (nascido em 8 de Abril de 1963), pouco tivesse contato com ele. John sempre foi o líder intelectual dos Beatles, e durante a 1ª fase, ele foi o grande responsável pela maioria das canções da banda, fato que iria reverter em prol de Paul McCartney de 1966 em diante.

Escreveu dois livros com poemas enquanto estava com o grupo: '*In His Ows Write*' (em março de 64) e '*A Spaniard in The Works*' (em 1965).

Em 1966 fez a famosa declaração de que 'Os Beatles eram mais famosos que Jesus Cristo', frase mal interpretada quando foi colocada fora do seu contexto original, recebeu sua medalha do império britânico (devolvida em 69 em repúdio ao envolvimento da Inglaterra na guerra de Biafra).

No mesmo ano, numa exposição de artes na 'Indica Gallery', em Londres, conhece Yoko Ono, e começa a se envolver com drogas como LSD. No final deste mesmo ano vai para a Espanha filmar *'How I Won The War'*, de Richard Lester (diretor dos dois primeiros filmes dos Beatles).

Em 1968 o casamento de John e Cynthia termina e ele começa a viver com Yoko Ono, com a qual casaria em Gibraltar em 20 de Março de 1969. Troca aí seu nome de John Winston Lennon para John Ono Lennon.

Com Yoko Ono, ele toma conhecimento de novas formas de manifestações artísticas e lançam discos nada convencionais, como ***'Two Virgins'*** (que se tornaria famoso pela capa dos dois nus), ***'Life With The Lions'*** e ***'Wedding Album'***. Nesse mesmo ano, os dois são pegos com haxixe numa batida policial e participam do especial dos Rolling Stones 'Rock'n'Roll Circus'.

Também com Yoko, fez uma série de filmes Avant Garde, como *'Fly'*, *'Self Portrait'*, *'Smile'* e *'Erection'*. As campanhas pela paz, como as famosas entrevistas na cama em um hotel em Toronto, ou simplesmente dentro de um saco, fizeram do casal símbolos da paz, ou para muitos apenas sinonimos da 'loucura'.

Formou a banda ***'The Plastic Ono Band'*** (banda conceitual, sem nenhum membro fixo) para um concerto pela paz em Toronto, e sua música *'Give Peace a Chance'* tornou-se hino do movimento Hippie.

Com o rompimento dos Beatles, em 1970, John viu-se só com Yoko, e ambos gravaram vários discos juntos. A teoria do 'grito primal' do dr. Artur Janov, deu origem ao seu 1° disco solo, ***'John Lennon / Plastic Ono Band'***, de 1970, e ***'Imagine'***, seu segundo álbum tornou-se um fenômeno de vendas e a música sua obra prima.

No final de 1971 o casal voa para Nova York, onde estabelece residência, fato pelo qual durante quase 5 anos fez com que John não pudesse sair dos Estados Unidos, pela falta do visto de permanência (devido a sua posse de drogas na Inglaterra). Só iria conseguir a 'Green Card' em 1976.

Campanhas anti-Vietnã e engajamentos políticos fizeram dele uma pessoa 'perigosa' para o Governo de Richard Nixon, e muitas vezes foi seguido pela FBI e teve seu telefone grampeado. Nessa época, ele e Yoko lançam o disco conjunto ***'Sometime in New York City'***.

Em 1973 John e Yoko fazem uma breve separação e John passa a viver em Los Angeles com sua secretária May Pang. Nessa fase grava dois discos: ***'Mind Games'*** e ***'Walls and Bridges'***, que são mais comerciais e tem pouco da linha ferina típica de John. Nessa época começa a gravar o disco ***'Rock'n'Roll'***, que só seria terminado 2 anos mais tarde, contendo vários clássicos do Rock.

O 'Long Weekend' de John termina em 1975, quando após uma participação no Madison Square Garden em um show de Elton John, encontra Yoko Ono nos camarins e ambos reatam o 'affair'.

Compram vários apartamentos no edifício Dakota, em NY, onde John se torna pai pela 2ª vez. Sean Ono Lennon nasce no mesmo dia do aniversário de John, em 09 de Outubro de 1975. John começa então um jejum musical de 5 anos,fazendo pão e vendo seu filho crescer. Yoko toma conta dos negócios.

O movimento 'New Wave' de 1980 deu fôlego a John e Yoko para retornarem aos estúdios, quando gravam o disco ***'Double Fantasy'***. O Disco se torna um megassucesso.

O que houve depois disso todos sabem, e infelizmente a carreira de John termina aí: 08 de Dezembro de 1980. Depois disso o filme 'Imagine' é rodado, vários discos foram lançados, e até uma 'breve' reunião dos Beatles acontece com 'Free as a Bird'.

Foram poucos os discos solo que John deixou, mas seu legado é enorme, e com certeza, John é o que se pode ser proclamado um dos músicos do século.

16

Leão ou Gazela?

Toda manhã, na África, uma gazela se levanta.
Ela sabe que deverá correr mais rápido do que o leão ou será devorada.
Toda manhã, na África, um leão se levanta.

Ele sabe que deverá correr mais rápido do que a gazela ou morrerá de fome.

Lição de Vida:

Hoje, não importa se você é leão ou gazela, é melhor começar a correr já!

Astróloga Glória Britho, do Show do Clóvis Monteiro e Eliézer Coquito no painel da Fama, da Tupi.

17

A Voz Padrão da Rede Globo

Por muitos anos a voz mais famosa voz do Brasil foi a de Dirceu Rabelo. Para os menos atentos talvez o nome não traga a lembrança de quem estamos falando. Dirceu Rabelo é a voz padrão da Rede Globo de Televisão, aquela voz que anuncia os programas, novelas, estreias e atrações da emissora de TV mais poderosa do país.

Antes de ser contratado para ser a voz das chamadas da Rede Globo, Dirceu Rabelo foi comunicador da Rádio Mundial do Rio de Janeiro. Nossos caminhos se cruzaram quando, nos anos 80 cheguei ao Rio. Trabalhei na Mundial ao lado de Robson Alencar, Elói de Carlo (foi voz padrão de extinta rede Manchete de Televisão), Oduvaldo Silva, Mário Belisário e Alberto Brizola.

Quando fui contratado pelo diretor Jaime Azulay, o primeiro horário que ocupei foi o do programa Informa Som que era apresentado pelo Dirceu Rabelo.

Logo que cheguei, enfrentei uma cirurgia de emergência para curar uma apendicite. Fiquei algumas semanas internado no Hospital Miguel Couto, no Leblon.

Lembro como se fosse hoje: cheguei para fazer meu horário na Rádio Mundial, e o Sérgio Américo que trabalhava como Plantão Esportivo na Rádio Globo e fazia folgas na Mundial, me viu e percebeu que estava pálido e passando mal. Sérgio Américo não pensou duas vezes e resolveu continuar no ar para que eu pudesse ir para o hospital. Era uma sexta feira à noite e de ambulância fui levado para o hospital Miguel Couto.

A sirene ligada abrindo caminho, foi a trilha sonora daquela experiência inusitada. Enquanto a ambulância cortava o trânsito da cidade, do bairro da Glória passando pelo Flamengo, Botafogo, Copacabana, Ipanema, até o Leblon eu ouvia os ruídos, vozes, buzinas, risos,enfim os sons da noite de sexta feira.

Fui operado e depois de algumas semanas, finalmente pronto para trabalhar, soube que Dirceu Rabelo fora contratado pela Rede Globo e que seu horário estava livre.

Voltei a encontrar Dirceu muitos anos após, quando através de seu filho que é médico e amigos comuns fiquei sabendo que Rabelo ficara viúvo.

Um dia ele me ligou, o que me surpreendeu, para simplesmente conversar. Me contou que tinha uma proposta milionária da Rede Record e que estava chateado com a TV Globo por que a empresa estava terceirizando alguns profissionais e que ele, depois de décadas a serviço da emissora agora fora convidado a criar uma empresa para prestar serviço a Globo, deixando de ser funcionário.

Ele acabou recusando a proposta da Record e permaneceu na Globo. Voltei a encontrar Dirceu, quando esporadicamente ia a TV Globo para gravar institucionais para a Fundação Roberto Marinho.

18

Lista de Gratidão

Quem você colocaria na sua lista da gratidão?

No filme "A Lista de Schindler", um empresário resolve contratar milhares de judeus para salvá-los dos soldados alemães e do pelotão de fuzilamentos de Hitler. Ele fez uma lista e submeteu aos generais nazistas que ao aprovar os nomes, não sabiam que os judeus, sob pretexto de trabalhar para o empresário que supostamente era aliado da Alemanha, eram na verdade libertados dos campos de concentração.

Fiquei imaginando se fizéssemos uma lista da gratidão com nomes de pessoas que foram importantes em nossa vida pessoal ou profissional, que nomes constariam de nossa lista...

Na época de estudante em Santa Maria (RS), com dificuldade em matemática foi o Paulo Odilon Rodrigues da Silva que me ajudou a entender a matéria que me tirava o sono e derrubava minhas notas. De colegas, ficamos amigos além da escola e nossas famílias mantiveram os laços de amizade. Paulo Odilon sempre teve talento para liderança e para o empreendedorismo. Hoje é conceituado advogado no Rio Grande do Sul.

Carlos Adalberto Vargas, o Caco e seu irmão Luiz Alberto Vargas foram inspiradores no início de minha careira no rádio. Tornaram-se amigos e continuaram me motivando com suas ideias e entusiasmo.

Petrônio Cabral foi chefe de jornalismo da Rádio Imembuí de Santa Maria, atuou com locutor de notícias em Porto Alegre na Rádio Guaíba (que foi a emissora que manteve a hegemonia da credibilidade e audiência no radio jornalismo durantes décadas no Rio Grande do Sul).

Petrônio Cabral tinha tanto talento quanto generosidade. Quando cheguei na Imembuí, teve paciência e tolerância com meus erros, falta de disciplina e vacilos de iniciante. Cabral tinha uma voz poderosa e um texto ágil. Mas o que mais impressionava era leitura e interpretação das notícias.

Vicente Paulo Bisogno e Cláudio Zappe foram uns dos primeiros ídolos. Bisogno produzia e apresentava o programa "Controle Geral" nas manhãs da Rádio Imembuí e foi o primeiro apresentador de TV (na minha cidade) que chamou minha atenção pela segurança em seus comentários e pela credibilidade conquistada no dia a dia da cidade.

Claúdio Zappe era locutor esportivo dos mais vibrantes e constantemente era chamado pelas grandes rádios da Capital (Porto Alegre) para fazer jogos importantes da dupla Grenal.

Zappe sempre empreendedor foi dono da Rádio Guarathan e chegou a formar uma rede de emissoras pelo interior gaúcho, a Rede Liderança de Emissoras, onde me colocou para dar um padrão para as rádios, criando e gravando chamadas, aberturas de programas e sugerindo atrações.

Na minha lista da gratidão está também o nome de Quintino Oliveira que foi professor na Universidade federal de Santa Maria no curso de comunicação social, locutor dono de uma voz privilegiada e diretor da Rádio Imembuí.

Outros nomes importantes de gente que se tornou amiga e deu suporte em vários momentos da minha vida profissional: Ronaldo Schmidt (repórter e comunicador), Adalim Medeiros (comunicador na Atlântida FM) Paulo Corrêa (Gerente de programação, apresentador e comentarista), Alcides Zappe (publicitário e radialista), o comunicador Paulo Sidinei, Itaúba Siqueira de Souza, Salete Barbosa (comunicadora de sucesso), Verinha Pinheiro (apresentadora que me inspirou e motivou nos caminhos profissionais) Clélio Dal Piaz (jornalista e gerente da Rádio Rural de Concórdia /SC) o comunicador César Luiz, o publicitário e talentoso produtor Jorge Rosa, o comunicador Lauri Bison e Donizeti Perón (comunicador e coordenador de programação da Atual FM).

19

Mensagem do Velho ao Moço

Você já foi criança um dia... mas os anos se dobraram e fizeram de você um jovem, quase um adulto. E agora você me olha com certo desprezo, só porque muitos anos se desdobraram para mim e, hoje, eu sou um velho...

Você observa minhas mãos trêmulas e enrugadas, e se esquece que foram as primeiras a acariciar as suas, inseguras, na infância.

Você critica os meus passos lentos, vacilantes, se esquecendo de que foram eles que orientaram seus primeiros passos.

Você reclama quando te peço para ler uma palavra que meus olhos já não conseguem ver com precisão, se esquecendo das várias palavras que eu repeti, inúmeras vezes, para que você aprendesse a falar.

Você fala da lentidão das minhas decisões, esquecendo-se de que suas primeiras decisões foram determinadas por elas. Você diz que eu sou um velho desatualizado, mas confesso que pensei muito pouco em mim, para fazer de você, um homem de bem.

Você reclama da minha saúde debilitada, mas acredite, muito trabalho foi preciso para garantir a sua.

Você ri quando não pronuncio corretamente uma palavra, mas eu l afirmo que esqueci de mim mesmo, para que você pudesse cursar uma universidade.

Você diz que não possuo argumentos convincentes em nossos raros diálogos. Mas, muitas foram as vezes que defendi você em situações difíceis em que se envolvia.

Hoje você cresceu...

É um rapaz cheio de vida... esqueceu sua infância, seus primeiros passos, suas primeiras palavras, seus primeiros sorrisos...

Mas acredite, tudo isso está bem vivo na memória deste velho cansado, em cujo peito, ainda bate o mesmo coração amoroso de antigamente.

É verdade que o tempo passou, mas eu nem me dei conta. Só notei, naquele dia... naquele dia, em que você me chamou de velho pela primeira vez... e eu olhei no espelho.

Lá estava um velho de cabelos brancos, marcas profundas no rosto e um certo ar de sabedoria, que na imagem de ontem não existia.

Por isso, eu te digo meu jovem, que o tempo não perdoa, e um dia, você também vai olhar o espelho e perceberá que a imagem nele refletida, não é mais a que hoje você admira.

Mas você sentirá que, em seu peito, o coração ainda bate no mesmo compasso...

Sentirá que o afeto que você cultivou não desapareceu... Que as emoções vividas ainda podem ser sentidas como nos velhos tempos...

Sentirá que as palavras amargas ainda te machucam com a mesma intensidade... E, que apesar dos longos invernos suportados, você não ficou frio diante da indiferença daqueles que embalou na infância...

Por isso, eu te aconselho, meu filho:

Não ria, nem reclame do estado em que estou... eu já fui o que você é, e você será o que eu sou...

Lição de Vida:

Respeite, ame, dê atenção, carinho e compreensão aos vovôs e vovós. Exatamente o que você espera que seus filhos façam com você quando estiver com a idade bastante avançada.

20

Essas Mulheres Maravilhosas!

Na política, na arte, no esporte, na comunicação.

As mulheres cada vez mais encantam e conquistam.

Quando escrevo para atualizar mais uma edição deste livro, acho justo homenagear algumas mulheres que fazem parte de meu dia a dia: na minha vida, no meu trabalho, na minha vida social.

Minha mãe Eunice, minhas irmãs, Eluza e Ada, minha mulher Carmen, minha filha Mariana. Mulheres que me inspiram com seu exemplo e sua tenacidade para gerir suas vidas e das pessoas que amam.Minha sogra Dilva Augustini,minhas cunhadas Zara, Juçara, Dirlei e Márcia. Minhas amigas Mari Guisso, Leila Dalfovo, Márcia Náder, Kátia Bronzo, Verônica Terrazi, Hellen Augustini, Denize Loureiro, Cláudia Lang, Analice Martins...

No meu campo de atuação profissional, a comunicação destaque para Ana Rodrigues que hoje dirige o Jornalismo da Super Rádio Tupi AM/FM do Rio de Janeiro, Gilza Nunes e Jackie Nascimento que produzem o Show do Clóvis Monteiro, o Show da Manhã da Tupi, Dra. Mariana Maldonado e Orion Araújo, a nutricionista que conhece o poder da ética e do marketing nos dias de hoje.

A jornalista e modelo Beth Raposo foi minha colega na TV Bandeirantes e pude comprovar sua força e profissionalismo. Janaína Azevedo, sucesso na campanha publicitária da Rádio Tupi, na TV e anúncios por todo Rio, modelo e dançarina em shows internacionais, é um exemplo de uma mulher que usa sua beleza, mas é consciente que precisa ser inteligente para administrar seu sucesso, do qual dependem sua filha e sua mãe – suas maiores fãs. Isabele Benito e Liane Borges, apresentadoras do SBT são sinônimos de simpatia e profissionalismo.

Clóvis Monteiro com modelo e dançarina do Programa do Faustão, Carla Prata e Dra. Mariana Maldonado.

21

Ninguém é Insubstituível?

Na sala de reunião de uma multinacional, o Diretor Geral, nervoso, fala com sua equipe de gerentes. Agita as mãos, mostra gráficos e olhando nos olhos de cada um, ameaça: *"ninguém é insubstituível"*. A frase parece ecoar nas paredes da sala de reunião em meio ao silêncio. Os gerentes olham um para o outro, alguns abaixam a cabeça. Ninguém ousa falar nada. De repente um braço se levanta, e o Diretor Geral se prepara para triturar o atrevido:

– Alguma pergunta?

– Tenho sim. E o Beethoven?

– Como? – o Diretor Geral encara o gestor, confuso.

– O senhor disse que ninguém é insubstituível, e quem substitui o Beethoven?

Silêncio.

Ouvi essa estória esses dias, contada por um profissional que conheço e achei muito pertinente falar sobre isso. Afinal, as empresas falam em descobrir talentos, reter talentos, mas no fundo continuam achando que os profissionais são peças dentro da organização, e que quando sai um é só encontrar outro para por no lugar.

Quem substitui Beethoven? Tom Jobim? Ayrton Senna? Ghandi? Frank Sinatra? Dorival Caymmi? Garrincha? Michael Phelps? Santos Dumont? Monteiro Lobato? John Kennedy? Elvis Presley? Os Beatles? Jorge Amado? Paul Newman? Tiger Woods? Albert Einstein? Picasso?

Todos esses talentos marcaram a História fazendo o que gostavam e o que sabiam fazer bem – ou seja – fizeram seu talento brilhar. E, portanto, são sim, insubstituíveis.

Cada ser humano tem sua contribuição a dar e seu talento direcionado para alguma coisa. Está na hora dos líderes das organizações reverem seus conceitos e começarem a pensar em como desenvolver o talento da sua equipe, focando no brilho de seus pontos fortes e não utilizando energia em reparar 'seus gaps'.

Ninguém lembra e nem quer saber se Beethoven era surdo, se Picasso era instável, Caymmi preguiçoso, Kennedy egocêntrico, Elvis paranóico. O que queremos é sentir o prazer produzido pelas sinfonias, obras de arte, discursos memoráveis e melodias inesquecíveis, resultado de seus talentos.

Cabe aos líderes de sua organização mudar o olhar sobre a equipe e voltar seus esforços em descobrir os pontos fortes de cada membro. Fazer brilhar o talento de cada um em prol do sucesso de seu projeto.

Se você ainda está focado em "melhorar as fraquezas" de sua equipe, corre o risco de ser aquele tipo de líder que barraria Garrincha por ter as pernas tortas, Albert Einstein por ter notas baixas na escola, Beethoven por ser surdo e Gisele Bundchen por ter nariz grande.

E na sua gestão, o mundo teria perdido todos esses talentos!

22

O Carro Novo

João era casado com Lúcia há oito anos. Fiscal da prefeitura de sua cidadezinha, ele vivia de forma simples, mas confortável, até que, um novo vizinho foi morar ao lado de sua casa.

Quando viram que o novo vizinho tinha um carro mais caro que o deles, Lúcia foi a primeira a chamar a atenção do marido. Ela não descansou enquanto não convenceu o marido a comprar um carro igual. Com esforço, economizaram um pouco mais, usaram as economias e pronto: compraram um carro igualzinho ao do vizinho.

Seis meses depois, Lúcia vê de sua janela, o vizinho chegando em casa com outro carro, mais novo e mais caro. Ela rapidamente contou a novidade ao marido e não sossegou até convencê-lo de que tinha que trocar de carro mais uma vez. Se o vizinho podia, eles também poderiam.

Venderam o carro e assumiram uma dívida que não tinham até então, só para comprar um veículo tão bonito quanto o do novo vizinho.

Certa manhã, Lúcia, sempre espionando da sua janela a vida dos vizinhos, viu um outro carro estacionado na rua.

Este era ainda mais luxuoso. Tentou convencer o marido de que era preciso trocar mais uma vez o carro, porque se os vizinhos podiam, eles também poderiam.

Fiscal honesto até então, João começou a transgredir em sua atividade cedendo à corrupção, para poder atender à ambição dele e da esposa.

E assim, a cada carro que viam na casa dos vizinhos, João e Lúcia, compravam um carro exatamente igual.

Um certo dia, numa festa que reuniu os moradores daquela rua, João e Lúcia, enfim, conheceram pessoalmente os novos vizinhos. Só então ficaram sabendo que nem carro eles tinham. Como trabalhavam numa empresa que alugava veículos, os patrões permitiam que usassem os automóveis da firma, por isso, o casal vizinho trocava tanto de carro.

Lição de Vida:

Devemos viver nossa vida de acordo com nossas possibilidades, e nunca dar o passo maior do que as pernas!

Ao vermos o progresso de alguém, devemos admirar, nunca invejar. Use o exemplo desta história como motivação, e um dia, se Deus quiser, também podemos chegar lá!!

23

O Especialista em Gente

O nome dele é Raul. Ele nunca foi uma pessoa que parecia se destacar na vida. Até na época de faculdade, quando tinha que fazer um trabalho em grupo, ele nem dava palpite. Ficava num canto dizendo que seu papel era um só: apoiar o Pena, o colega de sala que era um gênio. O Pena escolhia o tema, fazia a pesquisa, redigia e desenhava a capa do trabalho. E assim, qualquer coisa que o Pena precisasse Raul já estava providenciando.

Claro que o Pena se formou em primeiro lugar na turma e o resto passou meio que de carona dele. No dia da formatura, o Pena foi homenageado e tudo. E Raul ali, na terceira fila, só aplaudindo.

Dez anos depois, o Pena era a estrela da área de planejamento de uma multinacional. Brilhante como sempre, ele fazia admiráveis projeções estratégicas. E quem era o chefe do Pena? O Raul. E como é que o Raul tinha conseguido chegar naquela posição?

Ninguém na empresa sabia explicar direito, mas Raul vivia repetindo que tinha subordinados melhores do que ele, e ninguém ali parecia discordar. Além disso, o Raul continuava a fazer o que sempre fez, apoiava. Se alguém tinha um problema, era só falar que o Raul dava um jeito. Um ano depois, Raul foi transferido para a sede da empresa, em outro país, onde continuava "apoiando" seus subordinados. Direcionava daqui, facilitava dali... O vice-presidente de recursos humanos da empresa explicava bem como Raul, que nunca se destacou em nada, chegou a um cargo tão importante. Ele dizia que Raul tinha uma habilidade de valor inestimável: entendia de gente. Entendia tanto que não se preocupava em ficar à sombra dos próprios subordinados para fazer com que eles se sentissem melhor e fossem mais produtivos. Essa era a habilidade, aparentemente simples, que o Raul tinha, de facilitar as relações entre as pessoas.

Lição de Vida:

Existem grandes pessoas que fazem com que todos se sintam pequenos. Mas a verdadeira grande pessoa é aquela que faz com que todos se sintam grandes.

No estúdio da Rádio Tupi com a Nutricionista Orion Araújo, a "Doutora Dieta" do Show do Clóvis Monteiro.

24

O Espetáculo da Vida

Que você seja um grande empreendedor. Quando empreender, não tenha medo de falhar. Quando falhar, não tenha receio de chorar. Quando chorar, repense a sua vida, mas não recue. Dê sempre uma nova chance para si mesmo.

Encontre um oásis em seu deserto. Os perdedores veem os raios. Os vencedores veem a chuva e a oportunidade de cultivar.

Os perdedores paralisam-se diante das perdas e dos fracassos. Os vencedores começam tudo de novo.

Saiba que o maior carrasco do ser humano é ele mesmo. Não seja escravo dos seus pensamentos negativos.

Liberte-se da pior prisão do mundo: o cárcere da emoção. O destino raramente é inevitável, mas sim uma escolha. Escolha ser um ser humano consciente, livre e inteligente.

Sua vida é mais importante do que todo o ouro do mundo. Mais bela que as estrelas: obra-prima do Autor da vida.

Apesar dos seus defeitos, você não é um número na multidão.

Ninguém é igual a você no palco da vida. Você é um ser humano insubstituível.

Jamais desista das pessoas que ama. Jamais desista de ser feliz. Lute sempre pelos seus sonhos.

Seja profundamente apaixonado pela vida. Pois a vida é um espetáculo imperdível.

25

Os Lençóis

Érica e Murilo, recém casados, foram morar num bairro muito tranquilo. Na primeira manhã que passavam na casa, enquanto tomavam café, Érica viu pela janela, uma vizinha pendurando lençóis no varal e comentou:

— *Que lençóis sujos ela está pendurando no varal! Provavelmente está precisando de um sabão novo.*

Murilo olhou para a esposa, mas nada falou.

Alguns dias depois, novamente, durante o café da manhã, a mesma vizinha pendurava os lençóis no varal. Novamente Érica comentou com o marido:

— *Nossa vizinha continua pendurando os lençóis sujos! Se eu tivesse intimidade perguntaria se ela quer que eu a ensine a lavar as roupas.*

E assim, a cada dois ou três dias, Érica repetia seu discurso, enquanto a vizinha pendurava suas roupas no varal.

Um mês depois, Érica se surpreendeu ao olhar pela janela, e ver que os lençóis pendurados no varal da vizinha estavam brancos, muito brancos. Surpresa, disse para o marido:

— *Veja, querido, a nossa vizinha finalmente aprendeu a lavar as roupas. Seus lençóis estão quase brilhando de tão brancos. Será que a outra vizinha a ensinou a lavar as roupas da maneira correta?*

O marido, calmamente disse:

— *Não, querida, é que hoje eu levantei mais cedo e lavei os vidros da nossa janela!*

Lição de Vida:

Tudo depende da maneira como vemos os fatos.

A partir de agora, vamos contribuir para melhorar, ao invés de criticarmos.

Vamos consertar o que está errado em nós e não nos preocuparmos com o erro dos outros.

Vamos "lavar a nossa vidraça". Vamos abrir a nossa janela.

Clóvis Monteiro e o famoso Dedé do clássico programa de TV - Os Trapalhões.

26

A Catedral

Percorrendo uma longa estrada, um viajante encontrou no meio do caminho uma obra em início de construção.

Três pedreiros, com suas ferramentas, trabalhavam na fundação do que parecia ser um importante projeto.

O viajante, curioso, perguntou ao primeiro pedreiro o que ele estava fazendo. O primeiro pedreiro, aborrecido e com um semblante sofrido, respondeu:

— *Estou quebrando pedras, não está vendo? Estou morrendo de trabalhar, isto aqui é um meio de morte. As minhas costas doem, minhas mãos estão feridas e eu não aguento mais este trabalho.*

Mas o viajante resolveu procurar o segundo pedreiro e fez a mesma pergunta. O segundo pedreiro, então, respondeu conformado:

— *Estou ganhando a vida. Não posso reclamar, pois foi o emprego que consegui. Estou conformado porque levo o pão de cada dia para minha família.*

Muito curioso, o viajante resolveu fazer a mesma pergunta para o terceiro pedreiro. E se surpreendeu com a resposta.

O terceiro pedreiro respondeu todo feliz:

— *Estou construindo uma catedral!*

Três pedreiros, três respostas diferentes para o mesmo trabalho. Cada um respondeu da forma como via o seu trabalho.

O primeiro pedreiro via em seu trabalho dor e sofrimento, por isso o fazia com muito sacrifício.

O segundo pedreiro, demonstrou indiferença. Estava conformado, mas não realizado. O trabalho nada significava para ele e o fazia por pura obrigação.

Já o terceiro pedreiro, tinha a consciência da importância do que fazia. E desempenhava sua função com orgulho e satisfação. Tinha orgulho de participar de uma grande realização, o que dava a ele muito mais força, energia, ânimo e felicidade.

Lição de Vida:

Todos têm oportunidades na vida.

Mas nem todos sabem dar o verdadeiro valor a essas oportunidades. E, por isso, nem todos são felizes.

Se você está tendo uma oportunidade na sua vida, aproveite-a, valorize-a para alcançar a sua felicidade.

27

Parabéns Pra Você

Entrei num botequim pra tomar um café rápido. Enquanto esperava para ser atendido, vi no fundo do bar em uma mesa, um homem, uma mulher e uma menina, de aparentemente quatro anos de idade. Todos com aparência muito humilde, roupas surradas, cabelos desalinhados... pai, mãe e filha!

O pai viu no balcão uma fatia de um bolo que aparentemente estava ali há alguns dias. O Homem pediu o bolo e um refrigerante grande. Percebi que a mãe da menina procurava algo numa sacola de plástico.

Ela acha o que procurava: uma vela. Uma pequena vela que ela colocou em cima da fatia do bolo, no centro da mesa. O homem tirou do bolso uma caixa de fósforos e acendeu a vela. A menina, com o queixinho encostado no mármore da mesa, olha tudo com os olhinhos arregalados e brilhando de alegria.

Então cantaram parabéns, de forma tímida, para não chamar muita atenção de quem estava na lanchonete.

Após o parabéns, a menina fechou os olhinhos, deve ter feito um pedido mágico e soprou a velinha com toda sua força.

Pai e mãe, sorriram orgulhosos com a felicidade da filhinha.

De repente o homem viu que eu estava olhando. Nossos olhares se encontraram e ele parecia que ia abaixar a cabeça. Mas sustentou o olhar certo de que o que fazia era o melhor que podia.

Bebi meu cafezinho, paguei e saí. Não consegui, no entanto me esquecer daquela cena.

Da timidez daqueles pais humildes, do pedaço do bolo, da velinha tirada da sacola de plástico, da mesa no fundo escuro de um botequim perdido no meio da cidade.

E, principalmente, do sorriso daquela menina no dia do seu aniversário.

Lição de Vida:

Antes de reclamar da vida, lembre de quanta gente mais humilde busca seus sonhos e enfrenta seus desafios. Temos que lembrar que somos todos abençoados, de uma maneira ou de outra e seremos gratos por isso.

E pra você, menina que teve um tímido parabéns pra você embalado pelas vozes abafadas e envergonhadas do seus pais amorosos, mas excluídos, desta sociedade injusta, vai agora um parabéns especial como você merece!

28

Quanto Você Vale?

Uma grande empresa decidiu convidar um especialista em assuntos de valorização profissional para estimular seus funcionários dentro de suas funções.

E o palestrante começou fazendo uma pergunta:

— *Quanto você vale?*

Antes que alguém respondesse, ele continuou:

— *Não respondam. Só pensem. Para ajudá-los a responder essa pergunta eu vou dar algumas sugestões:*

⇒ *Peçam para um publicitário descrever um botão de camisa, vocês ficarão deslumbrados com tantas funcionalidades que ele vai achar para o botão e vai até mudar o seu conceito sobre o "pobre" botãozinho.*

⇒ *Peçam para uma pessoa apaixonada descrever a pessoa amada, aquela pessoa nada atraente e feia que vocês conhecem desde a infância e vão até pensar que ele está falando de outra pessoa. O apaixonado descreve a pessoa amada com delicadeza, doçura e gentileza, transformando a fera em bela em segundos.*

Os funcionários continuavam atentos a cada palavra do palestrante que dizia com entusiasmo:

— *Agora vou perguntar de novo: Quanto você vale? Não respondam ainda.*

Peçam para uma pessoa desanimada ou depressiva falar da vida, do sol, da lua, dos botões, das rosas e do amor para você ver. Peguem um banquinho e um lenço e sentem-se para chorar. É só reclamação, frustração, dores, misérias e desconfiança geral. A gente sente a energia negativa nos contaminando, fazendo mal, nos deixando sem forças, porque os desanimados, os reclamões e depressivos têm o poder de transformar as energias do bem em medo, e o medo paralisa as pessoas de tal forma que fica difícil até pensar algo simples.

Os funcionários ficavam cada vez mais surpresos com as palavras daquele homem, que percebendo o interesse de todos, se aproximou de um jovem que estava sentado na primeira fila e lhe perguntou: – E você? Como é que você descreve a sua vida? Quem é você para você mesmo?

Depois, o palestrante apontou o dedo para outra pessoa e perguntou:

– E você, como seria um comercial da sua vida? Como você venderia o produto "você"?

E, sem esperar que qualquer um deles desse a resposta, o palestrante continuou:

– Você é barato, ou é daquelas pessoas caras, daquelas que não têm tempo para perder com a tristeza e com o passado? Tudo bem a tristeza existe, o passado existiu. Mas, bola pra frente!

Quanto mais o palestrante falava, mais atentos ficavam os funcionários. E ele continuou fazendo perguntas:

– Como você é? Você tem mil e uma utilidades? Alias, você vive em que século mesmo? São os teus olhos que refletem o que vai na sua alma, e o que vai na sua alma se reflete na qualidade de vida que você leva? É o seu trabalho que representa o seu talento, ou não?

E, então, o palestrante concluiu:

– São muitas as perguntas, não é? Por isso, não tem outro jeito, você tem que ser o melhor divulgador de você mesmo. Valorize-se, esteja sempre pronto para dar o seu melhor: o seu melhor sorriso, sua melhor roupa, seu melhor sentimento, suas melhores intenções, e com sua gentileza sempre pronta para entrar em ação, valorize-se!

Lição de Vida:

Não importa o que você faz, mas COMO você faz. Isso sim, faz toda a diferença.

29

Quero Ser um Televisor

A professora Sônia pediu aos alunos que escrevessem uma redação dizendo o que eles gostariam que Deus fizesse em suas vidas.

Em casa, à noite, quando foi corrigir as redações, Sônia se surpreendeu com uma redação que a deixou muito emocionada. Jairo, o marido, entra nesse momento, vê a esposa chorando e pergunta:

– O que aconteceu, querida?

Sônia entrega a redação para ele e diz:

– Leia!

Era a redação de um menino. Jairo começou a ler:

– *"Senhor, esta noite te peço uma coisa muito especial: me transforme em um televisor. Quero viver como vive o televisor de minha casa. Quero ter um lugar especial para mim, e reunir minha família ao meu redor. Quero ser levado à sério quando falo. Quero ser o centro das atenções e ser escutado, sem que ninguém me interrompa. Quero receber o mesmo cuidado especial que o televisor recebe quando não funciona. Quero ter a companhia do meu pai quando ele chega em casa, mesmo que esteja cansado e que minha mãe me procure quando estiver sozinha e aborrecida, em vez de me ignorar. E ainda, que meus irmãos "briguem" para estar comigo. Quero sentir que a minha família deixa tudo de lado, de vez em quando, para passar alguns momentos comigo. E, por fim, que eu possa divertir a todos. Senhor, não te peço muito. Só quero viver o que vive qualquer televisor!"*

Após ler a redação, o marido de Sônia diz:

– Meu Deus! Coitado desse menino!... Nossa! Que coisa, esses pais, heim?

Sônia, chorando, diz para o marido:

– Essa redação é do nosso filho!

Lição de Vida:

Muitas vezes temos olhos para os outros, enquanto nossa família está suplicando por nossa atenção!

Com a atriz Regiane Alves nos estúdios da Rede Globo, no Projac.

30

Rádio e TV: O Poder do "Aqui e Agora"

As grandes redes de TV no Brasil, a exemplo do modelo americano, projetaram suas marcas e integraram o país com notícias instantâneas de qualquer lugar do mundo. Mas cada vez mais a força do jornalismo local e o interesse da população com as coisas de sua "aldeia", provocaram uma mudança de rumo na maneira de fazer Rádio e TV no Brasil.

No rádio, quem investiu pesado em redes nacionais, teve que rever este procedimento para não perder audiência na suas praças de origem.

Na televisão com a aposta em programas com força regional, houve uma dança nos números do Ibope.

No SBT, Isabele Benito aparece como a estrela do Rio de Janeiro, diariamente ao meio dia, combativa, guerreira e com muito carisma, Isabele defende a população e na tela do SBT Rio coloca o dedo "na cara" das autoridades!

Na Record, Wagner Montes e Rogério Forcolen se destacam nos programas locais com linguagem popular bem no gosto do carioca.

Na Band, Fábio Barreto marcou seu território focando o noticiário do Rio, cobrando soluções e desafiando; – "Se bater de frente, é perda total!!!"

31

Reconhecendo Bênçãos

Samuel era um homem que achava que tinha conseguido tudo na vida por esforço próprio. Por isso, nem se lembrava de agradecer a Deus as bênçãos que recebia.

Naquela noite, como de costume, chegou cansado do trabalho, tomou um banho, mas não quis jantar. Foi dormir.

E, começou a sonhar: Sonhou que foi ao Céu. Logo foi recebido por um anjo que passou a mostrar as muitas áreas lá existentes.

Andaram até que entraram numa sala de trabalho lotada de anjos. O anjo-guia parou em frente ao primeiro departamento e disse a Samuel:

— *Esta é a Seção de Recepção. Aqui, são recebidas as orações com pedidos a Deus.*

Samuel olhou por toda a área e viu que havia vários anjos, pondo em ordem pedidos escritos em inúmeras folhas de papel por pessoas de todo o mundo.

Ele e o anjo seguiram, então, por um longo corredor, até chegarem na segunda seção. E, o anjo-guia, disse:

— *Esta é a área de Embalagem e Entrega. Aqui, as graças e bênçãos solicitadas são processadas e entregues às pessoas que as pediram.*

Samuel outra vez notou que todos os anjos daquele lugar também estavam muito ocupados. Trabalhavam intensamente nessa área, onde tantas bênçãos pedidas, estavam sendo empacotadas para entrega na Terra.

Finalmente, lá no fim de um comprido corredor, Samuel e o anjo pararam na porta de uma área muito pequena. Para surpresa de Samuel, havia somente um anjo sentado ali, sem nada para fazer. O anjo-guia, um pouco constrangido, disse:

— *Este é o Departamento de Reconhecimento.*

Sem entender, Samuel perguntou:

— *Como assim? Não há nenhum trabalho acontecendo por aqui?*

E o anjo, deu um suspiro e respondeu:

— *Infelizmente, não... é tão triste...mas depois que as pessoas recebem as bênçãos que pediram, poucas enviam confirmação de reconhecimento.*

Samuel, então, quis saber:

— *E como se confirma que recebemos as bênçãos de Deus?*

O anjo respondeu:

— *É muito simples, basta dizer, obrigado, Senhor!*

Querendo saber mais, Samuel perguntou:

— *E quais bênçãos devem ser reconhecidas?*

E o anjo começou a citar:

1. *Se tiver alimento em sua geladeira, roupas para cobrir o corpo, um teto sobre sua cabeça e um lugar para dormir... Você é mais rico que 75 por cento dos moradores deste mundo;*

2. *Se você tem dinheiro no banco, na carteira e algumas moedas sobrando em casa, você está entre os 8 por cento mais bem sucedidos do mundo!*

3. *E se tem seu próprio computador, você é parte do 1 por cento do mundo que tem essa oportunidade;*

4. *Mas também...Se você acordou hoje com mais saúde que doença...Você é mais abençoado que os muitos que nem sequer sobreviverão a este dia;*

5. *Se você nunca experimentou o medo da guerra, a solidão da prisão, a agonia da tortura, nem as dores de sofrimento de fome... Você está à frente de 700 milhões de pessoas no mundo;*

6. *Se puder ir a uma igreja, sem medo de apanhar, de ser preso, torturado ou sem medo da morte... Você é abençoado, pois ainda, existem pessoas, que não podem reunir-se com outros de sua fé;*

7. *Se seus pais ainda estão vivos e casados, você é um privilegiado;*

8. *Se você pode manter sua cabeça erguida e pode sorrir, você não é anormal, você é um raro exemplo a tantos que estão em dúvida e em desespero;*

Lição de Vida:

Em tudo devemos dar graças.

Recebemos bençãos todos os dias. Viver é uma benção.

E, é tão fácil agradecer, é só dizer duas pequenas palavras: "Obrigado, Senhor!"

32

Sempre Existe uma Saída

Um homem foi acusado de um crime que não cometeu. Ele sabia que tudo seria feito para condená-lo. Como era esperado, o juiz, simulou um julgamento justo, fazendo no final, uma proposta para o acusado:

— *Vou escrever em um pedaço de papel a palavra "inocente" e em outro, a palavra "culpado". Você sorteia um dos papéis e aquele que pegar, será o seu veredicto, a sua sentença.*

Sem o réu perceber, o juiz escreveu nos dois papéis a palavra "culpado", de maneira que, naquele instante, não existia nenhuma chance de o acusado se livrar da forca.

Não havia saída. Não havia alternativas para o pobre homem.

O juiz colocou os dois papéis em cima da mesa e mandou o acusado escolher um. O homem pensou durante alguns segundos e, pressentindo a armadilha, pegou um dos papéis e rapidamente o colocou na boca e engoliu.

O juiz, indignado, perguntou:

— *Mas o que você fez? E agora? Como vamos saber qual o seu veredicto, a sua sentença?*

E o acusado respondeu tranquilamente:

— *É muito fácil. Basta olhar o papel que sobrou e saberemos que acabei engolindo o seu contrário.*

Imediatamente o homem foi libertado.

Lição de Vida:

Por mais difícil que seja uma situação, nunca deixe de acreditar até o último momento.

Para qualquer problema, existe sempre uma saída!

Clóvis Monteiro, Beth Raposo, Dani Toledo, Ingrid e Ariane Andrade na capa da Revista da Cruz Vermelha Brasileira.

33

Tolerância

O presidente de uma empresa gritou com um diretor da companhia porque estava com ódio naquele momento. O diretor, chegando em casa, gritou com sua esposa e a acusou de gastar demais, pois ela tinha feito um delicioso e farto almoço. Sua esposa gritou com a empregada que quebrou um prato. A empregada chutou o cachorrinho que se enroscou entre suas pernas. O cachorrinho saiu correndo e mordeu uma senhora que ia passando pela rua, porque ele estava atrapalhando sua saída pelo portão. Essa senhora foi à farmácia para tomar vacina e fazer um curativo, e gritou com o farmacêutico, porque a vacina doeu ao ser aplicada. O farmacêutico, chegando em casa, gritou com sua mãe, porque o jantar não estava do seu gosto. Sua mãe, tolerante, cheia de amor e perdão, acariciou os cabelos do filho e o beijou na testa, dizendo:

— *Filho querido, prometo que amanhã vou fazer os seus doces favoritos. Você trabalha muito, está cansado e precisa de uma boa noite de sono. Vou trocar os lençóis da sua cama, por outros bem limpinhos e cheirosos para que você descanse em paz. Amanhã você vai se sentir melhor.*

Antes de sair do quarto abençoou o filho o deixando sozinho com os seus pensamentos.

Lição de Vida:

No momento em que aquela mãe não respondeu com raiva à rebeldia do filho, o círculo do ódio acabou, porque o rapaz se encontrou com a TOLERÂNCIA, com o CARINHO, com o PERDÃO e o AMOR.

34

Tudo é Possível!

Sem Fé, Coragem e Entusiasmo ninguém chega a lugar nenhum. Com objetivo, planejamento, disciplina, trabalho e persistência, tudo é possível.

– É preciso manter os olhos bem abertos, porque nunca se sabe onde uma oportunidade se esconde.

– O primeiro sucesso nos espera depois do último fracasso.

– Algumas oportunidades estão tão próximas que não somos capazes de enxergá-las.

– Cada novo amigo é uma porta aberta para novas oportunidades.

– As soluções não virão até você; você deve buscá-las.

– Não é o que desejamos que gera oportunidades, e sim o que fazemos para que se torne realidade.

– Tudo aquilo que fazemos aos outros, de bom ou de ruim, acaba voltando para nós.

– Para que o mais importante ganhe força, é preciso renunciar ao que é secundário.

– Os hábitos são o material de construção dos projetos de médio e longo prazo.

– Trocar queixas por ações multiplica nossas oportunidades.

(Do livro de Allan Percy "Tudo é possível")

35

União Para a Vitória

Num dia de verão na floresta, um grande calor provocou muita sede entre os animais.

Um leão e um javali vieram ao mesmo tempo a uma pequena fonte. Eles disputaram ferozmente qual deles deveria beber a água primeiro, e logo começaram um combate mortal.

Os dois animais interromperam por alguns segundos a briga para recuperar as forças e, recomeçar a luta de forma mais feroz.

Foi então que perceberam que havia alguns abutres ao redor, aguardando o futuro banquete que teriam, quando um deles fosse derrotado.

O leão e o javali, então, resolveram suspender a disputa e se uniram, pois assim, não se tornariam comida para nenhum abutre.

Lição de Vida:

A união faz a força e leva à vitória.

36

Quanto Tempo é Preciso para Comunicar com Eficiência?

Winston Churchill precisou de cinco minutos e 11 segundos para conclamar os ingleses a resistir ao avanço das tropas nazistas, em 10 de maio de 1940, em seu primeiro discurso como Primeiro-ministro do Reino Unido – aquele em que disse as célebres palavras: "Não tenho nada a oferecer se não sangue, trabalho duro, suor e lágrimas." Franklin Roosevelt, ao assumir a Presidência dos Estados Unidos, em 1933 encontrou seu povo deprimido por uma crise econômica. Começou o melhor governo da história daquele país num discurso de 46 segundos, com a frase: "Não há nada a temer além do próprio medo." O líder negro Martin Luther King precisou de 17 minutos, para inflamar a luta mundial contra o racismo, no famoso discurso *"I have a dream"*, de 1963. Churchill, Roosevelt e King provaram que, com uma boa causa e as palavras certas, é possível mudar o mundo em menos de 18 minutos.

É essa a proposta de um dos maiores fenômenos da comunicação contemporânea. Dezoito minutos é a duração máxima de cada apresentação do (Tecnologia, Entretenimento e *Design* (TED), um seminário nascido nos Estados Unidos, em 1984, e que, desde de 2006, publica suas palestras na internet para qualquer um ver e compartilhar. São 1.202 palestras que já foram vistas por mais de 700 milhões de vezes. Já palestraram no TED, personalidades como Bill Gates, fundador da Microsoft, James Cameron, diretor dos filmes Avatar e Titanic, Craig Nenter, desbravador do DNA humano e Bill Clinton, ex-presidente dos Estados Unidos.

O *site* do Seminário pode ser acessado no endereço: *www.ted.com*

37

Praticando a Comunicação Positiva

Atitudes extremamente simples, mas poderosas na "química" do relacionamento social são muitas vezes desprezadas ou por falta de educação ou por excesso de mau humor. Responder a um bom-dia, agradecer um gesto atencioso, sorrir para quem nos presta um serviço. Simples assim! A chamada Comunicação Positiva essencialmente é uma postura de simpatia diante do mundo. Conviver com bom humor já é um passo à frente na conquista das pessoas. Quando se conquista uma pessoa, muitas vezes se conquista resultados: uma venda importante, um convite interessante ou uma oportunidade atraente. Na entrevista de emprego, além de seu currículo profissional estarão sendo notados seus outros talentos – sociabilidade, iniciativa, educação e comunicação. Quem comunica conquista! Este é o conceito básico do interrelacionamento. Comunicar é ser entendido, é ser aceito.

Quando você segura a porta do elevador para esperar alguém que está com pressa e ao mesmo tempo consegue brincar com as pessoas que já estão no elevador, você marcou dois importantes pontos. Ajudou alguém e mostrou aos outros que você se importa, respeita e poderia fazer o mesmo por qualquer pessoa que precisasse.

Elogiar sempre é muito bom. Mas o elogio deve ser verdadeiro. Não exagere. Diga somente o que realmente pode destacar de positivo na pessoa elogiada. Com relação ao chefe, evite demonstrações desmedidas de apreço. Ouça com atenção, respeite palpites e opiniões (afinal, é o chefe quem manda) e lembre-se: dificilmente diretores, gerentes e chefes de equipe gostam de ser criticados ou contrariados. Aceite as orientações e espere oportunidade propícia para dar sugestões.

Em resumo se você sorrir para as pessoas, agradecer ou pedir licença nas horas apropriadas, oferecer ajuda quando puder ajudar e sempre (sempre) se colocar no lugar da pessoa com a qual você está se relacionando: – Se você gostaria de ser tratado assim, a outra pessoa também gostará!!!

Quem comunica, conquista!

Cantor e compositor Jorge Aragão com Clóvis Monteiro na TV.

38

As Palavrinhas Mágicas

Todas as crianças aprendem desde muito cedo as palavrinhas mágicas: por favor, com licença, obrigado, desculpa... Mas o que se observa é que ao longo da vida muita gente larga no meio do caminho os chamados bons modos e vai se esquecendo de usar as tais palavrinhas mágicas: bom-dia, boa-tarde, boa-noite!!! Básicas e fundamentais estas expressões de convívio social funcionam como códigos da comunicação mais elementar para uma positiva convivência. Comunicar é se fazer entender. Comunicar com eficiência é passar o recado, entregar a mensagem, estabelecer conexão! Comunicar é possível até sem o uso das palavras. No trânsito, se o motorista vai entrar à direita, liga a seta e comunica sua intenção. Se algo está errado com seu carro o "alerta" pode ser acionado e aquele carro parado comunica a natureza da situação. Sinais e procedimentos podem ajudar na comunicação, o braço levantado com a mão espalmada pode significar "pare". A mão fechada com o polegar pra cima todos entendem como sinal de positivo. Assim como o dedo indicador junto da boca significa silêncio e os braços abertos podem estar "perguntando": – "O que está acontecendo?"!

39

A Ouvinte Sortuda (De Tanto Ganhar Prêmios no Rádio foi Parar no Programa do Jô Soares)

O nome dela é Jandira Ferrari. Para ela não basta ouvir rádio, tem que participar. E foi participando de todas as promoções, concursos e sorteios que Jandira acabou ficando famosa. Ganhou um caminhão de prêmios, promoção que oferecia um caminhão cheio de móveis e eletrodomésticos. O caminhão só fazia a entrega na casa do ouvinte e naturalmente não fazia parte da premiação. Jandira mandava milhares de cartas e para não se dar ao trabalho de escrever seu nome e endereço, milhares de vezes mandou fazer um carimbo com seu nome e endereço. Seu telefone tinha na memória os telefones da rádio e se precisasse preencher algum cupom ou formulário, ela pegava quantos ônibus, trens, vans fossem necessários. Um dia, ela apareceu num evento do Show do Clóvis Monteiro na rede de Lojas Sono Show Móveis no Rio de Janeiro. Seria sorteado naquele dia uma cozinha completa. Centenas de pessoas se aglomeravam na loja para acompanhar ao vivo. Na hora que ia começar o sorteio, apareceu a Jandira toda animada para ganhar de novo! Mal ela entrou na loja, o comunicador a avistou, chamou-a no microfone, apresentou Jandira para o público e convidou-a para ajudar no sorteio, pedindo para que ela não participasse desta vez para dar chance às outras pessoas... ela nem pensou duas vezes e muito simpática, aceitou. Pronto. Ela ficou o tempo todo ao lado do apresentador ajudando no manuseio das milhares de cartas. Quando as cartas foram misturadas na frente de todos e jogadas para o ar... A primeira a ser pega era de quem? Justamente de Jandira Ferrari! Como tínhamos combinado que ela não estaria concorrendo desta vez, ela concordou e sorteamos outra carta.

Jandira Ferrari por conta de sua sorte ganhou mais de 30 bicicletas, dezenas de fogões, geladeiras, jogos de panelas, forno de micro-ondas, uma cozinha completa, vales-compra de supermercados, almoços em churrascaria, *kits* de bebidas, de produtos de beleza e um caminhão de móveis e eletrodomésticos. Com tanta sorte ficou famosa e participou de vários programas, inclusive foi parar no Jô Soares na Rede Globo. Perguntada se ela vendia os prêmios que ganhava, ela respondeu: – "A minha sorte eu não vendo!" Jandira explicou que dividia seus prêmios com parentes e amigos mais necessitados. No "Show da vida" de Jandira Ferrari talvez a sorte fosse atraída justamente pela força de sua generosidade.

Sucesso absoluto nos palcos do Rio de Janeiro, o Show de humor "A vida é uma piada" com direção de Luizinho Campos, com Miguel Marques e Clóvis Monteiro, foi visto por mais de dez mil pessoas.

40

Rádio Sem Mesa de Som Lidera a Audiência e Vira Notícia no País Inteiro

Rio de Janeiro, 1986. Isolada, no trigésimo segundo andar de um espigão em plena Praça Tiradentes, nº 10, a Tropical FM era mais uma das dezenas de emissoras na capital carioca. Com um programa de samba escondido na madrugada, de cinco às sete horas da manhã, música *pop* nos horários nobres e programas de *funk* no fim da tarde, a Tropical era rádio de um dono só, que fazia e desfazia, contratava e demitia com a mudança do vento ou humor do momento.

No entanto, talvez até por isso, acabava dando oportunidade a muita gente de começar por ali. Detalhe importante: a rádio não tinha mesa de som! Usava *mixers* do tipo usado por equipes de som da época em bailes suburbanos.

O resto do equipamento do estúdio principal se resumia a um pedestal com um microfone e três gravadores do tipo "Akai", já superados na época. Foi justamente o programa mais escondido e menos acreditado que, como um passe de mágica, colocou a Tropical em primeiro lugar no IBOPE. Atendendo a pedidos dos ouvintes, a rádio começou a tocar sambistas, até então pouco conhecidos (alguns só se destacavam no carnaval). Neguinho da Beija Flor, Almir Guineto, Pedrinho da Flor, Jovelina Pérola Negra, Bebeto de São João...

Acreditem. O programa de samba – "O sambalanço Tropical" – ganhou mais uma hora. Mais uma... Mais... A rádio inteira virou o tal "sambalanço"! Pimba! Um domingo de manhã estou na Rádio e aparece uma equipe do programa Globo Repórter. Uma entrevista? Não. Um programa inteiro. Um especial que acabou entrando para a galeria dos 30 anos de reportagens do programa da maior rede de televisão da América Latina.

41

Rádio Reúne Irmãos que Não Se Viam Há 50 Anos e a Mãe Que "Trocou" Cirurgia do Filho por uma Televisão

Quem trabalha com o público sabe que tudo pode acontecer. Seja comerciante, servidor em repartição pública, recepcionista, vendedor, telefonista, taxista, policial, enfim o ser humano surpreende quando menos se espera. Imagine, então, trabalhando na Imprensa: jornal, televisão e rádio. Em programas de rádio popular são muitos os casos curiosos. Tem o caso do "seu" Lenir Diogo que procurou a irmã por mais de 50 anos. Um dia resolveu pedir ajuda no Show da Manhã da Rádio Tupi. "Seu" Lenir sempre acompanhava os eventos onde o comunicador Clóvis Monteiro participava, e apelou para que sua história fosse colocada no ar. Resultado: sua irmã Leda Diogo ouvia o rádio no dia em que o comunicador pediu ajuda para fazer o reencontro da família. Cinquenta anos depois, "seu" Lenir Diogo reencontra a irmã. O rádio, literalmente aproxima as pessoas. No Show do CIóvis Monteiro, de uma às cinco da tarde nos anos 1990, havia um quadro de grande sucesso chamado "Minha Esperança é Você!". Todos os dias, uma carta era lida narrando a história de um ouvinte que precisava de ajuda. Muitas pessoas iam pessoalmente levar suas cartas até a emissora. A produção recebia os ouvintes com suas cartas e fazia uma pequena entrevista para sentir a necessidade real da pessoa e avaliar o potencial de audiência de cada história.

Um dia apareceu uma senhora com o filhinho no colo. A criança chamava a atenção por que sua cabeça estava enrolada com ataduras manchadas, aparentemente, de sangue. Conversando com a mãe, a produtora soube que ela queria duas coisas: a cirurgia do filhinho e uma televisão.

A jornalista explicou que eram muitos os ouvintes com apelos e que era preciso priorizar um pedido no ar. Surpreendentemente a mulher com a criança com a cabecinha enfaixada, escolhe ganhar um televisor... Ficamos sabendo mais tarde que esta mulher foi detida em uma outra emissora aplicando o mesmo golpe, isso mesmo. Na verdade, a criança usava ataduras pintadas como se fossem manchas de sangue, para sensibilizar as pessoas. A mãe usava a criança para aplicar golpes e tirar vantagem.

42

O Cantor Sertanejo Que Nasceu em Marte

Quando uma entrevista vai ao ar no rádio ou televisão, geralmente há uma pré-produção, a não ser quando é feita ao vivo e fora do estúdio em momentos imprevistos. Mesmo em programas diários feitos com entrevistas previamente programadas, os entrevistados são agendados e muitas vezes antes de serem entrevistados pelos apresentadores são contactados pelos produtores do programa. São repassados pontos da entrevista, discutidos temas e avaliados o teor e a conveniência de algumas perguntas. Pronto. Quando vai ao ar a impressão do ouvinte é de que há uma grande intimidade entre entrevistador e entrevistado tal a "química" que se cria. No rádio é comum, o produtor gravar com sua voz as perguntas e depois editar, retirando sua voz, deixando só as respostas do entrevistado e o apresentador coloca sua voz nas perguntas em uma gravação posterior ou mesmo ao vivo durante o programa. Em uma destas entrevistas, a produtora conversou com uma dupla sertaneja que fazia sucesso na época: João Mineiro e Marciano. Perguntou sobre os shows, o disco que estava sendo lançado e resolveu falar sobre a origem dos seus nomes.

A produtora, gravando, perguntou:

– João Mineiro, por que este nome artístico? Resposta:

– Simplesmente porque eu nasci em Minas Gerais. E sem pensar muito, a produtora se vira para o outro cantor e manda:

– E você, Marciano... nasceu em Marte?

Não é preciso dizer que a gravação foi interrompida, ali mesmo com um ataque de risos dos dois artistas, o que deixou a produtora profundamente sem graça...

43

No Ar: Assaltante de Banco Atende o Telefone

Aconteceu no norte do país, no Pará. Virou notícia no Brasil inteiro. Assaltantes entraram num banco e anunciaram o assalto. Algo deu errado. Estava formada a confusão. A polícia militar do estado do Pará chegou, cercou a agência e os bandidos fizeram reféns e se trancaram no banco. As negociações demoraram a começar. Resumo: Virou a noite e o drama dos funcionários do banco virou a notícia do momento e objeto de apreensão da população. Tudo começou na sexta-feira, mas no domingo quando o Show da Cidade – o Domingo Alegre da Super Rádio Tupi foi ao ar, o assunto ainda rendia. O que dizer sobre o caso que toda a Imprensa, jornais, emissoras de televisão ainda não tivessem dissecado? É aí que entra a característica de cada veículo. Num programa de domingo voltado para o lazer, prêmios, entrevistas e jogos, a informação sempre tem lugar nobre.

Podíamos repercutir tudo o que foi dito, debater o fato e suas consequências, a atuação da polícia, a situação dos reféns e de seus familiares, a expectativa dos ouvintes com relação ao desfecho do drama. Mas foi aí que o rádio fez a diferença. Procuramos o número dos telefones da agência daquele banco. E encontramos. Discamos cada algarismo com a curiosidade de saber se os telefones ainda estavam funcionando. Se não foram cortados. Ou o número tivesse mudado. O telefone chamou. Uma, duas vezes. E na terceira... Atenderam! Coloca no ar... no ar: o assaltante do banco atende. Explicamos que ele estava falando na Rádio Tupi do Rio de Janeiro. Parece ter gostado de poder falar com alguém... explicou que o assalto foi um ato desesperado, era para ter sido uma coisa simples, rápida. Ele precisava do dinheiro. Mas deu tudo errado, alguém ligou o alarme. A polícia chegou e os reféns, agora eram sua única garantia de que não seria morto pelos policiais. Demonstrando mais medo do que qualquer outra coisa, o assaltante contou um pouco de sua vida e de repente interrompeu o telefonema. Sua família estava lá fora do banco pedindo para ele se entregar. Foi o que ele, finalmente fez.

Aquela história contada de um longínquo ponto do país, por alguém que tomou o caminho errado, numa situação que deixou apreensiva e em suspense sua família e a daqueles bancários. Aos que acompanharam aquele drama, numa manhã de domingo, espero que tenha ensinado de alguma maneira alguma coisa a todos nós e a certeza de que sempre se pode acrescentar algo na busca da boa informação. Foi assim na busca do telefone da agência assaltada e na tentativa, bem-sucedida, de entrevistar os personagens da história que virou notícia.

44

O Dia em Que a Copa do Mundo Foi no Catumbi

Nos anos 1980, cheguei ao Rio para trabalhar numa emissora de rádio que ficava na Praça Tiradentes e chegou a ser muito popular. No primeiro ano trabalhei em todos os horários, fazendo programas de madrugada, de manhã, à tarde e muitas vezes à noite. Após o sucesso de um programa matinal que só tocava sambas, o dono da emissora (que vamos chamar de Senhor AC) resolveu que esta atração deveria ganhar mais tempo na grade de programação. Assim foi feito e a pesquisa do IBOPE, que na época era apresentada semanalmente, mostrou que a audiência havia crescido. Pronto. O Sr. AC resolveu aumentar ainda mais o programa. Resumo da ópera: O tal Show de Pagode acabou tomando a programação do dia inteiro! A Rádio chegou ao primeiro lugar, em algumas semanas, virando atração no programa Globo Repórter, onde fui entrevistado pela Sandra Passarinho.

A matéria voltou ao ar quando o Globo Repórter comemorou 30 anos. Devido ao sucesso da Rádio o dono, que era muito temperamental, resolveu transmitir futebol. Quando chegou a Copa do Mundo, ele anunciou que faria os jogos da Seleção Brasileira. Um belo dia entrei no estúdio durante a transmissão de um jogo da Copa na Itália, percebi um telefone fora do "gancho". Querendo ajudar, desliguei o telefone, e sem saber "derrubei" a linha "internacional" da Copa do Mundo. Na verdade, a equipe da Rádio estava reunida na casa do dono da emissora no bairro do Catumbi, famoso no Rio de Janeiro por ter um cemitério do mesmo nome. Como eu poderia imaginar que a equipe, anunciada na Itália para uma cobertura internacional, estaria na verdade, vendo o jogo pela televisão na residência do dono da Rádio?

45

O Coração de Camila

No chamado Grande Rio, na região metropolitana e nas cidades da Baixada Fluminense, somados os municípios de Niterói e São Gonçalo, em 1996 viviam mais de oito milhões de pessoas. Mais de oito milhões de corações batendo, cada um no compasso de uma realidade, na corrida pela sobrevivência, na busca de um sonho. No bairro nobre da Lagoa Rodrigo de Freitas uma médica acorda todas as manhãs para salvar vidas. A Dra. Rosa Célia diariamente atende no Hospital Pró-Cardíaco. No subúrbio carioca uma dona de casa desperta mais preocupada do que nunca: sua filha recém-nascida teve um diagnóstico que tiraria o sono de qualquer mãe. Camila nasceu com um problema no coração que requer urgente intervenção cirúrgica. Seis horas da manhã: começa mais um Show da Manhã na Super Rádio Tupi! Alegria, informação, prêmios e Solidariedade... Na falta de um plano de saúde que garantisse a operação da filhinha, dona Rosana com seu drama na cabeça e ouvido no rádio, decide: vai atravessar a cidade e buscar ajuda na Rádio Tupi.

Já passava de oito horas quando dona Rosana entrou no estúdio moderno da Tupi – um auditório de cadeiras azuis de encosto alto, paredes com cobertura acústica e num plano mais elevado, uma grande mesa com muitos microfones e telas de computador. Na parede de fundo paineis com a logomarca da emissora e monitores de TV com a programação jornalística, numa espécie de janela virtual para o que está acontecendo no mundo e que pode ser comentado a qualquer momento.

O comunicador Clóvis Monteiro entrevista a mãe aflita, dona Rosana conta sua história e apela pela vida da filhinha. O apelo desesperado viaja pelas ondas do rádio emocionando mais de 200 mil ouvintes por minuto. Neste momento a vida de Camila e a esperança de sua mãe estão por um fio... um fio de telefone. No estúdio, as produtoras olham para os telefones que não param de tocar. Serão ouvintes querendo prêmios? Serão apelos por cadeiras de rodas? Remédios, recados para parentes, homenagens a aniversariantes do dia ou a ajuda para salvar Camila? Milagrosamente pouco mais de cinco minutos após a história de Camila ir ao ar, a Dra. Rosa Célia que estava ouvindo o programa liga para o estúdio. Pronto! Camila vai ser operada! Graças a Deus, chora emocionada a mãe. Obrigado, Dra. Rosa Célia, festeja o comunicador... Abençoada Rádio Tupi, comentam os ouvintes que torciam por mais uma solução de um drama que podia acontecer na vida de qualquer um. Camila teve seu coração operado, teve acompanhamento mensal, durante 12 anos pela médica que salvou sua vida. E nascia com Camila o Pró-Criança Cardíaca – um hospital especializado que opera crianças carentes e as acompanha, inclusive doando cestas básicas para suas famílias. O coração de Camila bate forte.

E é mais um em meio a mais de 10 milhões de corações que batem no Grande Rio, em 2008.

No lançamento da primeira edição do livro *Hora do Show!* com Dra. Rosa Célia, fundadora do Hospital Pró Criança Cardíaca.

46

12 Horas no Ar, em Duas Rádios, ao Mesmo Tempo

Quando o comunicador Collid Filho, "o dono da madrugada" tirou férias naquele ano, tive a primeira grande oportunidade na Rádio Tupi. O diretor de programação Carlos Marcondes procurou primeiramente o comunicador folguista naquela época, Antonio Leal. Como o chamado *stand by* não foi encontrado, fui chamado para fazer o Programa do Collid. Ironicamente, eu que esperava há tanto tempo uma oportunidade de entrar no ar, não tinha ideia de que naquele dia eu ficaria no ar por mais de 12 horas seguidas e mais: em duas emissoras ao mesmo tempo. Nervoso pela chance de apresentar o Show de rádio que muitas vezes ouvia na juventude, ainda na minha cidade, eu não imaginava que a partir da meia-noite, quando iniciava o Collid Disco, era esse o nome do programa, eu apresentaria os programas seguintes também. Naquela madrugada foi deflagrada uma greve dos radialistas do Rio de Janeiro. O diretor da Tupi e da Tupi FM era Péricles Leal e ele resolveu que quem estava dentro da emissora não sairia já que os profissionais que estavam fora se recusavam a entrar para render seus colegas. Com isso, naquele dia, apresentei o programa do Collid Filho que entrara em férias, substitui o comunicador Jorge Luis, e fiquei no ar também de seis às nove da manhã no horário do Antonio Carlos e fui obrigado a apresentar o Programa Cidinha Livre da comunicadora Cidinha Campos.

Coagidos pela direção e para que ficássemos trabalhando enquanto a greve acontecia com piquetes nas entradas do prédio das rádios, e constrangidos por não estar ao lado dos colegas num movimento legítimo, também trabalhávamos preocupados em não perder o emprego. Em nenhum momento fomos discriminados ou acusados pelos grevistas que entendiam o fato de estarmos dentro da empresa desde antes do início do movimento e por isso mesmo sob ordens diretas do lado patronal. Na mesma época eu era locutor da Tupi FM, cujo *slogan* era "stereo espetacular", e como as duas emissoras eram no mesmo prédio e no mesmo andar, quando a greve foi deflagrada, fui obrigado a fazer locução também na FM. Como era rádio musical (tocava músicas clássicas, orquestras e românticas internacionais) de 15 em 15 minutos as músicas deviam ser anunciadas. A Tupi AM fica numa ponta do corredor de mais ou menos quatrocentos metros e a Tupi FM fica na outra ponta. De meia-noite ao meio-dia, durante 12 horas, enquanto entravam comerciais gravados na Tupi AM, eu corria para a FM para anunciar as próximas músicas, dar a hora certa, temperatura e voltava correndo para o estúdio da AM para continuar apresentando o programa que estava no ar. Quando grevistas e patrões chegaram a um acordo, finalmente chegaram às rendições para o comunicador, operadores (da AM e FM) e produtores.

Enquanto durou nossa maratona, a direção que permaneceu no prédio o tempo todo providenciou lanches e nos mantinha informados sobre o andamento das negociações. Quando deixei o "cativeiro" percebi que minha primeira oportunidade no programa do Collid Filho acabou se transformando numa oportunidade de aprender intensivamente mais sobre a programação e como se relacionar com os ouvintes (que não tinham nada a ver com a greve) mantendo a emissora intocável na sua imagem diante do seu público. Para que a bandeira da Rádio, seu nome, e sua marca não fossem manchados, desgastados, e depreciados a partir de decisões de pessoas, diretores ou funcionários que passam por ela. Os profissionais passam. A emissora fica.

47

Arthur Sendas: Fé na Palavra, Paixão pelo Rádio

Vinte de outubro de 2008. Na madrugada, o rádio dá a primeira notícia: morre o empresário Arthur Sendas. Baleado por um de seus seguranças, o empresário foi levado ao hospital para ser operado. Em seguida chegam mais informações. O tiro na cabeça, pela gravidade não deu tempo para a intervenção cirúrgica. Arthur Sendas não resistiu. Quando o dia amanhece, o Rio de Janeiro acorda com a notícia. A cidade perdia mais do que um empresário vitorioso, o dono da maior rede de supermercados que o Estado já teve, uma das maiores do país, o Rio perdeu um personagem importante. Arthur Sendas foi uma dessas histórias vivas de sucesso que se conta para motivar as pessoas. Construiu um império empresarial oferecendo emprego a milhares de pessoas e contribuindo com impostos para o progresso da cidade, do estado e do país. Mas uma característica em especial chamava a atenção. Ele acreditava na força da comunicação do rádio, por isso investia muito no veículo. Mais do que isto. Amava o rádio. Era ouvinte fiel, amigo dos comunicadores a ponto de participar dos programas, de usar em suas ações de *marketing* gente do rádio. Arthur Sendas fez mais. Apoiou carreiras de radialistas e não abria mão de usar a força do veículo para anunciar inaugurações e projetos comerciais. Sendas foi presidente da Associação Comercial do Estado do Rio de Janeiro, conselheiro da Petrobras e se orgulhava, de mesmo tendo estudado pouco (até a quarta série primária) conviver com ministros, governadores e lideranças nacionais. Arthur Sendas era católico fervoroso e colocava sua fé sempre na frente, em sua convivência diária com todos que o cercavam. Ironicamente, o rádio que tanto recebeu dele, foi o canal de comunicação que anunciou seu desaparecimento. Pela hora da tragédia, os jornais já estavam impressos, as emissoras de televisão estavam em sua programação de filmes na madrugada e o rádio ao vivo com seus plantões de jornalismo foi o veículo que acompanhou os últimos momentos da vida do empresário. Na Rádio Tupi, o repórter Fred D'Amato foi quem levou ao ar nos programas da madrugada a morte de Arthur Sendas. Seis da manhã, quando comecei o Show da Manhã, já sabia da notícia. Com muita tristeza, como se não acreditasse no que estava dizendo, comecei o programa contando os detalhes do crime. Parecia impossível, estar noticiando a morte de alguém que durante 17 anos confiou seus anúncios a minha voz e que demonstrava um carinho e respeito a minha família que me emocionava e orgulhava. Seu Arthur, como eu o chamava, era um entusiasta do nosso jeito de fazer rádio. Sugeria quadros, nomes de entrevistados e ouvia fielmente com a atenção de quem conhecia o rádio e de quem investia em seus profissionais. Foi assim com o comunicador (hoje publicitário multinacional) Paulo Giovanni. Foi assim com o comunicador Haroldo de Andrade. Foi assim comigo. Seu Arthur chegava ao ponto de, ao ouvir no rádio que um dos meus filhos estava gripado, ligar para minha casa mais tarde para saber notícias das crianças. Em todos os meus aniversários, recebia um cartão e um presente. Em todos os natais, estávamos juntos nos jantares que promovia para reunir seus amigos. Arthur Sendas tinha a marca da humildade de quem sabe se fazer grande pelos gestos e pelo poder da palavra. Era um apaixonado pelo rádio. Em todas as oportunidades confessava sua fé e seus santos de devoção: São Judas Tadeu, Santo Antônio, São Sebastião, Santa Rita de Cássia, São Francisco de Assis, São João Batista, Nossa Senhora da Rosa Mística e São José. Obrigado, Seu Arthur. Que Deus o tenha.

48

Ataque de Riso no Meio da Corrente de Fé

Nos anos 1990, eu apresentava um programa a partir das 13 horas na Rádio Tupi, sucedendo o Show do Paulo Lopes, que tinha se transferido para uma rádio de São Paulo, e o Show do Ênio Barbosa que saiu da emissora quando mudou a direção da Tupi. Na primeira parte do Show do Clóvis Monteiro, havia um quadro chamado "Clóvis Monteiro Você e a Verdade" que narrava uma história dramática, diariamente.

Logo após havia uma oração e os ouvintes formavam uma Corrente de Fé onde entravam no ar e pediam pelos parentes doentes, colocavam nome de amigos no Livro da Oração. Certo dia, a cantora Rosana (que ficou famosa cantando "O amor e o Poder") estava no estúdio aguardando para ser entrevistada logo após a Corrente de Fé e aconteceu...

Uma ouvinte entra no ar por telefone e naquele clima sério da oração, desesperada pedindo pelo filho que estava muito doente, a ouvinte, nervosa erra meu nome cometendo um engano muito comum (e que durante toda vida me acompanhou) de lembrar uma pessoa homônima mas muito famosa: Clóvis Bornay, famoso carnavalesco, campeão de concursos de fantasias luxuosas.

Não podia ser em hora menos adequada para um engano. No meio da consternação de uma pessoa deprimida pela dor e pelo sofrimento! A ouvinte repetia freneticamente:

"– Alô "seu" Clóvis Bornay... Pelo amor de Deus, "Seu" Clóvis Bornay, me ajuda "Seu" Clóvis Bornay...

Desesperado no ar, ao vivo, tentei resolver o problema mandando:

"– Minha amiga querida, diga para seu amigo Clóvis Monteiro, o que o seu filho tem?" E a ouvinte, inconsolável, chorava e repetia: "– Seu Clóvis Bornay do Céu... meu filho está muito doente, Seu Clóvis Bornay..." Pronto! Não tinha jeito.

O operador do programa não conseguiu se segurar e explodiu num ataque de riso e saiu da mesa de som me deixando ali, no ar com a ouvinte, pelo telefone, no ar repetindo num pranto só – Clóvis Bornay pra lá, Clóvis Bornay pra cá...

As produtoras a essa altura já tinham saído correndo do estúdio para rir lá fora e o operador além de me abandonar, foi chamar o pessoal do jornalismo para ver meu sofrimento no estúdio. Completamente suado, como acontece nestas situações de nervosismo, camisa encharcada, sem conseguir tirar a mulher do ar, olhei para o pequeno auditório do estúdio e vi a cantora Rosana quase se urinando de tanto rir da situação!

Nestas situações, improvisar é preciso. Comecei a falar em cima da voz da ouvinte, de tal maneira a inibi-la e fazê-la parar de falar. Foi o suficiente para o operador voltar, e tirar a ligação da mulher do ar. Alívio!

O que aprendemos deste episódio: no rádio, televisão, teatro, show, enfim em eventos ao vivo precisamos estar preparados para todo imprevisto. Na comunicação, como na vida tudo pode acontecer, inclusive... nada.

49

Em Busca do Sonho: Teste para Emprego na Rádio do Rio, Dinheiro Contado, Elisângela no Teatro e a Corrida Atrás do Ônibus

Nos anos 1980, depois de trabalhar há quase 10 anos no rádio pelo interior do Rio Grande do Sul resolvi correr atrás do meu sonho: trabalhar no rádio do Rio de Janeiro! Eu trabalhava na Rádio Imembuí de Santa Maria, uma emissora tradicional que já mandou muitos profissionais para as rádios de Porto Alegre, narradores, comunicadores, repórteres e mesmo com um relativo sucesso nesta cidade conhecida pelas suas universidades e unidades militares, com população de 300 mil habitantes, mas com milhares de estudantes no ano letivo, vindos de todas as partes do estado e do país chegava a ter perto de 400 mil pessoas. Ao ver reportagens de famosos comunicadores do Rio nas revistas da época: *Amiga*, *Manchete*, *Contigo*, *Fatos e Fotos*, me imaginava na Cidade Maravilhosa apresentando programas populares em uma grande emissora! Com dinheiro contado, para viajar de ônibus ao Rio, ficar três dias, fazer testes nas rádios e voltar para Santa Maria, chegando ao Rio fiz contato com alguns artistas que tinham se apresentado em minha cidade. Bem, em minha cidade eu até que tinha "moral"! Todos que lá chegavam davam entrevistas em nossa rádio, a de maior prestígio na região. Convidado fui assistir uma comédia na qual a atriz de novelas Elisângela (em alta na época) estava se apresentando no Teatro Princesa Isabel. Em cartaz "Trair e Coçar... é só Começar". Teatro lotado, sucesso total, depois da peça fui recebido por Elisângela que foi extremamente atenciosa me chamando para jantar com a família dela nos próximos dias. Após o teatro resolvi, para economizar, voltar andando até o Catete, onde estava hospedado na rua Bento Lisboa. De Copacabana a pé até o Catete! Até a enseada de Botafogo foi fácil. Ao olhar o meu destino, parecia uma caminhada viável. Só que o olhar é em linha reta e o caminho, cheio de grandes curvas: Praia de Botafogo, Aterro do Flamengo, Praia do Flamengo, Catete... Quando cheguei à rua Bento Lisboa, estava acabado.

Com dinheiro contado, combinei comigo mesmo que não entraria em nenhuma lanchonete, mesmo com fome, para não "trocar" o dinheiro o que me levaria a gastá-lo mais facilmente. No dia seguinte fui até a rua do Russel, fiz um teste com o coordenador de programação da época, Edmo Zarife. Dono da voz famosa que marca os gols do Brasil nas Copas do Mundo, Zarife respondia pela Rádio Eldorado, Rádio Tiradentes em Minas e algumas outras emissoras do sistema. Havia uma vaga em Minas, mas eu queria mesmo era trabalhar no Rio. Ele ficou de me chamar na primeira oportunidade na Rádio Mundial. No dia seguinte, só com a passagem de volta no bolso e com minha mochila com as poucas roupas que havia trazido, fui do Catete à Rodoviária Novo Rio andando. Maravilhado com as belezas da cidade. Mas muito cansado, cheguei atrasado na Rodoviária e o ônibus já estava partindo. Foi um desespero só! Tive de literalmente correr atrás... do ônibus! Consegui. Completamente suado, ocupei meu assento e apaguei, devido ao cansaço. Durante toda a viagem, quase 24 horas, parando em restaurantes e churrascarias de beira de estrada, eu fingia ficar dormindo para não dar na vista que eu não tinha dinheiro para almoçar, lanchar ou jantar cada vez que o ônibus parava e todo mundo descia.

Chegando a Porto Alegre, sem dinheiro para comprar a passagem para continuar a viagem até minha cidade no interior, dei muitas voltas na Rodoviária tomando coragem para pedir ajuda a alguém. Passei pelo posto da PM e resolvi. Era aquela a hora. Timidamente me aproximei do Policial Militar de plantão, contei minha história triste, morrendo de vergonha pedi ajuda para comprar a passagem até Santa Maria. Sem falar nada, o Brigadiano (assim são chamados os soldados da Brigada Militar no Rio Grande do Sul) tirou o dinheiro do bolso, contou o dinheiro para a passagem e mais um pouco para um lanche até meu destino. Agradeci com a certeza que não havia palavras para demonstrar minha gratidão. Jurei que um dia voltaria, e pagaria aquele empréstimo. Nunca consegui localizá-lo novamente. Outra pessoa que foi fundamental na busca de meu sonho de trabalhar na cidade grande foi minha tia Meri. Além de me hospedar, foi ela a primeira a pensar na possibilidade de uma carreira no rádio para mim. Um belo dia, aconteceu. Fui chamado para trabalhar na Rádio Mundial do Rio. Sem dinheiro para viajar e me sustentar nos primeiros tempos até receber o primeiro salário, fui socorrido pelo meu irmão José Pedro Ramires Monteiro. Lembro como se fosse hoje: Sem fazer uma pergunta, sem duvidar nem questionar nem um segundo, fez um cheque de 10 mil reais! Com total e irrestrito apoio do meu irmão mais velho, com a força das minhas irmãs Eluza, Ada e do meu irmão caçula Elias e com o receio de minha mãe, dona Eunice que por ela mantinha todos os filhos debaixo de "suas asas", parti para o Rio de Janeiro. Na Mundial, conheci Mario Belisário, meu primeiro grande amigo no Rio! Fui comandado pelo Jaime Azulay e cheguei a substituir o locutor Dirceu Rabelo que estava se desligando da rádio para trabalhar na Rede Globo como a voz padrão da emissora, posição que ocupa até a publicação deste livro. No Rio ainda trabalhei na Rádio Tropical FM, Rádio Capital AM, Rádio FM 105, Rádio 98, Rádio Globo, TV CNT, TV Bandeirantes e Rede Record. Mas a minha carreira teve grande ascensão e minha vida ganhou conforto e prosperidade a partir da Rádio Tupi.

Primeiramente apresentei o "Show do Clóvis Monteiro" de 13 às 17 horas, sucedendo o comunicador Paulo Lopes e Ênio Barbosa. Na época os comunicadores da Tupi eram Collid Filho, Antonio Carlos, Cidinha Campos, Carlos Bianchini, Kleber Leite, Samuel Corrêa, Júlio Louzada... Cheguei a apresentar dois programas: de 7 às 9 da manhã, após o programa Luciano Alves e antes do programa Cidinha Livre. Voltava à tarde depois da Patrulha da Cidade, às 13 horas e ficava no ar até 17h. Neste período, Chico Anysio foi contratado como comentarista esportivo e André Lucas participava do meu show matinal com o quadro "Galera do Chico" fazendo as vozes dos personagens, com a autorização do humorista.

50

O Mistério do Tim Maia

São muitas as histórias envolvendo Tim Maia e suas supostas ausências em shows, mas até hoje não se sabia a verdade sobre o assunto. Luizinho Campos, comunicador, apresentador, criador de paródias e personagens para programas de humor, conta que quando produzia o Show do Luiz de França, na Rádio Globo, precisava de um locutor para divulgar o resultado do popular "jogo do bicho" que garantia grande audiência na época.

Foi contratado um rapaz que não atendia, exatamente, as exigências para o cargo: era fanho e analfabeto! Celso, era esse o nome dele, foi apelidado de "Fom Fom". Com dificuldade para ler números (especialmente o zero) Fom Fom acabou virando uma sensação no Programa. Mas de onde veio o Fom Fom? Aí acaba o mistério de Tim Maia. Celso Fom Fom trabalhava com o artista nos anos 1980 e com sua dificuldade para ser entendido deve ter colaborado muito com a fama de Tim Maia de não aparecer nos seus shows. Imagina, o coitado do Tim Maia tentando entender o linguajar "fanho" do Celso lhe passando o endereço da próxima apresentação...

Estava desfeito o mistério do Tim Maia: Porque ele faltava a tantos shows! Se o coitado não entendia o que Celso Fom Fom falava, como ele iria chegar no local do show? O final feliz da história. Fom Fom deu a maior audiência no rádio, além de contratado passou a fazer comerciais e ganhar cachês pelos seus anúncios, digamos, diferenciados.

51

O Casal "Superação"

Dias após a tragédia que se abateu sobre a serra Fluminense, flagelando centenas de famílias e assustando o país inteiro, fiquei sabendo pelo colega Caio Alex (repórter da Redetv, na época) de um casal que perdera todos os quatro filhos e mais um sobrinho. Aquilo não só mexeu comigo como pai (tenho três filhos: Mariana, Bruno e Lucas) como também me chocou como homem de comunicação que noticiou muitas tragédias. Verônica Dutra e o companheiro dela Fernando Pfister sofreram uma perda que poucas vezes na história da humanidade já sofreu (e acredito que não estou exagerando). Perder todos os filhos é demais até para roteiro de filme, para drama mexicano, para literatura de ficção... Convidei o casal para participar do Show do Clóvis Monteiro, na Rádio Tupi. Cedinho, Verônica e Fernando chegaram ao estúdio. Estavam sem dormir desde o dia da enchente. Visivelmente abalados, deram uma entrevista com uma riqueza de detalhes que impressionou por se tratar de pessoas que tinham sofrido uma perda traumática que poderia enlouquecer literalmente qualquer um. Após o depoimento das vítimas da tragédia, fiz um apelo carregado de emoção pedindo qualquer tipo de ajuda. Eles precisavam recomeçar a vida, não se sabia como! Naquele mesmo dia, liguei para o secretário de comunicação do governo do estado. O jornalista Ricardo Cota atendeu. Expliquei o drama do casal. No mesmo dia, recebi uma ligação de Cota que estava no gabinete do vice-governador Luiz Fernando "Pezão". Ele quis saber os detalhes sobre o drama do casal de Teresópolis. Contei tudo que sabia. Alguns dias se passaram.

Um dia recebi a ligação de uma assessora do vice-governador. Em seguida, ele veio ao telefone e deu a boa notícia: ele conseguira um empresário para comprar um apartamento para Verônica e Fernando e para uma tia que perdera seu filho também. Começava ali a reconstrução daquelas vidas.

O empresário, fiquei sabendo depois, era o presidente do IBOPE Carlos Augusto Montenegro. Além de um apartamento de três quartos perto da Granja Comari, num bairro nobre de Teresópolis, Montenegro também pagou cursos profissionalizantes para o marido de Verônica. Para ela uma cirurgia para reverter a ligadura de trompas, caso ela quisesse engravidar novamente. Tudo deu certo. Verônica engravidou! Conseguiu manter o seu "norte" apesar do grande trauma. Fernando começou a trabalhar. Voltaram ao Show do Clóvis Monteiro para dividir com o público sua história de superação. O casal virou capa do jornal *O Globo* (que não citou o nome da Rádio Tupi nem do Show do Clóvis Monteiro). Alguns meses depois, o programa Fantástico, da Rede Globo contou a emocionante história de Verônica e Fernando. O Fantástico mostrou a entrevista apresentada pela Tupi e mais uma vez o crédito (o nome da emissora) não foi citado. O que importa de verdade: uma incrível história foi dividida com o público e exemplos de solidariedade e generosidade (empresário que deu a casa e o apartamento e ouvintes que ofereceram todo tipo de ajuda) inspiraram certamente outros corações. Nasceu Ana Luiza, a filhinha do "casal superação". Achei muito bonito quando ouvi do pai da criança, Fernando a seguinte frase: "Não fomos nós que demos vida a Ana Luiza. Foi ela que deu vida para nós!"

52

Um Repórter em Cada Esquina

Seis horas da manhã. O Show do Clóvis Monteiro entra no ar pela Super Rádio Tupi AM 1280 e pela FM 96,5 despertando o Rio de Janeiro com muita motivação, bom humor e principalmente muita informação. Além das manchetes dos jornais, notícias do futebol, piadas e histórias positivas "O Show da Manhã da Tupi" alcançou a liderança de audiência abrindo espaço para os ouvintes informarem o que está acontecendo na cidade. Ouvinte Repórter Tupi (ORT)! Assim é chamada a participação do ouvinte que passa por um acidente, uma situação curiosa ou uma tragédia que vai causar comoção nacional. A partir das seis da manhã, praticamente um repórter em cada esquina em ação pelas ondas da Super Rádio Tupi: Um cavalo solto numa via expressa oferecendo perigo aos motoristas, um engavetamento de vários veículos que engarrafa o trânsito, um arrastão que põe em risco a população... Foi assim que nasceu a notícia de uma tragédia que sensibilizou o mundo: O massacre dos 12 estudantes da escola de Realengo. Um ouvinte ligou dizendo ter ouvido tiros na escola Tasso da Silveira que fica na esquina de sua casa. Imediatamente a produção do Show do Clóvis Monteiro ligou para a escola. O diretor atende e confirma: Um homem invadiu a escola e atirou contra as crianças. Muitos feridos. Doze mortos! O comandante da Polícia Militar estava ouvindo a Tupi e imediatamente ambulâncias e viaturas foram mobilizadas. Todos os dias, a partir de um celular que hoje também é um receptor de rádio FM, ao ligar para a emissora vira um microfone, ouvintes se transformam em repórteres – Ouvinte Repórter Tupi (ORT) de todos os lugares, Zona Oeste, Zona Sul, Zona Norte, Baixada Fluminense, Região Serrana, Região dos Lagos... enfim, praticamente um repórter em cada esquina!

53

Show Nosso de Cada Dia...

Não há maior espetáculo do que a vida. Depois que se nasce, o show começa e a sucessão de cenas alegres ou dramáticas, emocionantes ou divertidas, geniais ou patéticas escrevem a história de cada um e, ao mesmo tempo, a história de uma geração. Assim é escrita a história da humanidade. Com letras maiúsculas nos grandes feitos, com letras pequenas nos momentos obscuros. Assim como no palco, na tela de cinema ou nos livros, personagens da vida real se fazem, através de escolhas, vilões ou heróis. Muitas vezes, os papéis podem se inverter ou a diferença entre um e outro, se perde, dependendo do ângulo de quem vê ou da perspectiva de quem vive a situação. E com a força do imponderável, o poder da fé, o mistério do destino e a imprevisível conse-quência da ambição, do orgulho, da decepção e da paixão, cada pessoa, todos os dias, escreve um capítulo, um episódio, uma parte de seu show.

Acredito firmemente que é possível mudar a sorte, superar derrotas e escrever nossa história com cores que deem orgulho a nós e aos que nos amam. É possível aprender a viver. Aprender com nossos erros, com nossa experiência, com nossas escolhas. Buscar uma vida positiva, compreender que viver bem é conviver bem com os outros e com a gente mesmo. Sonhar e trabalhar para realizar os sonhos. Provar que tudo é possível, mesmo que até aquele momento não tenha sido. O mundo está cheio de gente que venceu um destino anunciado. A vida está cheia de pessoas que fizeram o caminho da vitória mesmo tendo conhecido os atalhos e vielas da derrota. Muitas vezes, no show nosso de cada dia, quem tem mais dificuldades e carências transforma tudo isso em motivação e entusiasmo para vencer.

O fascinante da vida é que ninguém pode prever o amanhã. Tudo é possível e não há limites quando se tem um sonho na cabeça e fé no coração.

O mágico na existência humana é que não importa o que se viveu até aqui. Sempre é possível começar de novo, de novo e mais uma vez!

Não existe história igual. Cada vivência é única. Ninguém pode tocar a mesma água de um rio ou a mesma onda do mar. Tudo se renova como o nascer do sol e a emoção da vida, seja no nascimento de uma criança ou um novo amanhecer neste Show Nosso de Cada Dia...

54

Imagens da Infância

Rua Angelo Bolson, 519. Era este o endereço da minha infância. Uma casa geminada numa vila popular na periferia de Santa Maria, município que fica no centro geográfico do Rio Grande do Sul. Pela sua posição estratégica esta cidade concentra uma Base Aérea, unidade da Forca Aérea Brasileira (FAB) e muitos Quartéis do Exército. Sua base econômica é o comércio de varejo e a ausência de grandes indústrias só não compromete completamente por que sua Universidade Federal (UFSM) atrai milhares de estudantes para fazer cursinhos pré-vestibulares e para cursar as diversas cadeiras oferecidas pela grande estrutura da "Federal". Outras universidades privadas exploram o mercado regional, aumentando a oferta das sonhadas vagas para uma vida acadêmica. Outra característica de Santa Maria é o grande número de emissoras de rádio. Mas isso já é outra história. Em frente à casa onde eu morava na infância, não havia asfalto, minha casa não tinha cercas, nem muros e somente uma valeta a separava do caminho onde muitas vezes se via cavaleiros conduzindo tropas de bois que levantavam poeira ou espalhavam lama no chamado "Passo das tropas". Colada a nossa casinha, morava "dona" Candoca, uma senhora que era conhecida por ser benzedeira e junto com "seu" Ivo tinham três filhos e um neto que moravam com eles. Na divisa dos pequenos terrenos, lembro bem de um pé de romã, que parecia enorme para nosso tamanho, aos nove anos de idade. Meu irmão mais velho foi estudar fora, em Minas Gerais na Escola Preparatória de Cadetes do Ar (EPCAR) na cidade de Barbacena. Minhas irmãs Ada e Eluza já trabalhavam na cidade para ajudar em casa. Eluza, professora, sempre foi muito dedicada a toda família e uma das memórias mais ternas que mantenho aquecida no meu coração é do dia em que por amanhecer doente, não fui à escola. Eluza lecionava na parte da manhã e quando retomou pra casa na hora do almoço, me encontrou ainda na cama, abatido por uma forte gripe e, lembro como se fosse hoje, me surpreendeu me presenteando com uma revista de histórias em quadrinhos (um gibi) do Rocky Lane, um *cowboy* que fazia sucesso naquela época, minha irmã sabia que eu era apaixonado por gibis, chegando ao ponto de tentar desenhar minhas próprias revistas e criar meus próprios heróis. Ela, que tinha dinheiro contado para suas despesas, para ajudar minha mãe, meu pai era doente crônico e aposentado dos Correios, por que desde que me lembro professor no Brasil ganha muito menos do que merece. A revista com cheiro de nova, uma raridade porque naquela época os gibis que eu lia geralmente eram usados e emprestados por amigos, parecia um tesouro. Presente precioso que me confortou naquele momento e mais tarde percebi, valioso por ser dado por uma irmã que mesmo não demonstrando suas emoções, por ser talvez muito tímida, me acolhia e abraçava com sua preocupação, sua lembrança e com seu presente.

Meu pai, Bruno, minha mãe, Eunice, meus irmãos, Eluza, Ada, Pedro e Elias. Uma casinha de dois quartos e um terceiro improvisado numa antiga cozinha, um puxadinho caindo aos pedaços com assoalho apodrecido e infestado de ratos com os quais quase acostumamos, um pátio minúsculo, onde jogávamos bola, brincávamos de bandido e mocinho, corríamos o dia inteiro como se, naquela época, o dia tivesse 48 horas! Espaços físicos limitados, imaginação sem limites! Foi uma infância de cores e cheiros que até hoje carrego na lembrança: Campeonatos de futebol onde meu irmão Pedro era chamado de craque. Peças de teatro, onde minha irmã Ada era a sensação! Exposição de desenhos, onde meu irmão caçula Elias era reverenciado como prodígio! São imagens da minha infância.

55

O Estressado Envergonhado

Quando se diz que dinheiro não traz felicidade, o que se quer dizer é que, mesmo que a pessoa tenha muito dinheiro, ainda assim, terá todos os outros problemas de qualquer ser humano: relacionamentos com a família, com seu grupo social, com colegas de trabalho, funcionários de sua empresa ou sócios de seus negócios. O dinheiro, a riqueza, a prosperidade sempre serão bem-vindos, especialmente se forem usados positivamente; para gerar empregos, distribuir renda, realizar obras sociais, mas a abundância de bens materiais não garante uma pessoa feliz. São muitos os casos de ricos deprimidos, milionários suicidas, celebridades estressadas. Quantas vezes se vê pessoas que se vestem com grifes famosas, carros caríssimos e vivem em mansões cinematográficas, e que sem grandes motivos explodem em mau humor, azedume e baixo astral!

Ouvi uma historinha que ilustra bem essa situação. O empresário a bordo de seu Mercedes do ano, fim de tarde, voltando para casa após um dia de compromissos em sua empresa bem-sucedida, parou no sinal de trânsito. Aparece um menininho de mais ou menos nove anos de idade, vendendo saquinhos com limões. O empresário se apressa em subir os vidros elétricos do carro. O moleque insiste para que ele compre os limões, argumentando que é o último saquinho e que se vendê-lo poderá ir pra casa.

O empresário mal-humorado resmunga que não quer comprar nada. Como o garoto insiste, e mais uma vez ouve um rotundo "não", se afasta e solta uma frase infeliz: – "Com esse carrão e não quer comprar um saquinho de limão... Depois a gente assalta..."

Ao ouvir o menino, o empresário abre o porta-luvas, pega um revólver, abaixa o vidro do carro e manda:

– "Aí, pivete! Passa o saquinho de limão pra cá. Isto é um assalto!". O moleque, coitado, branco que nem papel, passou os limões. O rico e estressado empresário subiu os vidros do

Mercedes. O sinal abriu e ele arrancou em disparada levando o saquinho de limões! Quem tinha mais motivos para *stress*?

O menino que certamente morava mal e longe, não se alimentava direito, devia ser obrigado por algum adulto a ficar horas a fio naquele sinal de trânsito, obrigado a levar dinheiro pra casa e possivelmente ser castigado se não conseguisse vender todas as frutas, descalço, maltrapilho e certamente humilhado e discriminado diariamente ou o rico empresário dono do seu próprio negócio, morando numa mansão, família cheia de conforto, frequentador de restaurantes famosos e carrão de luxo?

Outra pequena história que mostra claramente o quanto somos ingratos com nossa sorte. Depois de apresentar meu programa de rádio, pegava meu carro e partia para o segundo emprego, apresentação de um programa diário na Rede Record. De meio-dia às 13 horas, apresentava as notícias da manhã, entrevistava autoridades e artistas e pouco depois das 13:30 horas, já estava indo para casa. No caminho para a Barra da Tijuca, passava pela gráfica do jornal *O Dia*. Em frente ao prédio do jornal, havia uma mureta larga o suficiente para as pessoas andarem sobre ela. Era uma tarde de verão, sol a pino, calor insuportável e eu após o programa da TV, estava mal-humorado porque naquele dia não gostara do programa. Me achei no direito de fechar a cara e transbordar *stress* por todos os poros, reclamando em voz alta comigo mesmo (estava sozinho no carro). Nisso olhei para o lado e vi uma menina muito pobre, de aproximadamente 11 anos, que caminhava descalça sobre a mureta quente, carregando dois baldes de água presos em um cabo de vassoura, sobre seus ombros esqueléticos. Em meu carro confortável, ar-condicionado ligado, ainda de terno e gravata, voltando para minha família, sabidamente mais feliz que a maioria e vivendo com um conforto conquistado com muito trabalho, me achava no direito de reclamar da vida... Enquanto a menina debaixo de um sol escaldante, carregando um peso que arqueava suas costas magras, cantava enquanto voltava para casa! Que direito eu tinha de estar estressado. Imediatamente a "ficha caiu". Ao ver a menina e os baldes de água, e voltar para minha realidade, foi como receber um "soco no estômago". De estressado passei a profundamente envergonhado!

56

A Última Entrevista do Chacrinha

Fenômeno de popularidade, tendo passado por todas as redes de televisão do Brasil, Abelardo Barbosa terminou sua vitoriosa carreira na Rede Globo de Televisão. Nas tardes de sábado, o Brasil parava para ver as Chacretes com seus modelitos provocantes (para a época), o alarido do auditório sempre frenético e barulhento, provocado pelo animador.

O Velho Guerreiro era um poço de contradições: voz rouca, quase inaudível, público gritando sem parar, frases do tipo – "vocês querem bacalhau?" ou – "Quem mente mais... o homem ou a mulher?" ou a inacreditável pergunta "Vocês querem que eu morra?"

E aconteceu. Chacrinha morreu. E a última entrevista do animador foi na Rádio Tupi.

Recebi Abelardo Barbosa num programa chamado "Ídolos de todos os tempos", onde era contada a história de cantores, atores, atrizes e cantoras que marcaram época.

Foi nesta entrevista que Chacrinha contou sobre uma viagem de navio que o trouxe do Nordeste para o Rio de Janeiro. Foi na sua última entrevista que ele narrou sua origem na mídia nacional. Trabalhou na Rádio Tupi e apresentava seu programa logo após o comunicador Collid Filho, que anunciava: "Vem aí, diretamente da Chacrinha em Niterói, Abelardo Barbosa!!"

O programa era apresentado de uma chácara junto aos transmissores da emissora, onde praticamente não havia estrutura nenhuma. Chacrinha usava muita sonoplastia para imitar um ambiente de baile de Carnaval. Batia panelas, brindava com copos de vidro...tudo "vazando" no microfone para simular um salão de festas. Música alta, ele transmitindo a simulação de festa com toda a animação possível!

Era tão convincente sua atuação, que um casal de turistas ingleses, que estava hospedado no Copacabana Palace ao ouvir o programa resolveu pegar um táxi na Zona Sul e rumar para Niterói, à procura do tal "Clube" cujo endereço foi falado no rádio.

O táxi rodou, rodou... e nada de achar o tal Clube, Cassino ou seja lá o que era sugerido no show de rádio. O taxista acabou encontrando, depois de muitas informações, aqui e ali, o tal sítio de onde era transmitido o programa do Chacrinha!

Qual foi sua surpresa ao chegar no local e testemunhar aquela cena patética: Abelardo Barbosa de cueca samba-canção, segurando panelas e cornetas, em meio a galinhas e patos, falando com o operador de som como se estivessem num grande baile que só eles viam!

57

Insista. Resista. Não Desista

Muitas vezes na vida, para vencer nem é preciso dar um passo à frente. Basta não recuar.

Em 1986 cheguei ao Rio. Trabalhei numa Rádio chamada Tropical FM. Ficava na Praça Tiradentes. Para não perder a primeira oportunidade na cidade grande, fazia todos os horários que me pediam. Cheguei a ficar um ano sem folga!

Um ano sem folga e trabalhando muitas vezes em dois horários, diariamente. Um dia de madrugada, outro dia de manhã e à noite...

No dia que a folga chegou, ela foi cancelada e me chamaram pra voltar à Rádio. Foi o dia em que a Rede Globo fazia uma reportagem sobre o fenômeno do pagode no Rio de Janeiro. A Rádio Tropical FM era uma pequena e obscura emissora que resolveu tocar só samba. Em semanas já era o terceiro lugar de audiência. Chegaria em pouco tempo ao primeiro lugar. A repórter Sandra Passarinho me entrevistou e em poucos meses no Rio, lá estava eu, no Globo Repórter!

58

Fé. Coragem. Entusiasmo

Se você acredita em alguma coisa, vá em busca.

Para percorrer o caminho do seu sonho, e não se desviar por pequenas vantagens aparentes, é preciso coragem. Coragem para dizer não para os atalhos que parecem atrativos. Coragem para dizer não às ofertas tentadoras. Ao escolher o seu foco e começar sua busca é preciso entusiasmo! Entusiasmo é colocar a alma no que você faz! Entusiasmo é a força a mais, o passo além, o degrau acima dos demais.

Ainda no interior do Rio Grande do Sul, em Santa Maria, trabalhando em Rádio, imitava um locutor numa mensagem que era muito comum naquela época. A mensagem dizia assim:

"– Fundação Roberto Marinho. Apoio Höest. Química a serviço da vida."

Já no Rio, trabalhando na FM 105 (JB), fui procurado pela Fundação Roberto Marinho para gravar uma campanha.

Qual foi minha surpresa quando gravei o texto: "– Fundação Roberto Marinho. Apoio Höest. Química a serviço da vida."

Coincidência. Acaso. Ou a inexplicável magia da vida de quem busca sonhos?

59

A Terapia do Palavrão

Quando meu filho Lucas tinha cinco anos, ele não se ligava muito em futebol. Recebemos alguns amigos do Sul e a ideia era irmos todos ao Maracanã. O jogo era entre Fluminense e Atlético Paranaense e para convencer meu filho a participar do nosso "programa" tive a ideia de contar como era o clima num estádio de futebol. Contei das músicas cantadas pelas torcidas organizadas, falei da vibração na hora do gol e quando comentei que no estádio quase todo mundo falava palavrões... aí os olhinhos do meu filho brilharam. Ele quis saber: Pode falar palavrão? Eu respondi: – No estádio pode! Fomos ao Maracanã. Chegamos e tomamos nossos lugares e o jogo começou. Quando o Fluminense perdeu uma chance clara de gol, a torcida foi à loucura e começou a xingar os jogadores: foi palavrão pra todo lado!

Meu filho Lucas arregalou os olhos e viu que era verdade. As pessoas falavam muitos palavrões no futebol! E pelo jeito ele gostou. Uma nova jogada perigosa dentro da área. O juiz não deu o pênalti. E a torcida mais uma vez começou a xingar e desta vez meu filho Lucas foi junto e mandou os palavrões que conhecia...

O problema é que esqueci de explicar as circunstâncias do uso dos xingamentos no estádio de futebol. O jogo transcorria normalmente, a bola no meio de campo, a torcida tranquila. Todo mundo sentado calminhos e meu filho na ingenuidade de seus cinco anos sobe na cadeira, vira-se para os torcedores atrás de nós, uma turma mal encarada e começa a soltar palavrões: – Filho da... Car..., P... Que p..., Merd!!! Por pouco, não apanhamos ali mesmo! Foi um tal de segurar o menino, colocar a mão na boca do moleque pra interromper a série de palavrões e salvar nossas vidas... Aprendemos uma lição neste dia. Temos de explicar onde e em que circunstâncias as palavras devem ser ditas. Comunicar com eficiência é usar as expressões apropriadas nos momentos adequados.

O palavrão, por incrível que pareça tem seu lugar na comunicação do dia a dia. Imagine a cena. Uma senhora sai de casa toda arrumada. Vestido branco como a neve, sapatos impecáveis e bolsa de grife. Ao atravessar a rua não percebe uma poça d'água da chuva da noite anterior. Um carro passa e joga lama na roupa dela! Francamente, não vamos esperar que ela desabafe educadamente: – "Oh! Meu Deus... que infortúnio. Esse motorista, coitado, não viu a poça e sem querer me sujou de lama..."

É claro que ninguém reagiria assim. O mais natural até para uma freira, nesta situação seria reagir com mil palavrões!!!

– "P Q P... Filho d... por que não joga lama na vadia da sua m..., Olha minha roupa toda cag... – Meu Deus, estou falando palavrões! Foda-se... eu nem queria ser freira porra nenhuma!!!"

Em muitas situações, pesquisas sobre comportamento, garantem que o palavrão serve como desabafo, uma espécie de terapia que "lava a alma" e libera o *stress*.

60

Da Timidez na Sala de Aula, ao Apresentador das "Diretas Já", Animando uma Multidão de Cem Mil Pessoas

1983. A partir de um projeto de lei do deputado Dante de Oliveira, que propunha eleições diretas para presidente da República, o Brasil viveu o movimento chamado "Diretas Já". Multidões se mobilizaram em todos os cantos do país pedindo "Diretas já". No Rio, o evento político chegou a reunir mais de um milhão de pessoas na Candelária com a presença no palco de grandes líderes da época como: Leonel Brizola, Lula, Roberto Freire, Ulisses Guimarães, Mário Covas, Tancredo Neves... No Rio Grande do Sul, a concentração no sul do Estado reuniu cem mil manifestantes entre estudantes, trabalhadores, lideranças e políticos de partidos de oposição aos governos militares. No palco, artistas como Fafá de Belém e Kleiton e Kledir, representantes da mídia como o locutor esportivo Osmar Santos, o comentarista Ruy Carlos Ostermann e o próprio deputado Dante de Oliveira, autor do projeto de lei que deu origem ao movimento. Imagine então, um menino que tomado pela timidez tinha dificuldade de encarar os colegas na sala de aula na pequena escola municipal do interior gaúcho. A timidez era tanta que até para encarar parentes que visitavam seus pais, o sofrimento era grande... Imagine esse menino alguns anos depois, crescido e transformado em comunicador de rádio e apresentador de televisão enfrentando uma multidão. Foi o que aconteceu. Por trabalhar num grupo importante de comunicação, a Rede Brasil Sul de Comunicação (RBS) fui convidado a apresentar o evento político naquela região. Cem mil pessoas! Era esse o público calculado pela Brigada Militar, na época. Como uma criança extremamente tímida e introspectiva consegue se transformar num profissional de comunicação de massa?

A verdade é que ninguém deixa totalmente suas limitações. Continuei enfrentando a timidez. E até os dias de hoje, com mais de 30 anos de profissão apresentando programas de rádio, TV, palestras e eventos dos mais variados, não posso afirmar que venci de todo minhas inseguranças.

Na verdade em cada situação há um pouco de superação, alguns truques e técnicas aprendidas na experiência do dia a dia, ao longo de todos estes anos. Comigo funcionou muito buscar imitar alguns profissionais que admiro. Outro truque é imaginar um personagem que faça aquilo que precisa fazer, com desenvoltura. E treinar, treinar muito em quartos fechados, em frente ao espelho e gravando e ouvindo até acostumar com sua própria voz.

Até acostumar você acha esquisita sua voz pelo simples fato de que quando você fala e ouve, sua voz sai de sua boca ao mesmo tempo que entra no seu ouvido. É diferente das outras pessoas que só ouvem sua voz e estão acostumadas com seu som.

Grave sua voz, fale em voz alta, emita sua voz e treine sua dicção. Falar bem, de forma clara ajuda em qualquer situação e em qualquer atividade, seja profissional ou social.

Todos admiram quem fala bem!

61

Persistência e Perseverança se Aprende com Criança

Na comunidade muito pobre, um conjunto de casas geminadas na vila popular ficava à beira de uma estrada de terra batida, que quando chovia virava lama pura e quando havia sol, era só poeira. As crianças brincavam na rua e todo dia quando uma carroça subia a rua sacolejando com grandes recipientes de leite, ao passar pela primeira casa, um menino corria para dentro gritando para sua mãe:

"– É o leiteiro, mãe... quantos litros hoje?" E lá de dentro, a mãe respondia: "– Dois litros!"

O homem parava a carroça, derramava dois litros de leite numa garrafa, colocava no portão da casa e seguia subindo a rua. Outra criança corria para sua casa perguntando, aos gritos: "- Mãeeee... Quantos litros de leite, hoje??" E a mãe do garoto respondia lá de dentro: "– Três litros!!!" E assim o homem da carroça do leite continuava seu caminho. Ao passar por uma casinha escondida por uma vasta vegetação, um menino magrinho corria esbaforido para perguntar, também a sua mãe: "– Quantos litros de leite hoje, mãaaaee??" E de dentro da casa se ouvia a voz da mãe da criança:

"– Hoje não..." Esta cena se repetia praticamente o ano inteiro. E todos os dias o menino corria para casa, gritando, na esperança de que um dia a mãe respondesse de forma diferente. Essa história me foi lembrada pelo meu irmão mais velho, José Pedro, e curiosamente eu que já a havia esquecido, sou o menino da casa que nunca tinha dinheiro para comprar o leite. O que podemos destacar neste caso é a persistência do menino, todo santo dia, correndo e perguntando pra sua mãe com a esperança de que um dia a resposta dela fosse diferente.

62

As Virtudes Que Nos Definem...

Muitas pessoas são conhecidas por seus defeitos e ganham apelidos a partir de gafes, hábitos, micos ou incidentes que provocam ou de que são vítimas. Por exemplo, um profissional de serviços gerais que, a cada limpeza de janelas e vitrais, acabava por quebrar as vidraças, acabou ganhando esse apelido – "Vidraça!"

– "Fala Vidraça!" Ou então: "– E aí, tudo bem Vidraça?" – "Já quebrou alguma coisa hoje, Vidraça?"

Outro apelido curioso: "Mingau". Por declarar que gostava muito de mingau no café da manhã, o coitado ganhou este apelido. E olha que isto nem é um defeito.

Contam que, furioso por ser chamado assim o apelidado ameaçou: "– Dou um tiro no próximo que me chamar de Mingau!" Um belo dia, ele passava no calçadão da praia e ouviu alguém gritar –"Leiteee!" e outra voz gritando:

"– Maizena!"

E ele, num tom ameaçador, mandou: "– Mistura, mistura que eu dou um tiro!"

Apelidos são sempre pejorativos. Fico imaginando se em vez de definirem as pessoas por suas falhas e defeitos, se reconhecessem as virtudes de cada um. E todas as pessoas possuem virtudes.

Como exemplo, vou citar alguns dos meus muitos amigos com a virtude que poderia defini-los. Luciano Terrazi é o próprio entusiasmo em pessoa. Dono de uma grande rede de lojas de móveis e colchões, Luciano quando fala de sua família ou de suas lojas não consegue esconder seu entusiasmo! Marcus Di Giácomo, diretor de programação da Rádio Tupi do Rio de Janeiro, é a disciplina personalizada! Planeja, esboça, pesquisa, comenta, debate, exercita, confere, revisa e realiza.

Washington Rodrigues, comentarista esportivo muito popular no Rio de Janeiro é a criatividade viva! Criador de bordões que acabam na boca do povo, inventa personagens originais, imagina definições únicas e conquista a atenção de todos com suas histórias.

Luiz Campos, produtor musical, compositor, profissional de marketing, comunicador e palestrante, conhecido artisticamente como Luizinho Campos pode ser definido como Gente Boa! Arruma emprego para quantos for possível, recomenda colegas para situações de promoção, orienta estagiários na busca de um bom caminho profissional! Revela talentos, sugere ideias que agreguem valor a performance dos colegas e como todo cara "gente boa", se não puder ajudar... não atrapalha!

Meu irmão José Pedro Ramires Monteiro tem muitas virtudes mas sua educação o define. Extremamente respeitador, José Pedro é incapaz de invadir o espaço de outra pessoa, ultrapassar a linha do bom-senso ou ferir os sentimentos de alguém. Cheio de talentos (compositor premiado, escritor elogiado, militar da reserva de folha exemplar) meu irmão mais velho é o tipo de pessoa civilizada, que assegura seus direitos respeitando os dos outros.

63

Quanto Você Quer Para Falar Bem do Nosso Candidato a Presidente?

Ele estava no carro, em um final de tarde, enfrentando um engarrafamento rotineiro. O celular tocou, era uma ligação de uma agência de marketing e publicidade. A voz feminina se identificou, certificou-se de estar falando com a pessoa certa e, curta e grossa, foi direto ao assunto:

– Se você não vai apoiar nenhum candidato à presidência, temos uma proposta. Nosso candidato está fechando com comunicadores de todo país. Em São Paulo já fechamos com três. No Rio você é um dos escolhidos.

Tudo muito rápido. O "escolhido" perguntou, sem acreditar no que estava ouvindo: – Como é esta história? Não estou entendendo.

Do outro lado da linha, ela calmamente explicava:

– Você não vai se comprometer. Basta ler os jornais, o resto nós fazemos. Claro, o ideal seria defender nosso candidato de eventuais ataques...

Ainda questionando se poderia ser uma brincadeira, o comunicador mandou:

– Pera aí. Você está propondo apoio público nos meus programas, ao seu candidato à Presidência da República? Quer que repercuta as notícias positivas que vocês vão plantar nos jornais e o defenda de possíveis críticas?

Ela disse: – É isso. Se possível, também, entreviste o candidato por telefone algumas vezes.

Foi aí que aconteceu algo que lembra os filmes. Ele perguntou em que bases financeiras estava se falando. E no melhor sotaque paulista, ela disse:

– Quem vai estipular o valor é você. Estou com caneta e papel na minha frente. Pode falar quanto você quer. Vamos depositar em sua conta todo dia 15... Mas tem uma condição: ninguém pode saber.

Impressionantemente, ela queria uma resposta imediata. O comunicador resolveu ouvir a voz da consciência, que falou mais alto que a voz ao telefone e, mesmo tentado, disse não! Agradeceu a ligação e desligou o celular.

Um mês depois, ouvindo rádio, algo chamou sua atenção: Um colega comunicador de outra emissora defendia o tal candidato de críticas e logo em seguida o entrevistou por telefone... Alguns meses se passaram, o tal candidato à presidência perdeu a eleição e coincidentemente alguns famosos comunicadores foram demitidos de emissoras tradicionais de São Paulo e no Rio, com grande impacto na opinião pública, que não entendeu o motivo da dispensa de apresentadores tão consagrados.

64

O Poder da Publicidade

Os Postos Ipiranga fizeram uma campanha publicitária na televisão no qual o foco era mostrar que nos seus pontos de venda, o consumidor de seu combustível encontra tudo que precisa e quer nas suas lojas de conveniência. No comercial um caminhoneiro chegava na cidade e perguntava para um morador onde podia encontrar um lugar para almoçar.

A resposta vinha "automaticamente" No Posto Ipiranga!

– Outra pergunta era onde podia comprar jornais e apostar na loteria?

A resposta era imediata;

– "No posto Ipiranga!"

Onde encontro uma locadora de vídeos. "– No Posto Ipiranga!".

O comercial deixava claro que no Posto Ipiranga, além dos serviços de um posto de combustível, se encontrava tudo de bom. Um pai que procurava repreender o filhinho de seis aninhos resolveu advertir – se você não for um bom menino, não vai para o céu! Ao que a criança retrucou: – Eu não quero ir pro céu...

E o pai assustado e surpreso;

– Não quer ir para o céu? Meu filho, você quer ir para onde?

– E o menino: Quero ir para o Posto Ipiranga!

65

Ruído na Comunicação

Por falta de conhecimento, por falta de cuidado, por falta de atenção e até por falta de bom-senso a comunicação do dia a dia pode apresentar "ruídos". Por exemplo: Uma empregada doméstica querendo dar opinião sobre assuntos ligados a família dos patrões saiu-se com essa:

– "Não é de minha OSSADA, mas vou dizer o que eu acho...".

A palavra certa que deveria ser usada era "alçada".

Uma moça curiosa ao conhecer o carro novo do namorado:

– "Amor, esse carro tem ALBERGUE nos dois lados?" Ela queria dizer "*air bags*"!

Conversa entre um ortopedista e um paciente numa clínica:

– "Doutor, meu joelho está RUGINDO.

E o médico: – "Que bicho tem aí? Leão, tigre?

"O menino chorando na cadeira do cabelereiro e a mãe tentando acalmá-lo:

– Mas meu filhinho, o moço só vai cortar "DOIS DEDINHOS"!

E o menino assustado: –"Mas quais, mamãe?"

O secretário-geral da FIFA preocupado com os preparativos para a Copa do Mundo no Brasil disse publicamente que o governo brasileiro tinha de levar "UM CHUTE NO TRASEIRO". Pronto! Está formada a confusão diplomática. Os jornais repercutiram, o tema virou debate. Respostas foram dadas. Desculpas foram cobradas. O presidente da FIFA Joseph Blatter pediu desculpas a presidente Dilma Roussef. Mas o que chama a atenção é o despreparo da declaração. Politicamente incorreta e do ponto de vista da comunicação, improdutiva, desastrada e no sentido contrário do chamado bom-senso!

Lição de vida:

A boa comunicação sugere expressões positivas, declarações de preferência elegantes, educadas e respeitosas para que gerem reações igualmente positivas.

66

O Que Eu Quero Que Meus Filhos Saibam

Quando meu pai faleceu, eu tinha 10 anos e ele 50 anos. Na minha lembrança os últimos meses de vida de meu pai foram um pesadelo para a família. Vítima de todas as complicações que o vício do cigarro pode acarretar, fragilizado pela doença "seu" Bruno já não reconhecia ninguém, perdeu a fala e profundamente perturbado mentalmente vivia no isolamento de seu quarto onde recebia comida e remédios. Lembro que, quando tinha de levar alimento pra ele, sentia um misto de medo e pena por ver um ser humano (no caso meu pai) naquele estado... Meu pai não me viu além dos 10 anos de idade. Não conheceu minha esposa, nem seus netos. Meu primeiro filho homem, não por acaso se chama Bruno, é uma homenagem a meu pai. Ele não conheceu a Mariana nem o Lucas. Não viu a Mariana se formar em Direito e começar sua carreira de advogada, mostrando sempre dedicação, humildade, persistência para superar seus obstáculos e simpatia para conquistar as pessoas. Não viu sua neta se casar com o Felipe Costa, um cara sério, de excelente caráter e torcedor roxo (azul e amarelo) do Pelotas. Meu pai não conheceu meu filho Bruno e seu poder de fazer amigos, de experimentar e aprender rápido tudo o que tem de bom, sua curiosidade pela vida que lhe é apresentada. Meu pai não conheceu o Lucas e sua falsa timidez (no bom sentido), sua rapidez de raciocínio, seu humor espontâneo e sua demonstração de carinho pelos que o cercam. "Seu" Bruno, meu pai, não conheceu a Carmen, a mãe de seus netos, esta incrível mulher de sangue italiano, protetora e "briguenta", amorosa e guerreira! O que eu quero que meus filhos saibam:

Quero ver o que meu pai não viu. Meus filhos buscando seus caminhos, e nesta procura, compartilhando o que a vida pode oferecer de melhor: respeito, amor, saúde e alegrias! Conquistando respeito, respeitando os outros. Merecendo o amor, sabendo oferecer amor que nunca se acaba, que nunca diminui e sim se multiplica, quando é puro e verdadeiro. Preservando a saúde com uma vida de práticas saudáveis e plantando e colhendo a alegria, na medida em que percebam que ninguém pode ser feliz sozinho. Quero assistir meus filhos formando famílias, realizando sonhos e aprendendo todos os dias que a vida é o que a gente faz dela.

Clóvis Monteiro e seus filhos.

67

O Garoto-Polvo (O Menino de Oito Braços)

Nascido numa pequena aldeia, ele sabia que era diferente. Mais pobre que a maioria, mais calado que todo mundo, diferente dos outros irmãos. Fascinado pelas outras criaturas que via nos filmes, percebia nos livros, cruzava nas ruas, ele sabia que era diferente. Em casa, no entanto, se sentia confortável, perto da família. Um irmão mais velho, outro mais novo. Duas irmãs mais velhas, a mãe e o pai. Na escola a diferença aparecia: nas roupas dos coleguinhas, nas conversas, hábitos e nas brincadeiras entre eles. Enquanto todos adoravam aquele alarido, aquela gritaria nos corredores do colégio, antes das aulas, na hora do recreio e depois que a escola fechava, era aí que o garoto perdia o controle e se sentia quase como os personagens do filme do "X-Men"...

Bastava uma menina puxar conversa ou um menino zoar pelo fato dele ser tão calado, pronto. Um calor incontrolável subia pelo seu corpo e, como na história do cientista que se transforma no incrível "Hulk", seus bracinhos se multiplicavam numa metamorfose assustadora e sem saber como se esconder dos olhares que pareciam sufocá-lo, o menino sem bolsos suficientes para guardar seus oito bracinhos e sem poder escondê-los atrás do corpo miúdo, se obrigava a disparar para casa numa corrida frenética com seus braços a balançar quase a desequilibrá-lo num misto de vergonha e humilhação que o fazia desejar que um buraco se abrisse, onde ele pudesse se esconder de todos. Bastava uma situação social qualquer com pessoas estranhas no mesmo ambiente que ele, ou ser apresentado a uma nova professora. No ônibus que o levava para a escola e depois para casa, se alguém olhasse para ele ou lhe dirigisse a palavra, pronto. Lá vinha a bizarra transformação: braços nasciam do seu tronco, se enrolavam pelo seu corpinho magro, procuravam bolsos, buscavam se esconder sob seus cabelos ou se cruzavam às suas costas. Descia do ônibus no primeiro ponto, corria para casa ou procurava abrigo num banco de praça escondido sob as árvores do parque da cidade. Sozinho, aos poucos parava de suar, o calor do seu corpo diminuía e os seis bracinhos anormais iam sumindo um a um... Até que ele voltasse ao normal.

O garoto-polvo (como se imaginava) só esperava a hora de alguém denunciá-lo, prendê-lo, a família interná-lo numa instituição para seres especiais ou alguém sugerir que um laboratório, desses de filme de ficção científica, o dissecasse para estudar essa estranha criatura.

Foram alguns anos de muito sofrimento, metamorfoses intermináveis e desconforto que beirava o sofrimento sempre que precisava enfrentar uma situação em público. Só quando cresceu, prestou atenção ao mundo à sua volta, foi aí que percebeu que outras pessoas sofriam como ele.

O tempo passou e ele, só Deus sabe como, foi controlando sua anomalia e um dia percebeu que na verdade ele nunca teve oito braços nos momentos de "convulsão" social onde ele ficava exposto aos olhares estranhos. Na verdade, ele era tímido! Mas era uma timidez que só quem é tímido mesmo pode avaliar sua gravidade, seu poder paralisante, sua ação aterradora, seus efeitos desconcertantes. Para a pessoa profundamente tímida, o maior drama é o que fazer com as mãos? Onde colocar os braços? Os bolsos nestas horas valem mais que abrigos nucleares em tempos de Guerra Fria (Estados Unidos e União Soviética, na época, se ameaçavam em ogivas atômicas) e cruzar os braços na frente do peito ou entrelaçar as mãos por trás do corpo era a própria "escolha de Sofia".

Quanto ao garoto, sua extrema e exagerada timidez disparavam sua temperatura e lhe davam a impressão de que era um garoto-polvo! Ele cresceu, se superou, se fortaleceu e se pôs à prova. Enfrentou seus medos. Ainda era tímido, mas já não sofria. Já não tinha oito braços.

68

O Poder do Elogio

Ele era um homem aparentemente comum. Trabalhava validando o cartão de estacionamento num grande *shopping*. Dia após dia encontrava pessoas de todo tipo: homens, mulheres, jovens, trabalhadores, desempregados, gente rica, gente pobre...

Ele, na verdade, só parecia uma pessoa comum. Tinha um incrível poder: fazia todo mundo sorrir.

Na fila do estacionamento, o homem deprimido ouve elogios que nunca imaginou ouvir:

"– Meu amigo, que formato interessante tem seu rosto! Você passa uma sensação de que é uma pessoa de bem. Algum dia vão perceber seu potencial..."

Ao ouvir os elogios, o homem abre um tímido sorriso e quando sai do estacionamento já é outra pessoa.

A mulher que vem a seguir também recebe elogios:

"– Que olhos lindos você tem, minha senhora. E as maçãs do seu rosto lhe dão uma beleza singular!"

Pronto. A mulher abre um largo sorriso. E assim, pessoa por pessoa que passava para validar o cartão de estacionamento no *shopping* era recebido com elogios pontuais, personalizados e exclusivos.

E quem entrava triste, saía alegre. E quem chegava tímido, saía autoconfiante. E quem estava deprimido, ganhava autoestima. Nos dias seguintes, a notícia se espalhou:

O homem que fazia todo mundo sorrir atraiu uma multidão ao estacionamento do edifício. A segurança foi chamada para controlar o princípio de tumulto.

Rigorosos, os brutamontes não resistiram aos elogios de como foram ágeis e eficientes, e abriram um sorriso e desistiram de "enquadrar" o rapaz que motivava todo mundo. E fizeram mais, levaram o homem que colocava sorriso em todos os rostos para conhecer os diretores do *shopping*.

Nos grandes escritórios da corporação, diretores de *marketing*, de vendas e da administração ouviram daquele homem aparentemente comum, como eram importantes oferecendo tantos empregos e investindo no progresso da cidade.

Os antes estressados homens de negócios, agora com um sorriso nos lábios, ouviam os elogios que os consagravam como heróis do capitalismo, empresários de visão e "arautos" da prosperidade.

Impressionados com o poder dos elogios, os poderosos empresários com seu tráfico de influência, acabaram por levar o humilde funcionário do estacionamento até grandes líderes nacionais, que ao ouvirem sobre sua importância nos destinos do povo, o apresentaram aos líderes do mundo!

Dali para virar sucesso em programas de rádio e TV, jornais e revistas, o homem que fazia todo mundo sorrir se transformou num fenômeno, chamado para fazer comerciais para cremes dentais, planos de saúde bucal, produtos para a família e virou um ícone do sorriso, do alto astral e da positividade.

Lição de vida:

O poder do sorriso é inquestionável. A força do elogio, quando sincero, motiva as pessoas, o impacto da positividade já foi provado cientificamente. Em vez de criticar por criticar, elogie com sinceridade, porque todas as pessoas têm alguma virtude. Fale coisas positivas, sorria e faça os outros sorrirem também, e você vai conquistar o mundo!

69

Comunicação Entre Pais e Filhos - 1

Os pais sabem que os filhos os amam. Os filhos sabem que os pais têm neles seu maior tesouro. Mas tanto os pais quanto os filhos precisam ouvir, de vez em quando, que são amados. Dizer que ama pode ser uma arte. Já contei no rádio uma história sobre um pai operário que acordava sempre muito cedo para pegar seu trem e ir para o trabalho e por isso não via o filho acordado. O trabalhador voltava muito tarde para casa e também não conseguia encontrar seu filho acordado. Como se comunicar com o menino, como dizer que se preocupa com ele, como dizer que o ama? Toda noite, antes de dormir o pai ia ao quartinho do filho e sem acordá-lo pegava o lençol e dava um nó! No dia seguinte, o garoto ao acordar via o nó no lençol e sabia que o pai tinha estado no seu quarto, o tinha abençoado e com o nó no lençol dizia que o amava. Não importa a maneira, o importante é a mensagem chegar a quem se quer comunicar. Mais simples é, do nada, sem grandes motivos, chegar para a pessoa importante em sua vida e dizer: – "Eu te amo"!

Outra historinha positiva sobre pais e filhos aconteceu com um piloto de avião e seu filhinho de oito anos. No tempo da Varig, o piloto, meses sem voltar para casa, porque cumpria uma rota internacional – ele voava de Los Angeles a Tóquio – finalmente voltou para casa para rever a esposa e o filho. Ao chegar em casa o filhinho fez uma festa por que estava com muita saudade do pai, o piloto fez planos com a criança: andar de bicicleta, jogar futebol, ir ao cinema... mas o telefone tocou. Era do trabalho. Precisavam dele, por que um colega adoecera. Como dizer ao filho que novamente ele se ausentaria? Como explicar para uma criança de oito anos que o pai tinha de obedecer a empresa que o chamava as pressas? Como um menino apaixonado pelo pai entenderia não ter chances de brincar, abraçar, dizer que ama e ouvir que é amado? O piloto, com o coração despedaçado, refez as malas e foi para o aeroporto. Mas avisou a esposa para levar o filho para a janela da casa que, em duas horas ele sobrevoaria o condominio para que o filho o visse no avião. Dito e feito, duas horas depois, mãe e filho na janela. De repente, o ronco dos motores do Boeing 747 da Varig chamaram a atenção, o enorme avião faz um voo rasante sobre o bairro, em cima do condomínio e apagando e acendendo todas as suas luzes: era o pai dizendo ao filho: – Eu te amo! Eu te amo! Mãe e filho, com lágrimas nos olhos, mas felizes pela declaração de amor mais original que alguém já viu. E no alto, na cabine do avião, um piloto, um pai às lágrimas dizia do jeito dele e nas circunstâncias possíveis: "– Filho, eu te amo!"

70

Comunicação Entre Pais e Filhos - 2

O filho indo para a escola, e o pai diz:
– "Estuda bastante e divirta-se...!"
Fala o menino: "– Pô, pai... uma coisa ou outra."!

Este diálogo entre pai e filho mostra como o uso das palavras pode confundir, provocar uma resposta inesperada e até passar uma imagem diferente do que se pretendia.

Contam que uma criança já pronta para dormir, sentiu sede e com preguiça de levantar, ir até a cozinha pegar água resolveu apelar para o pai.

– "Paiê... me traz um copo d'água!"

– "Agora não posso... estou lendo meu jornal..."

– "Paiê... traz um copo d'agua!"

– "Vai dormir moleque!"

– "Paiê... por favor, traz um copo d'água!"

– "Oh moleque... se eu for até aí, você vai apanhar!" – E o menino perseverante:

– "Quando você vier aqui pra me bater, você traz um copo d'água?"

A historinha do pai e do filho que tinha sede, mostra um jogo de palavras e como se pode usar a seu favor tudo o que é dito.

71

Comunicação Entre Pais e Filhos - 3

Qual o contexto em que a comunicação é mais importante? Entre pais e filhos ou entre o presidente da República e seu povo? Muitos se apressariam em dizer... entre o presidente e o povo. Claro que esta comunicação tem sua importância pontual. Mas a conexão entre pais e filhos, é de longe a mais importante. Desta relação se consolida uma educação, uma orientação. É a partir da comunicação de pai para filho que se aponta uma direção, um caminho, que se aconselha. É nesta relação que a comunicação tem de extrapolar as palavras e investir no exemplo! Para o bem da relação, os pais têm de compreender que não podem abrir mão do papel de "pais". Não podem por exemplo, simplesmente ser os melhores amigos dos filhos. Orientar, criticar, corrigir e se for o caso, punir! Tudo dentro do limite do bom-senso e da civilidade. Pais não devem extrapolar limites, cometer abusos ou noutro extremo, não podem ser reféns dos filhos. Existem casos em que os filhos "escravizam" os próprios pais com suas vontades e manhas sem fim. Mas como tudo na vida, não existe a "receita do bolo" para todas as famílias. Cada caso é um caso, brincando com o tema vamos imaginar a situação de crianças famosas que são os "patrocinadores" da família.

Por exemplo, a menina Maysa do programa do Sílvio Santos. Por ser fonte da maior renda da família, ganhando mais que os pais, como fica a autoridade do pai em relação a filha artista.

Pai de Maysa: – Maysa... desliga a TV e vai dormir!

Maysa: – Ah! Então tá, né... Não enche pai!

Desliga você o computador e vai tomar banho!

Pai de Maysa: – ... Mas, filha... eu preciso terminar uma coisa aqui.

"Maysa: – "Não tem "mas" nem meio "mas"... desliga pai:" – por favor filhinha... "Maysa: Engole o choro! Já para o banho. Depois vai dormir!!!" Brincadeiras à parte, a comunicação entre pais e filhos, irmãos, cunhados, avós... marido e mulher é vital para a harmonia em família.

Em Curitiba com Hellen Augustini e família.

72

Gente de Sucesso (Luiz Campos)

1 - Na sua vida e na sua carreira, que momento você considera pontuais para a sua ascensão pessoal?

Acho que o primeiro momento mais importante da minha vida profissional foi quando eu decidi seguir o que eu queria fazer. Eu nunca tive dúvidas. Eu tinha certeza de que queria trabalhar com comunicação. Um segundo momento foi quando eu descobri, já inserido no mercado de trabalho, que a criatividade não tem barreiras e que a comunicação que eu buscava era muito mais ampla do que eu imaginava, aí eu me deixei levar por vários caminhos: rádio, televisão, música, teatro e *marketing*. Mas acho que o terceiro momento foi o mais importante: quando eu saí dos bastidores da minha criatividade para me transformar em um comunicador. Há alguns anos Macedo Miranda, que tinha sido editor de textos do fantástico, e também dono de uma grande produtora e vídeo – A Arte e Fato – falou pra mim: "você tem de deixar de ser a sombra, teu destino é o microfone". Na mesma época, meu compadre Marcos Antônio Guedes, famoso dentista, também me disse: "Luizinho, até quando você vai ficar escondido?" Pedro Manso, um humorista que dirigi por muito tempo, insistia todas às vezes: "Luizinho, teu lugar é na frente das câmeras e microfones." Assim que eu fui contratado pela Rádio Tupi tanto o diretor artístico, Ricardo Henrique, como o comunicador Clóvis Monteiro também insistiram. Ricardo Henrique ainda falou: "Cara, faz o teu programa, isso vai dar certo!". O Clóvis também me aconselhou: "Luizinho, a tua hora chegou." Hoje eu percebo que cheguei onde não pensava chegar quando comecei a sonhar. Não estava nos meus planos ser comunicador, falar em público. Hoje, além de apresentar um quadro diário, com o personagem "Seu Manoel Tamancas", apresento o humorístico "Companhia do Riso" e ao lado do Clóvis Monteiro a palestra "O Poder da Comunicação", para um público cada vez maior, em empresas, clubes e teatros. Considero que o momento mais pontual para minha definitiva ascensão é o que vivo hoje, graças ao espaço que a Rádio Tupi abriu na minha vida.

2 - O que você sabe hoje, que gostaria de saber quando mais jovem na busca dos seus sonhos?

Que os meus amigos estavam certos, quando eles insistiram para que eu saísse da sombra dos bastidores. Eu gostaria de ter tido a coragem que eu só tive há cinco anos, quando me convenci que realmente eu tinha o dom de falar para as pessoas. Acho que se eu tivesse aceitado tantos conselhos que recebi nesse sentido, se eu tivesse despertado para isso há mais tempo, a minha vida profissional talvez tivesse tomado um rumo diferente.

3 - De tudo que você viu na vida, o que você tem de mais importante e gostaria que seus filhos soubessem?

Eu diria que a coisa mais importante pra quem quer vencer na vida é ter humildade de aprender sempre. Não ter medo de perguntar tudo o que não sabe. Não ter receio de mostrar que você não é perfeito e que precisa aprender. Eu digo muito nas universidades onde apresento a palestra, que uma das coisas mais importantes na vida é que eu nunca tive vergonha de perguntar a quem sabia mais do que eu: "Como se faz isso? Esse texto que escrevi tá bom ou tá uma merda?". Não tenha receio nunca de dizer que você não sabe, ainda, fazer alguma coisa. A Humildade só faz bem.

4 - Como gostaria de ser apresentado?

Todas as vezes que eu tenho de preencher alguma ficha cadastral e surge a pergunta: Qual sua profissão? Eu gosto muito e sinto o maior orgulho de responder: radialista. Sou formado em Jornalismo, sou compositor, profissional de *marketing*, mas a minha origem é de radialista. Essencialmente ser radialista não é trabalhar em rádio, quem trabalha em televisão também é radialista. Mas foi o rádio que me deu tudo o que eu tenho: credibilidade como profissional, criatividade e, hoje, comunicabilidade.

Experiências profissionais:

⇒ Rádio - SGR - produtor executivo: por 19 anos trabalhei nas 12 emissoras do Sistema Globo de Rádio do Brasil.

⇒ Rádio Tupi - em 2006 fui contratado como coordenador de produção das rádios Tupi e Nativa. Na mesma oportunidade, criei o personagem Manoel Tamancas, apresentado no programa Francisco Barbosa. Em 2007 comecei a apresentar o humorístico Companhia do Riso.

⇒ Vinhetas e *Jingles* - sou autor de vinhetas e *jingles* das emissoras Rádio Globo, 98 FM, Tupi, Nativa e de prefixos musicais e vinhetas de dezenas de comunicadores.

⇒ TV - Rede Globo - no ano de 2000 fui contratado pela Rede Globo como redator do programa Megatom, com Tom Cavalcante.

⇒ Rede Record - em 2004 fui contratado pela Rede Record de Televisão para redigir o programa de Tom Cavalcante.

⇒ Produção independente - por uma década dirigi, redigi e atuei como humorista no programa independente de TV Plantão de Notícias.

⇒ Teatro - dirigi por mais de 15 anos o Show Plantão de Notícias, apresentado por Maurício Menezes, e por algumas vezes também atuei.

⇒ Marketing político - comandei a campanha de rádio dos candidatos: Cesar Maia, Conde, Marcelo Alencar, Eduardo Paes, Jorge Roberto Silveira, Bonilha (Mato Grosso), Aureliano Chaves (presidente), Arthur da Távola (Senador), Sergio Cabral (Deputado e Vereador), entre outros.

⇒ Palestra - Apresento a palestra show - O Poder da Comunicação, ao lado de Clóvis Monteiro.

73

Pessoas Melhores, Mundo Melhor!

Todo final de ano, as pessoas desejam um novo ano com votos de vida melhor. Um novo tempo que se anuncia pode trazer mais prosperidade, saúde, sorte pra você, sua família e seus amigos. Todos esperam que o mundo melhore, assim... "do Nada". Num passe de mágica todos querem uma vida transformada simplesmente por que é Ano Novo!

Se pararmos para pensar, o que precisa mudar para que o mundo mude são as pessoas. Assim como um país é na verdade seu povo, uma cidade é em última análise sua população e, seus cidadãos. Assim, pessoas melhores resultarão num mundo melhor! E como se melhora as pessoas?

Melhorando os "fundamentos" dos relacionamentos como um atleta procura melhorar os fundamentos do esporte que pratica. Como se desenvolver um ser humano, melhorando sua convivência com seus semelhantes?

Aceitando as diferenças, exercitando a tolerância, sabendo ouvir, escolhendo as palavras certas para situações específicas...

Tudo passa pela comunicação do dia a dia. Em família comunicar pelo exemplo com os filhos. Usar de compreensão com o companheiro como você gostaria de ser compreendida. Evitar atritos e conflitos.

Toda discussão acaba com alguém magoado. Não é fácil.

Mas é preciso exercitar, praticar, buscar diariamente um convívio civilizado onde, quando um tem razão não significa que vai ser humilhado como se não tivesse perdido uma guerra. Melhorar como pessoa significa buscar respeito, respeitando. Receber gratidão, aprendendo a ser grato.Ser solidário para merecer solidariedade. Melhorar como ser humano é continuar errando (afinal somos humanos), mas tendo a humildade de pedir perdão e a grandeza de saber perdoar.

74

Como Manter a Harmonia em Família

Evitar palavras agressivas, saber calar, saber ouvir e aprender a perdoar. A comunicação diária pode não parecer, mas faz toda a diferença. Quando em família, o marido e a mulher discutem, os filhos se rebelam ou a sogra se mete na vida do casal, a reação de cada parte interessada, o jeito de dizer as mesmas coisas e as atitudes assumidas diante de cada caso, deixam claro onde a comunicação positiva foi exercida.

As pequenas brigas e conflitos entre casais são naturais, fazem parte do jogo. O que não é natural é uma discussão que poderia ser banal se transformar num trauma que pode terminar em separação, agressão física e até num crime passional.

O único comportamento que pode resolver uma briga é evitá-la. Quando uma das partes levanta a voz, a outra deve se controlar e se possível, contar até 10 mentalmente, se afastar e num outro momento argumentar, se for o caso. Seja qual for o assunto, o equilíbrio sempre vai nortear a melhor solução em caso de conflito.

Não é fácil se controlar o tempo inteiro, mas só o esforço para buscar o controle já é uma evolução. Afinal quando se discute e se ganha a discussão, a outra pessoa fica magoada. Se você ama esta pessoa, não vai querer vê-la triste. Uma boa maneira de evitar uma briga é pensar o seguinte: você quer ter razão ou quer ser feliz?

75

Para Quem Discrimina, Qualquer Motivo é Pretexto para Alimentar o Preconceito

Na verdade só existem dois tipos de pessoas: pessoas boas e pessoas más, mas quem costuma discriminar acha nas diferenças motivo para pregar o preconceito. Tem uma historinha que ilustra bem esta situação. Num restaurante, o famoso cineasta Steve Spielberg levanta-se de sua mesa, se dirige à mesa ao lado e dá um tapa no rosto de um chinês. Indignado, o pobre chinês perguntou:

– Por que você me agrediu, assim gratuitamente?

Spielberg respondeu:

– Por que vocês bombardearam Pearl Harbor na guerra?

– Mas quem bombardeou Pearl Harbor, na guerra, foram os japoneses!!

– Não importa. Japonês, norueguês, chinês... é tudo a mesma coisa! Alguns minutos depois, o chinês levanta-se de sua mesa, vai até à mesa ao lado e dá um tapa nos rosto do cineasta!

– Por que você fez isto, perguntou Spielberg?

– E o chinês: Por que você afundou o Titanic e minha vó estava nele... Steven Spielberg revoltado, respondeu:

– Mas quem afundou o Titanic foi um iceberg!!!

E o chinês, indo a forra: – Não importa. Iceberg, Nuremberg, Spielberg... é tudo a mesma coisa!!!

76

Tudo na Vida Passa por Relacionamentos. Relacionamentos Dependem de Comunicação

A esposa pergunta ao marido: – Você me ama? Você seria capaz de me trair? O marido responde: – Não! Quer dizer... sim. A esposa se desespera: – Você não me ama... seria capaz de me trair? E o marido tentando se fazer entender: – presta atenção, meu amor. Você fez duas perguntas. Eu amo sim. E não, eu não seria capaz de te trair. O que podemos aprender com o diálogo entre o marido e a esposa é que nem sempre é simples a comunicação mesmo de quem se conhece e vive sob o mesmo teto há muito tempo. Se você fizer uma série de questionamentos, se perguntas feitas não forem claras, é grande a chance de ruído na comunicação. Seja objetivo e claro ao fazer uma pergunta ou emitir uma opinião.

Ouvir com paciência e atenção o que o outro está dizendo, são virtudes de quem procura comunicar bem no dia a dia. Em qualquer atividade profissional, a maior parte do trabalho é tratar com pessoas. Aprender a se comunicar positivamente melhora os relacionamentos, sinaliza nossos objetivos e intenções e abre caminhos. Tem gente que vive junto uma vida inteira e mesmo assim não conhece bem a pessoa ao lado.

Um casal que completava 50 anos de casados, no café da manhã, comemorava de forma singela as bodas de ouro. Como sempre fizera a mulher servia o marido à mesa. Na hora de servir o pão, ela pensou: – durante 50 anos ofereci o miolo do pão, a parte que eu mais gosto. Acho que hoje eu mereço ficar com ela. E ofereceu a casca para o homem.

Ele, comovido, abriu um sorriso e agradeceu dizendo: – Querida, durante 50 anos eu desejei essa parte do pão, mas deixava para você sem reclamar, como prova do meu amor. Hoje, nas nossas bodas de ouro é você que demonstra seu amor me oferecendo a melhor parte do pão.

O que notamos é que durante 50 anos o casal não conversou o suficiente para se conhecer. Tudo na vida é comunicação.

Juçara, Sílvia, Edinho Barbosa, Alice, Carmen e Bruno Monteiro.

77

Mesmo com Toda a Força da Influência, o Poder da Escolha Ainda é Seu

Muito se fala no produto do meio. Aquilo que é resultado do ambiente onde foi gerado ou onde vive. Quando se trata de pessoas isto é usado como explicação para determinados comportamentos ou como justificativa para o sucesso de uns e fracasso de outros. Mas como em toda regra, sabemos, tem exceção existem histórias que mostram que apesar de toda força da influência do meio, o poder da escolha continua sendo o fio condutor de muitas viradas vitoriosas de quem tinha tudo para fracassar, mas acabou fazendo a diferença. Tenho exemplo em casa.

Na infância com meus irmãos vivendo uma vida extremamente pobre, filho de uma dona de casa e de um funcionário dos Correios, convivi com todo tipo de gente: trabalhadores e gente honrada e marginais por indole e famílias desestruturadas. Meu irmão mais velho José Pedro sempre jogou muito bem e era chamado para as "peladas" da vida. Extremamente educado após os jogos era comum conviver com a turma do futebol, onde, na época, eram quase obrigados a beberem cachaça, cerveja e todo tipo de bebida alcoólica. Meu irmão nunca gostou de bebida e mesmo com toda a influência e pressão daquela situação, resistiu. Mais tarde, vitorioso na vida escolar partiu para a carreira militar: primeiro na Aeronáutica e depois cursou Direito e formado, fez a Academia da Polícia Militar aonde chegou a oficial, formando como professor, centenas de outros oficiais que hoje estão comandando, espalhados pelo país. Com uma capacidade enorme para escrever, foi para a reserva remunerada da Brigada Militar do Rio Grande do Sul e convidado, passou a compor para festivais nativistas da canção onde ganhou muitos prêmios e é autor de muitos sambas-enredo do carnaval gaúcho. Com duas irmãs mais velhas que eu, Eluza e Ada e um irmão mais jovem, Elias, tive uma infância muito carente de conforto, mas rica em imaginação. Aprendi desde muito cedo que existem limites materiais e circunstanciais, mas conhecimento e imaginação não tem amarras, não tem donos e podem ser conquistados por qualquer pessoa. Mesmo cercado pelas chamadas, más companhias (tive um vizinho que frequentava nossa casa, que vivia metido com a polícia e acabou morto a tiros numa discussão) sempre havia o poder da escolha. Tive amigos de infância que resistiram ao ambiente e suas influências e construíram famílias e vidas vitoriosas, o que aprendi com estas experiências: ninguém é culpado pelo que acontece com a gente. Somos nós que fazemos as escolhas. Não importa o que aconteça. O que importa é como reagimos a tudo que acontece.

78

Sem Reconhecer a Importância das Outras Pessoas, Nem Nosso Maior Sucesso Tem Sentido

Não é raro ver celebridades em demonstrações de arrogância, soberba e falta de humildade. Quantas vezes se ouviu notícias de jogadores de futebol que esquecem sua origem, cantores que se acham mais importantes que alguns colegas de profissão, artistas de cinema e TV que pensam ser o último biscoito do pacote, a última coca-cola do deserto. Esquecem que o sucesso deles só tem algum valor porque depende da admiração das outras pessoas. O sucesso de alguém só tem sentido porque inspira, excita, provoca, motiva seu mercado de trabalho, seu público e seu meio social.

Quando alguém conquista o sucesso, certamente foi ajudado, apoiado, inspirado, patrocinado, protegido, indicado, acolhido e motivado por muitas pessoas. Se a celebridade não gosta de dar atenção aos seus fãs, não tem paciência com seus colegas e não tem tempo para patrocinadores, contratantes consumidores de sua arte, seu sucesso passa a não ter sentido. Evitar o público nos aeroportos, procurando saídas alternativas, usar óculos escuros, andar apressadamente se esgueirando como se o povo tivesse doença contagiosa ou viver cercado de seguranças pode indicar a síndrome do "Eu sou o Cara".

Por isso, a simplicidade, a humildade e a atenção de muitos artistas encantam as pessoas, porque mostram que quando se alcança o sucesso pode-se ser grato a quem nos colocou lá. A simpatia de uma pessoa além de gerar uma boa energia pode significar bons contratos, pois todo mundo quer associar seu produto, serviço ou marca a uma personalidade positiva.

Na famosa praia de Malibú, Califórnia (onde foi gravada série de TV "Two and a half man"): Bruno, Carmen, Clóvis e Lucas Monteiro.

Família em Las Vegas, no famoso letreiro da cidade americana que atrai gente do mundo inteiro pra seus Cassinos e seu clima de festa 24 horas por dia.

No estúdio histórico da Rádio Tupi - Ricardo Alexandre, Clóvis Monteiro, Simone Molina e Miguel Marques.

Novo estúdio - Ricardo Alexandre, Miguel Marques, Clóvis Monteiro, Simone Molina, Gilza Nunes e Cristiano Santos.

Martha Medeiros, escritora e jornalista, o comunicador Clóvis Monteiro e o ator Milton Gonçalves, recebendo o Prêmio da Ordem dos Jornalistas do Brasil.

A apresentadora do SBT-Rio Liane Borges, Clóvis Monteiro e a jornalista, apresentadora e atriz Beth Raposo.

Lucas, Mariana e Bruno Monteiro na Vista Chinesa (RJ).

Clóvis Monteiro, sua filha Mariana e o genro Felipe Costa.

Lucas, a atriz Malú Máder, Carmen, Clóvis e Branco Mello, do grupo Titãs, no Projac (Rede Globo).

Victor Sarro, Lucas Monteiro e Cláudio Torres Gonzaga, do Comédia em Pé (sucesso no teatro).

Carmen Augustini Monteiro e os filhos Bruno e Lucas, na noite de Las Vegas.

Carmen, Lucas, Clóvis e Bruno Monteiro, em frente ao Dolby Theatre - Holywood - palco da entrega do Oscar, o maior prêmio do Cinema.

Gilza Nunes, Clóvis Monteiro e Jackie Nascimento – jornalistas e produtoras executivas do Show do Clóvis Monteiro – são elas que fazem o Show acontecer, todos os dias.

Washington Rodrigues (o Apolinho), José Carlos Araújo (o Garotinho) e o Comunicador Clóvis Monteiro – o Motivador do Brasil.

Clóvis Monteiro nos estúdios do SBT, com a apresentadora Isabele Benito. Fenômeno de audiência, Isabele Benito é uma guerreira quando se trata de defender o povo na TV. Dona de uma linguagem forte e popular, a apresentadora consegue emocionar e denunciar com a mesma força.

Comunicador Clóvis Monteiro, premiado pela Ordem dos Jornalistas do Brasil e Apresentadora da Rede Globo Glenda Kozlowski, do Esporte Espetacular.

Lucas e Bruno com Will, o famoso protetor do lar e guardião da família.

Mariana e Will, famoso por latir na Rádio Tupi todas as manhãs dando o seu "bom dia" para os ouvintes do Show do Clóvis Monteiro.

Em Hollywood - Bruno, Clóvis, Lucas e Carmen Augustini Monteiro.

No famoso cenário da clássica série de TV "Friends", nos estúdios da Warner, em Los Angeles.

Com palestras motivacionais em empresas, sindicatos, universidades, Clóvis Monteiro fala sobre o poder da comunicação, e usando bom humor e emoção contagia platéias e conquista respeito e credibilidade como o "Motivador do Brasil".

Palestra para Médicos do Conselho Regional de Medicina do estado do Rio de Janeiro.

Como repórter esportivo, atuando no Maracanã, Bruno Monteiro com o craque argentino Conca, do Fluminense.

Bruno Monteiro na cobertura de MMA, com Rodrigo Minotauro.

Bruno Monteiro com José Carlos Araújo, Gerson e Gilson Ricardo, consagrados profissionais do esporte.

Bruno Monteiro pela Band News FM e Bradesco Esportes FM, com o craque do basquete/NBA, Varejão.

Lucas Monteiro no Projac (Efeitos Especiais da Rede Globo).

Lucas com Fábio Porchart.

Lucas Monteiro com o pai, no palco do show de humor "A vida é uma piada".

Bruno Monteiro na produção do programa "Tá na Área", no SporTV (Rede Globo).

Carmen Augustini Monteiro e Sophie Charlot.

Clóvis Monteiro com Zagalo, o maior vencedor de Copas do Mundo.

São mais de 200 mil ouvintes por minuto na audiência do Show do Clóvis Monteiro, de 6 às 9 horas da manhã na Rádio Tupi FM/AM do RJ. Simbolizando esta relação de confiança e amizade alguns ouvintes muito especiais ganharam espaço neste livro.

A virada histórica da liderança no rádio carioca começou em março de 2011, quando o Show do Clóvis Monteiro superou pela primeira vez no horário, sua principal concorrente, a Rádio Globo.

Família reunida: Bruno, Mariana, Lucas, Clóvis e Carmen.

Jornalista, atriz e apresentadora de TV, Beth Raposo escreveu especialmente para este livro: "Quando recebi a notícia que iria apresentar um programa ao lado de Clóvis Monteiro foi como ganhar um prêmio. Imagina ter um referencial da época da faculdade bem ali dividindo um programa comigo?! Dividindo não seria a palavra correta, por que ele é dono de uma generosidade ímpar. A gente aprende muito observando e eu aprendi demais com você. Não só te observando como profissional mas também como pai de família, como marido e como amigo. Seus pequenos atos, como o bom dia a toda sua família no programa de rádio, mostra a importância que você dá ao cultivo de valores. A cada dia minha admiração aumentava e pude observar que por trás da voz marcante ainda existia um ser humano incrível digno de ser seguido. Salvo é claro, pelo fato de ser botafoguense (risos).

Na TV Bandeirantes com Dani Toledo, Ariane Andrade, Greice Caroline e Beth Raposo.

79

"Não Adianta Ter uma Ideia Brilhante, Senão Souber Comunicar com Clareza do Que se Trata" (Lee Iacocca - ex-presidente da Chrysler)

Comunicar é querer expressar uma ideia e conseguir isso. A comunicação bem-sucedida acelera processos, diminui a distância entre as pessoas, aproxima planejamento do objetivo. Mesmo sem saber, as pessoas estão o tempo inteiro comunicando, bem ou mal. É impossível conviver sem comunicar. Você percebe isso com mais clareza quando viaja para um país de idioma diferente do seu. Desejar "bom-dia", dizer "obrigado", pedir "licença" ou se desculpar são as expressões mais traduzidas do mundo! Quando somos entendidos com clareza, é sinal que estamos comunicando com eficiência. A comunicação, no entanto muda com o tempo, cultura e até classe social. A publicidade usa linguagem apropriada de acordo com o produto, serviço ou ideia que pretende vender. Observe que para anunciar o serviço bancário *vip* ou um carro de luxo, o locutor apresenta um tom baixo de voz, a trilha musical é suave e de gosto refinado.

Já para anúncios de produtos populares, ofertas de supermercados, ou publicidade de varejo para a classe popular, o locutor grita as vantagens, descontos e promoções, tipo: "Queima totaaaal!!", "Liquidação arrasaaa tuuudo!" ou "Looucura geraaal"!!! Conclusão: Para as agências de publicidade, ricos têm boa audição. Pobres são surdos!

Nos anos 1950 era bonito e charmoso fumar e chamar alguém de homossexual era feio e politicamente incorreto.

Os tempos mudaram e a comunicacão também. Hoje em dia (ano 2012) fumar é feio e politicamente incorreto e aceitar alguém homossexual é bonito e politicamente correto.

Para uma pessoa de 25 anos a expressão "pecados da carne" lembra... motel! Para alguém de mais de 60 anos, a expressão "pecados da carne" lembra... churrascaria! Muitos jovens trocaram a palavra "obrigado" por... "valeu"! Houve um tempo que ir para a diversão noturna era "noitada".

Já foi *night*. Hoje pode ser "balada". O "sim" no sentido de aceitação pode ser "Tô dentro", "já é", "só se for agora" ou até "demorou"(demorô)!!! Com expressões faciais, gestos e postura do corpo também se pode comunicar. Mas a forma universal da comunicacão positiva é mesmo o sorriso! O sorriso abre portas, cria oportunidades, cria empatias, aproxima as pessoas, fideliza clientes, conquista as pessoas e influencia ambientes.

Jorge Perlingeiro e Clóvis Monteiro no programa Samba de Primeira.

80

Viver é Como Andar de Bicicleta: é Preciso Equilíbrio Constante

Não basta saber as regras de ouro do relacionamento social, importante é conseguir praticar essas regras.

Não basta conhecer os caminhos da boa comunicação no dia a dia para conviver positivamente, se não exercitar estas técnicas. O equilíbrio é tudo na vida! Quem consegue se manter equilibrado a maior parte do tempo, certamente vai viver positivamente. O primeiro passo é entender as pessoas, a partir de nós mesmos. Não se muda a outra pessoa, mas as mudanças devem começar pela gente.

Na famosa "Oração da Serenidade" isto fica bem claro. A Oração da Serenidade. – "Concedei-me, Senhor, a Serenidade para aceitar as coisas que não posso modificar; Coragem para modificar aquelas que posso; e Sabedoria para distinguir umas das outras." O que chama atenção nesta pequena oração é a objetividade e a clareza da questão do relacionamento entre as pessoas. Quando rogamos a Deus, Serenidade para aceitar as coisas que não podemos modificar, estamos falando das outras pessoas. Não podemos mudar o outro! Quando pedimos a Deus, Coragem para mudar aquilo que podemos, estamos falando de nós mesmos. Devemos corrigir nosso comportamento sempre que for necessário.

A mudança de uma pessoa é como uma porta que só abre por dentro! Os outros podem nos orientar, educar, corrigir, motivar, mas só nós mesmos podemos colocar em prática as mudanças. Só nós podemos verdadeiramente mudar nosso comportamento, transformar nossos hábitos, assumirmos novas e positivas posturas. Quando na Oração da Serenidade, se fala em saber distinguir as diferenças, tratamos da Serenidade para aceitar o que não se pode mudar e a Coragem para modificar o que depende apenas de nós. Portanto, ninguém precisa fazer milagres, tentar o impossível, procurar ser perfeito, não! Basta fazer o que está ao nosso alcance, o que é possível e o que só depende da gente. Chegaremos à conclusão lógica, que é possível a partir deste raciocínio, mudar as pessoas, e melhorando as pessoas podemos, por consequência mudar o mundo. A lógica é esta: pessoas melhores, mundo melhor! Como em muitas situações, nós somos a outra pessoa numa determinada situação em relação a alguém, chegamos à conclusão que se nós não podemos mudar o outro, o outro pode buscar sua própria transformação para melhor.

Resumo: Você não muda os outros. Você só pode mudar a você mesmo! Para melhorar seus relacionamentos e seu convívio social, familiar e profissional, evite:

Reclamar

Criticar

Comparar

81

Não Reclame, Não Critique, Não Compare!

São três regrinhas valiosas para melhorar sensivelmente o convívio. Não reclame. Quando você reclama, além da energia negativa que você libera, a antipatia que você gera, você gasta tempo e não acrescenta nada. Reclamar além de nada resolver, projeta sua imagem como uma pessoa rabugenta, desagradável e até antissocial.

Não Critique. Ao criticar alguém você desagrada o alvo da crítica e as pessoas que ouviram a crítica. A imagem que fica é de alguém que quer prejudicar outra pessoa. Ninguém gosta de receber críticas e as pessoas à sua volta podem pensar que elas serão os próximos alvos de suas observações maldosas.

Não Compare. Fazer comparações pode ser perda de tempo. Sempre haverá alguém melhor e pior que você. As circunstâncias, o tempo, o lugar são relativos. Em vez de se comparar com alguém melhor ou pior do que você, o ideal é continuar trabalhando para alcançar suas metas e seus resultados, no seu tempo! Cada um tem de viver a sua própria história, trilhar seus caminhos, que podem ser parecidos mas na verdade são únicos, especiais, originais.

82

Só Existem Dois Tipos de Pessoas

De nada adianta aprender técnicas de comunicação, exercitar as chamadas boas maneiras de relacionamento, tentar conquistar as pessoas, se seus valores forem carregados de preconceitos e distorcidos pela discriminação. A literatura está cheia de situações de racismo, o cinema espelha muitos momentos de intolerância, enfim como as artes são produzidas por seres humanos que estão em constante evolução, dependendo da época em que foi criada, a obra pode dar mostras de expressões politicamente incorretas. Para alguém que não aceita determinada raça, cultura ou religião mesmo querendo se relacionar positivamente, seus valores podem comprometer sua comunicação. Por isso, é importante lembrar: – só existem dois tipos de pessoas. As boas e as más. As que fazem e acreditam no bem. E as que acreditam e praticam o mal. Pessoas que praticam o mal: movidos pela inveja, querem só para si o que os outros conquistam.

Na busca de seus objetivos, se acham no direito de prejudicar outras pessoas. Pessoas que acreditam no bem desejam para os outros o mesmo que desejam a si mesmo.

Entendem que ninguém pode ser feliz sozinho.

Quanto mais gente feliz, mais fácil ser feliz também.

83

Somos Todos Como Molas

É muito comum em palestras motivacionais quando se fala de superação, da reação necessária diante dos obstáculos, alguém levantar a mão perguntando como pode alguém muito humilde, com carência absoluta, uma pessoa excluída buscar objetivos numa realidade competitiva com pessoas que são mais visíveis? É neste momento da palestra que uso a metáfora da mola. A mola quando é pressionada se encolhe toda. Quanto mais força usarmos mais a mola vai ser pressionada. Se você imaginar no lugar da mola, uma pessoa sendo "pressionada" pelos desafios da vida, podemos entender porque um jovem da classe média, por exemplo, muitas vezes não valoriza oportunidades que tem e por que lhe falta motivacão para alcançar um objetivo. Para quem nasce em uma família com certo conforto, com estrutura e facilidade aparente pode "acomodar". Porque "ralar", estudar muito, trabalhar intensamente se os pais já construíram uma base financeira, já pavimentaram um caminho profissional. É aí que o jovem carente, sem berço de ouro, sem facilidades e muitas vezes socialmente inviável pode fazer a diferença.

No primeiro caso, do jovem de classe média, a mola é pouco pressionada e seu impulso será menor. No segundo caso, do jovem excluído, a pressão é tão grande que o seu impulso pode ser proporcional às suas dificuldades e por isso assistimos grandes exemplos de superação seja na vida artística, esportiva e social. Somos todos como molas! Quem nasce com facilidades e conforto será uma mola mais distendida, sem muita pressão. Sua reação pode não ter tanta força.

Quem nasce pobre, com mais carências, mais obstáculos será uma mola mais pressionada. Seu salto pode ser muito mais poderoso. Sua motivação será proporcional à pressão que sofreu. Isto explica por que muita gente herdeira de miséria e desafios sem fim, consegue se motivar de forma exemplar e alcançar a vitória na vida!

Ronaldinho Gaúcho nasceu numa vila popular de Porto Alegre. Transformou-se num jogador de futebol duas vezes considerado o melhor do mundo. Jogou no Grêmio, Paris Saint Germain, Barcelona, Milan e Flamengo. Acumulou fama e fortuna.

Roberto Carlos teve infância pobre, em Cachoeiro de Itapemirim, no Espírito Santo. Sofreu um acidente ferroviário onde perdeu uma perna. Mudou-se para o Rio e venceu muitos desafios para se tornar o rei da música brasileira, rico e famoso.

Sílvio Santos foi menino pobre no Rio. Ganhou a vida como camelô. Foi contratado como locutor de rádio, mudou-se para São Paulo. Alugou um horário na televisão onde começou a apresentar seu programa de prêmios. Acabou dono de uma rede de TV. Empresário de sucesso. Sílvio chegou a ser o brasileiro que mais pagava Imposto de Renda.

A apresentadora e empresária americana Oprah Winfrey foi menina extremamente pobre, abusada e explorada sexualmente. Foi buscar refúgio na Igreja onde começou a cantar. Enfrentou, por ser negra e pobre num país de racismo extremado, todo tipo de preconceito, discriminação e até violência física. No caso de Oprah, a "mola" foi tão violentamente pressionada que seu salto foi extraordinário! Winfrey se tornou a mulher negra mais poderosa dos Estados Unidos. Apresentadora de TV de maior audiência no país, chegando a faturar até 50 milhões de dólares por ano, personalidade mais influente do cenário artístico norte-americano chegou a fazer campanha para Barak Obama, eleito primeiro presidente negro da história do país. Hoje, Oprah Winfrey é dona de uma grande produtora, um *site* de prestígio, uma grande revista de circulação nacional nos Estados Unidos, a revista *O* e recentemente se tornou dona de uma emissora de televisão.

Luis Inácio da Silva nasceu no sertão mais miserável do nordeste brasileiro. Da pequena cidade de Guaranhuns até São Paulo, a história do retirante que sobreviveu a seca e a pobreza quase absoluta já era admirável quando ele se tornou líder sindicalista e fundador de um grande partido político o, Partido dos Trabalhadores (PT).

No entanto, a história reservava ainda mais glórias para o menino que fugiu da miséria nordestina. Lula seria o primeiro presidente da classe trabalhadora da história do país. No caso do presidente Lula, a "mola" foi pressionada com tanta força que ganhou uma extraordinária impulsão!

Clóvis Monteiro no SBT, com Isabele Benito, Rafaela Coutinho e equipe.

84

As Cinco Virtudes para o Desenvolvimento Pessoal (A Palestra do "A, E, I, O, U")

A - Atitude

E - Esperança

I - Insistência

O - Oportunidade

U - União

Atitude: Todos os dias na África, o leão sabe que precisa correr atrás da gazela para se alimentar e sobrevier mais um dia. Todo dia na África, a gazela sabe que precisa correr mais que o leão para poder sobreviver mais um dia. – Não importa se você é o leão ou a gazela, trate de correr para ganhar o seu dia!

Esperança: Um homem foi condenado à morte e resolveu apelar por sua vida com o próprio rei. Sabendo que o rei tinha um cavalo que prezava muito, o condenado fez uma proposta: ele ensinaria o cavalo do rei a voar! No prazo de um ano o cavalo estaria voando ou ele seria condenado à morte. Um outro condenado achou aquilo uma loucura e questionou o companheiro de infortúnio. A resposta foi a seguinte: em um ano podem acontecer três coisas; o rei pode morrer, o cavalo pode fugir ou pode aprender a voar. Enquanto houver vida, haverá esperança.

Insistência: O menino de cinco anos já pronto para dormir, grita para o pai que chegara cansado do trabalho e estava lendo seu jornal:

– Paiê, me traz um copo de água?

– Vai dormir, meu filho.

– Paiê, me traz um copo de água...

– Deixa o pai ler o jornal, meu filho...

– Paiê! Me traz um copo d'água!!

– Escuta aqui, menino, se eu for até o seu quarto, vou te dar uma surra!

– Então, pai, quando o senhor vier me dar uma surra, me traz um copo de água?

Lição: A gente não pode desistir nunca.

Oportunidade: Dois irmãos trabalhavam como faxineiros em uma grande empresa. Um deles contava as horas para ir embora, queria mais era namorar, jogar sua pelada, beber uma cerveja. Sempre que pediam para fazer algum trabalho a mais, ele dizia: – Eu não sou pago para isso!

O irmão, ao contrário, nunca dizia não a ninguém. Sempre que aparecia um curso à noite ou um treinamento profissional, ele sacrificava suas horas de descanso para se qualificar mais e mais.

O tempo passou e alguns anos mais tarde, o diretor-geral reuniu todos os funcionários da grande empresa e apresentou o novo gerente geral. Quando o ex-faxineiro foi apresentado, um operário comentou com o irmão dele que continuava faxineiro: – Puxa vida, rapaz, seu irmão agora é o gerente geral! Ao que o faxineiro respondeu: – É, é... Meu irmão sempre teve muita sorte.

Moral: Sorte nada! O rapaz aproveitou as oportunidades que apareceram.

União: Um estudante adolescente começou a se ausentar do colégio. A professora explicou aos colegas da turma que o menino estava doente. Muito doente. Com câncer. Alguns meses depois a professora informou aos alunos que o colega havia feito quimioterapia e estava careca. Ele voltaria em breve, a professora pediu para os alunos se comportarem para que o estudante não se sentisse desconfortável ao voltar para a escola. No dia em que ele voltou a surpresa foi incrível! Ao entrar na sala de aula, ele viu, emocionado, todos os seus colegas completamente carecas! Todos tinham raspado os cabelos em solidariedade ao amigo doente.

União, não é possível ser forte sem isso.

85

Como a Comunicação Pode Melhorar sua Vida: em Família, Vida Social e Profissional

Se viver na verdade é conviver, para vivermos bem é preciso aprender a conviver bem. Para isso preciso ser competente na hora de nos comunicarmos. Com uma boa comunicação somos melhores entendidos, somos facilmente aceitos.

Fazemos cursos, treinamentos e especializações em várias atividades práticas da vida. O objetivo é ter melhor rendimento seja na vida profissional ou mais qualificação pessoal, por que, então, não nos preparamos para conviver melhor. Nunca é demais aprender a se comunicar no dia a dia. No trabalho pode render melhor relacionamento, mais vendas, melhores resultados e até uma promoção. Na vida social uma boa comunicação rende mais amizades, mais oportunidades e a conquista de um espaço de destaque em nosso grupo social. Em família, a comunicação sempre será positiva para agregar valores familiares, resolver pendengas com parentes, superar contratempos com cunhados, sogras, irmãos e preservar ou resgatar a harmonia entre marido e mulher, entre pais e filhos.

Primeira regra de ouro na comunicação do dia a dia e que vale para relacionamento profissional, familiar e social: – nunca (nunca) insista numa discussão. Existem outras maneiras de mostrar seu ponto de vista. Se os ânimos se alterarem, sempre haverá uma outra oportunidade com mais chances de sucesso. Numa discussão, se você perder, você desanima, se frustra e perde pontos diante de colegas e chefes. Se você ganha uma discussão, a pessoa que perdeu fica frustrada, magoada e seu relacionamento fica "minado". Em família e na vida social, discussões frequentes podem criar rixas, implicâncias e até perseguições. Evite brigas e discussões.

Segunda regra de ouro na comunicação positiva no dia a dia: Evite as chamadas críticas "construtivas". – Ninguém (ninguém) gosta de receber críticas. Em vez de apontar os erros dos outros, use a estratégia do exemplo, tirando do aspecto pessoal suas observações. Por exemplo: Conte que ouviu outro dia uma situação que lembra a do seu colega, sem citá-lo, e demonstre admiração, elogie a maneira que a ação se desenvolveu. Ou então, em vez de dizer o que você acha certo ou errado, pergunte a opinião do colega sobre as sugestões para melhorar aquele trabalho.

Terceira regra de ouro na comunicação positiva do dia a dia. Seja qual for o incidente, com filhos, esposas ou maridos, colegas, subordinados ou chefes, nunca reaja "na hora"! Quando você reage no mesmo instante é bem possível uma explosão, um surto... dos quais você pode se arrepender amargamente no futuro. Quando a gente explode, diz e faz coisas que dificilmente poderão ser retiradas e desfeitas. Não é fácil, mas é preciso disciplina e prática para evitar reações negativas. A esposa criticou, o colega ofendeu, o subordinado desrespeitou, o chefe o humilhou?

Controle-se! Mentalmente, segure-se, conte até dez, vinte, trinta! Sempre que fugir da zona de conflito, terá mais serenidade para tomar uma decisão que evitará maiores dramas pessoais para todas as partes envolvidas, especialmente para você.

"Embora ninguém possa voltar atrás e fazer um novo começo, qualquer um pode começar agora e fazer um novo fim." (Chico Xavier)

Se você começar agora, mais cedo vai colher os resultados!

Tudo pode ser aprendido. Tudo pode ser ensinado. Alguns terão mais facilidade para aprender. Outros menos facilidade. Mas todos podem melhorar! Como no trânsito, existem sinais, normas práticas para disciplinar as vias urbanas, na vida as pessoas podem viver melhor quando usam sinais, gestos, linguagem, atitudes que vão facilitar o convívio, a isso se chama comunicação.

Comunicação positiva é a prática de uma linguagem proativa, usando comportamento e manifestações conciliadoras no dia a dia. Simpatia, generosidade, tolerância. São algumas virtudes fundamentais para uma eficiente comunicação interpessoal.

As pessoas gostam de assuntos de seu interesse, procure, portanto, sempre que possível abordar temas que digam respeito a quem está ouvindo você. Aprenda a ouvir, para saber perguntar. Evite falar muito em você e demonstre interesse quando as pessoas falam.

Mesmo quando estiver mal-humorado (todo mundo tem dias ruins) evite responder com mau humor a perguntas como: – "Como vai?"

– Nunca diga – "mais ou menos..."/"Vou bem... as minhas custas.."/ "Como posso ir bem com esse salário que eu ganho..."

É profundamente desagradável conviver com uma pessoa amarga, negativa e mal-humorada.

Todos os dias podemos aprender a nos comunicar melhor. E comunicar melhor é conviver melhor!

86

O Poder das Emoções Positivas

Generosidade, solidariedade, gratidão pelo que foi conquistado, alegria por estar perto da família e dos amigos.

Se formos aconselhados a preservar, o ano inteiro, os sentimentos que afloram nas festas de fim de ano, devemos procurar seguir o conselho.

Pesquisas vêm comprovando que emoções positivas fazem bem à saúde física e mental. E, depois da Psicologia, é a Neurociência que busca entender como isso acontece.

O caminho que já levava aos neurotransmissores serotonina e dopamina agora aponta para uma nova estrela; o hormônio oxitocina. Que também atua como neurotransmissor.

Na Universidade Federal do Rio de Janeiro (UFRJ) foi feito um trabalho "Interação Social: modulação neural e comportamental por estímulos pró-sociais", sobre como o cérebro processa imagens de interações sociais positivas.

Na pesquisa, um grupo de jovens formado por 36 universitários saudáveis, que não tomavam remédios capazes de afetar o sistema nervoso central, observou 60 fotos, sendo 30 de adultos e crianças interagindo e 30 de pessoas alheias umas às outras, embora estivessem próximas.

Diante das fotografias com interações positivas, ocorreu aumento de atividade elétrica do cérebro, relacionada às emoções. E do músculo do sorriso espontâneo (zingomático). Isso quer dizer que elas impactaram mais os voluntários, foram mais relevantes emocionalmente.

Enquanto a Ciência busca documentar que emoções positivas são sinônimo de mais saúde, o senso comum já tem essa convicção há muito tempo. Estudos americanos, em sua maioria feitos por psicólogos, comprovam a relação de sentimentos como gratidão, reconhecimento e satisfação com o que se tem a maior sensação de bem-estar.

A budista americana Carolyn Pasternak afirma que uma atitude positiva, inclusive para consigo mesmo, é a chave da saúde. Costumamos tentar encontrar a felicidade nas coisas que temos ou podemos ter, nas outras pessoas, em filmes, livros, mas parece que algo continua faltando.

É porque procuramos nos lugares errados: temos de aprender a olhar para dentro de nós.

87

Aprenda a Falar em Público

Dicas dos organizadores do seminário Tecnologia, Entretenimento e Design (TED) para aqueles que querem apresentar suas ideias diante das multidões.

1) Pense grande. Tente fazer a maior palestra de sua vida. Revele algo nunca visto. Faça algo que o público lembrará para sempre. Divulgue uma ideia capaz de mudar o mundo.
2) Mostre seu verdadeiro Eu. Compartilhe suas paixões, seus sonhos... e também seus medos. Seja vulnerável. Fale de fracassos tanto quanto de sucessos.
3) Torne fácil o difícil. Não tente impressionar intelectualmente. Evite abstrações. Explique, dê exemplos. Conte histórias. Seja específico.
4) Ligue-se na emoção das pessoas. Faça-os rir. Faça-os chorar!
5) Não infle seu ego. Não se promova. É o jeito mais garantido de afastar o público.
6) Não se venda no palco. Nem pense em usar o palco para pedir doações ou promover seus produtos e serviços.
7) Sinta-se livre para comentar a palestra de outras pessoas. Para elogiar e criticar. A controvérsia alimenta. O apoio entusiasmado tem poder.
8) Não leia suas falas. Anotações são boas. Mas se a escolha estiver entre ler ou divagar, então leia!
9) Acabe sua palestra na hora. Fugir disto é roubar tempo de seus seguidores.
10) Ensaie suas falas diante de um bom amigo... para aprimorar a pontualidade, a clareza e o impacto.

88

Quando o Silêncio Vale Ouro: O Que Não é Bom Dizer ao Chefe...

Pesquisa do site de recrutamento americano Monster descobriu as NOVE FRASES que os chefes menos gostam de ouvir e por isso, aconselham seus analistas a evitá-las. A começar pelo popular "Eu nao sei" ou o preguiçoso "Isso é impossível". Mesmo que a tarefa requisitada seja, de fato, inviável existem outras maneiras no mínimo mais otimistas, de responder. O constrangedor pedido de aumento também é destaque na pesquisa americana. Justificar a solicitação dizendo que precisa de mais dinheiro porque comprou um apartamento ou teve um filho, não pega bem. A empresa pode achar que não tem nada a ver com isso. Na hora de pedir aumento, é melhor falar em desejo de crescer na carreira e de ter mais desafios. A grande questão não é o conteúdo, mas a forma como as coisas são colocadas. Não há tema que não possa ser abordado. Desde que se pense antes de falar e se conheça bem o superior em questão. Mas conhecer bem não significa, necessariamente, ser amigo: pesquisa do *site* "trabalhando.com" que entrevistou mais de 300 trabalhadores, diz que, para 40% a amizade com o chefe pode prejudicar a carreira. As nove frases que devem ser evitadas em conversas com o chefe:

1) Não é culpa minha.

2) Eu não sei.

3) ...Mas sempre fizemos as coisas desse jeito.

4) Isso é simplesmente impossível.

5) Vou te apresentar um amigo solteiro.

6) Preciso de um aumento.

7) ...Mas eu mandei um e-mail sobre isso semana passada.

8) Não aguento trabalhar com...

9) A festa ontem bombou! Estou com uma baita ressaca!

A Postura Otimista cria uma imagem mais positiva. Não desperdice palavras, especialmente quando estiver falando com seu chefe.

Clóvis Monteiro com seus irmãos Elias e José Pedro.

89

O Menino de Oito Braços

Um gigante silencioso, com poderes aterradores e capaz de anular socialmente uma pessoa. Assim é a timidez. Quem não conhece não tem ideia do poder paralisante que ela exerce. Desde pequeno numa família muito pobre com mais quatro irmãos (um irmão mais velho, Pedro, um mais novo, Elias e duas irmãs, Eluza e Ada) filho de uma dona de casa, dona Eunice e de um funcionário aposentado dos Correios, Seu Bruno, bizarramente tímido só Deus sabe a dificuldade para que eu realizasse as coisas mais simples.

Para a pessoa tímida, a melhor invenção do mundo foram as calças com bolsos. Ou as jaquetas e casacos com bolsos. Porque o mais desesperador para o tímido é o que fazer com as mãos. Eu me sentia, aos 10 anos de idade, um menino de oito braços!!!

Uma situação simples como receber visitas em casa se transformava num drama épico. Como atravessar a pequena sala para chegar ao quartinho que dividia com meu irmão? Como cumprimentar as visitas (às vezes tios de cidades distantes) sem ficar vermelho de vergonha? Como apertar com as mãos suadas, as mãos das visitas e desviar os olhos como se olhar nos olhos das pessoas fosse me transformar em pedra como Medusa fazia com suas vítimas... Na sala de aula do Colégio Municipal Duque de Caxias, em Santa Maria, no Rio Grande do Sul, quando a professora me chamava na frente da classe, eu que já me esquivava pateticamente para me esconder, descoberto e vencido me arrastava transpirando a ponto de encharcar a roupa para a frente da sala de aula. Maldita timidez!

Para os afortunados com a exposição fácil e confortável da simpatia e da harmonia social, parece frescura, bobagem, exagero, dramatização... mas acreditem, não é!

Para o tímido é impensável: ser bombeiro. Imagine o sujeito de uniforme chamativo segurando uma mangueira enorme em cima de um caminhão vermelho que passa com a sirene aos gritos, chamando a atenção de todo mundo? Um escândalo!

Cantar em Karaokê: é o verdadeiro inferno para o tímido. Você no palco, suando, procurando ler a letra da música que esqueceu, as letras tremendo, sua voz desafinando e o público, rindo, vaiando e na melhor das hipóteses, bocejando...

Vestir camisa de time de futebol. Tímido dá a vida pra não chamar atenção, então imagine o cara com a camisa do Flamengo (vermelha e preta em listras horizontais enormes e em letras garrafais a marca Danone e o desenho de uma Camponesa). A camisa do Vasco da Gama: Toda preta e uma escandalosa faixa branca atravessando o peito (era melhor que atravessasse o coração e acabasse logo com a vida do tímido). A do Botafogo ou a Camisa do Grêmio – Tricolor (não bastam duas cores pra chamar a atenção). Azul, preto e branco na vertical como se o torcedor estivesse com seu melhor pijama em pleno estádio...

A camisa do Internacional e do América: vermelha como a chamativa bandeira da China.

Imaginem uma pessoa tímida com as cores da escola de samba da Mangueira: verde e rosa, assim... do nada???

Timidez é um sofrimento silencioso que grita dentro da sua cabeça. Tímidos odeiam entregar exames de fezes e urina. Tímidos sofrem na hora da chamada escolar. Na consulta do médico: – "Tira a roupa e deita ali com as pernas abertas!"

Tímido não sabe o que fazer com os braços na hora da foto. Cruza? Esconde atrás do corpo? Põe as mãos nos bolsos? Parece que nesta hora os braços se multiplicam, o menino tímido pensa que tem oito braços.

90

O Menino Que Uniu a Cidade

Amanhecia o dia e um grande temporal, se abateu sobre a cidade. Uma árvore, atingida por um raio, caiu com enorme estrondo, bloqueando uma importante avenida. O tronco da árvore gigantesca ficou atravessado sobre a calçada, e as duas pistas cheias de carros, ônibus e carros utilitários ficaram sem passagem. Todos assustados com o temporal, corriam sem direção, pedestres em pânico e motoristas desorientados. Nervosos com a imensa árvore impedindo o ir e vir das pessoas, ninguém se entendia e a cidade parou. O estresse da situação tomou conta dos guardas de trânsito e de motoristas que saíam dos carros, aumentando o engarrafamento e complicando ainda mais a situação. Ninguém buscava solução, ao contrário, gritavam, se acusavam e procuravam culpados para aquilo que estava acontecendo. Foi então que um menininho com uniforme escolar, com sua mochila nas costas, todo molhado pela chuva saiu do meio da multidão, se aproximou da enorme árvore, jogou sua mochila no chão, em meio a uma poça d'água da chuva e com seus bracinhos frágeis começou a empurrar o pesado tronco.

Naturalmente, a árvore pesadíssima nem se mexeu. As pessoas em volta, vendo aquele menininho tentanto mover o tronco, aos poucos foram se aproximando, e ajudando a empurrar a árvore. Motoristas desciam dos carros, pedestres largavam suas pastas, e guardas de trânsito deixaram seus postos e foram ajudar a criança. Aos poucos, a gigantesca árvore foi sendo deslocada e o caminho foi aberto.

Lição de Vida:

Em meio a confusão, faltava a atitude. O estudante franzino foi o primeiro a perceber que alguém tinha de fazer alguma coisa, em vez de só reclamar. Não importa se o menino não tinha forças para afastar o tronco, o importante era tentar fazer alguma coisa. E a união de todos tornou possível o que parecia impossível.

91

Comunicação Interpessoal

Quando se fala em comunicação, logo vem à cabeça comunicadores de rádio, apresentadores de televisão, palestrantes e mestres de cerimônia... no entanto, no dia a dia, a comunicação interpessoal é tão ou mais importante do que em situações isoladas. Comunicar com eficiência na convivência social, na rotina profissional, na vida corporativa pode fazer toda a diferença.

Comunicação positiva é a arte de gerar simpatia, atrair atenção, conquistar as pessoas! Atitudes simples como desejar "Bom-dia!", pedir licença, agradecer uma gentileza mudam a maneira com que as pessoas passam a ver você.

Parece incrível, mas muita gente simplesmente ignora as chamadas "boas maneiras". Por falta de educação, por falta de bom humor, por excesso de *stress*, não se sabe bem por que...

Preste atenção nesta pequena história:

Um dia um funcionário de um grande frigorífico, no fim do expediente foi guardar uma caixa de produtos congelados numa câmara fria. Sem perceber a pesada porta se fechou, trancando o homem naquele ambiente muitos graus abaixo de zero. Se ficasse ali muito tempo ele morreria congelado. Mesmo estando no final do dia, funcionários indo embora, empresa vazia, um porteiro do frigorífico deu pela falta do colega e procurou até achá-lo, trancado na câmara hermeticamente fechada. Depois de salvo, o homem agradecido quis saber por quê o porteiro lembrou dele. A resposta foi simples: Como todo dia ao chegar e sair do trabalho, o homem sempre dava bom-dia e boa-noite com muita simpatia, naquele dia, o vigia percebeu que o homem que havia chegado cedo, como sempre cumprimentando a todos com alegria, no fim do dia não havia saído e desejado boa-noite como sempre fazia...

Lição de vida:

Cumprimente as pessoas ao chegar. Despeça-se das pessoas ao sair. Você será lembrado sempre como uma pessoa agradável e simpática.

92

A Menina Que Rimava e Vendia Balas

Uma menina vendia balas num sinal de trânsito e desafiava os motoristas a perguntarem a ela qualquer capital de estado ou de país... Se ela acertasse, as balas e doces seriam comprados!

– Qual a capital do Ceará? perguntava um motorista no sinal...

– Fortaleza, leve essa bala de framboesa!!!

– Qual a capital da Bahia?

– Salvador... leve esse bombom de licor!

Todos os dias o sinal fechava e lá estava a menina vendendo balas.

– Qual a capital da França?

– Paris... leve essa bala de aniz!

– Qual a capital da Espanha?

– Madri... leva esse doce de caqui...

E assim, todo dia a menina vendia todos os seus doces enquanto as outras crianças e ambulantes voltavam pra casa com suas caixas de produtos sem entender por que não conseguiam vender tanto quanto a menina que rimava e vendia... com criatividade e disposição!

93

Truques e Segredos Para Falar em Público

Falar em público, fazer uma apresentação, dirigir-se aos amigos numa festa ou comemoração familiar muitas vezes, o que poderia ser um momento agradável transforma-se num pesadelo para quem tem dificuldade de falar em público, mesmo que o "público" seja quatro ou cinco amigos muito próximos... Tem gente que nasce com o dom e sente até prazer em fazer discursos. Mas é o tipo de coisa que se aprende a fazer.

A primeira coisa é praticar em casa. No banheiro, em frente ao espelho...

Solte sua voz, leia em voz alta! Para as pessoas tímidas, um truque é tentar imitar alguém que ela admira um apresentador de TV ou uma pessoa que fale bem. Assim como algumas atrizes e modelos dizem que, para ficarem desinibidas ao fotografarem nuas pela primeira vez, apelam para personagens. Imaginam que estão interpretando a personagem que esta ali fotografando.

Dicas e truques para se apresentar em público:

– Quando estiver num palco ou posicionado na frente do público, procure manter uma postura que imponha respeito (nada de coluna arcada, mãos no bolso ou braços cruzados).

– Se for usar uma bancada ou púlpito (aquele apoio para colocar papel com anotações mantenha-se afastado o suficiente para, mesmo olhando para suas anotações, dar impressão de que você está olhando para a plateia.

– O ideal é sempre ter um pequeno roteiro com os principais pontos de seu discurso, sua palestra, enfim, sua apresentação.

– Procure ser objetivo, sem muitos detalhes. O bom palestrante fala com simplicidade para que o tema abordado fique na memória de quem o assistiu.

– Para não ficar perturbado com a reação de alguns espectadores, procure um ponto em meio às pessoas (como se estivesse olhando diretamente para alguém) e fale com segurança, pois assim passará a imagem de uma pessoa segura do que está apresentando.

– Gestos firmes quando usar expressões de medida, direção, intenção...

– Para não cansar a plateia, caminhe pelo palco, dando movimento a sua apresentação, sempre de forma contida, para evitar movimentos bruscos e evitar incidentes.

– Evite responder perguntas durante sua apresentação, porque pode perder o controle e o ritmo da palestra. Deixe perguntas, se for o caso, para o fim.

– O microfone deve ser testado antes das apresentações, sob risco de falhar na hora. Cada microfone tem suas particularidades: uns só funcionam muito perto da boca. Outros, com a distância de quatro dedos, sob pena do som ficar abafado ou a voz "bater" causando um ruído desagradável para os ouvintes.

94

Comunicação com Operadores de *Call Center*

Quando operadores de *Call Center* fazem seu trabalho, de lado a lado, podem gerar conflitos e crises de *stress*. Pela natureza "agressiva" da abordagem (o cara liga a qualquer hora oferecendo todo tipo de produto ou serviço) o operador de telemarketing é um dos profissionais menos populares da história da humanidade! Todos têm uma história de "quase guerra" com um desses profissionais. É a operadora do seu celular que cobrou a mais. É sua TV por assinatura que cortou o sinal bem na hora do gol do seu time... E o discurso decorado em frases recheadas de Gerúndio ("vamos estar RETORNANDO"/ "a senhora vai estar PAGANDO"/ "vamos estar PROCEDENDO a instalação"). São as ameaças do tipo:

– "Calma meu senhor. Tudo o que senhor estiver falando, vamos estar gravando..." o comediante norte americano Jerry Seinfeld conta que quando algum serviço de telemarketing liga, ele diz o seguinte:

– "Agora não posso atender! Me dá o telefone de sua casa que ligo mais tarde."

Operador do *Call Center*:

– "Telefone da minha casa? Não posso..."

Seinfeld: –"Ah é? Não Pode. Você não quer que ligue pra sua casa e você liga pra minha. Eu também não quero!!!" Agora, se você é operador de *telemarketing*, muito cuidado com a impressão que você deixar para seu cliente:

– "Alô!... O senhor gostaria de estar recebendo o nosso pacote de canais de filmes? É promoção.

– "Se o senhor assinar três canais, ganha mais um. Por exemplo: – Se assinar o Telecine Premium, o Telecine Action, e o Telecine Emotion....eu lhe dou o Cult! (oooopaaa!)

Criatividade é a maior virtude de uma Comunicação eficiente. Também no trabalho de vendas por *telemarketing*, a abordagem criativa, simpatica tem muito mais chance de ser bem-sucedida.

Como você vai ligar para alguém que você não conhece não sabe onde está, com quem está e em que condições... o ideal é sempre comecar a conversa com educação e simpatia, tipo:

– "Se o senhor puder falar agora, tenho uma boa oferta. Se não for possível neste momento vou entender e ligarei só se permitir."

A objetividade também pode render atenção. Diga logo qual o produto ou serviço. Se o cliente não tiver interesse, não vai adiantar você investir seu tempo e desperdiçar o dele.

Falar sorrindo e ao final da conversa sempre desejar coisas positivas também ajudam a deixar uma boa impressão.

Uma fórmula que ajuda no trato com clientes por telefone é se colocar de forma coloquial (natural) evitar o linguajar viciado e antipático impessoal (como secretárias eletrônicas).

Usar expressões que humanizem a comunicação:

– "Eu sei que é chato receber uma ligação a esta hora, mas eu lhe garanto que é uma ótima oferta."

– "Para não roubar seu precioso tempo, deixe eu lhe dizer que esta oferta é por tempo limitado e se houver interesse ligo outra hora com prazer para explicar as vantagens para o senhor e sua família!"

Comunicação em qualquer situação e em qualquer lugar, deve priorizar:

– Carisma, criatividade, sinceridade, objetividade e simpatia!

95

O Poder da Comunicação

Desde que o mundo é mundo a Comunicação é fundamental, vital e até fatal. Imagine na pre-história: o homem das cavernas que se comunicava com grunhidos, caretas e gestos, na luta pela sobrevivência se depara com seu vizinho com aquele tacape enorme e na tentativa de se comunicar, faz o grunhido errado, uma careta ameaçadora ou um gesto infeliz... pronto!

– Um golpe certeiro e fatal.

Conclusão: Falha na comunicação pode ser fatal!

Todas as correntes religiosas aceitam a história de Jesus Cristo. Filho de Deus, Jesus seria a maneira divina de se comunicar com a humanidade.

Jesus Cristo foi enviado para viver entre os homens, conhecê-los e conquistá-los comunicando a palavra de Deus.

Sem dúvida, Jesus foi o maior comunicador de todos os tempos: numa época onde a violência imperava, a morte era vista com naturalidade no confronto de ideiasl Ele vendeu a ideia do amor fraterno – ao invés de vingança e do revide, apesar da lei do "olho por olho, dente por dente" Jesus foi tão eficiente na sua Comunicação que conseguiu seguidores para – "ame seu inimigo como a si mesmo".

Convencer alguém naquele tempo que ao levar um tapa no rosto deveria oferecer a outra face era mais difícil que hoje em dia você convencer um banco a emprestar dinheiro sem cobrar juros!

A comunicação pode ser interpretada até na natureza:

Raios e trovões avisam que vai chover.

Para anunciar um tornado, um furacão ou uma tempestade, o céu "fecha a cara" apresentando nuvens ameaçadoras. O aviso para a chegada do Outono é a queda das folhas das arvores. Para apresentar a Primavera, a natureza usa a comunicação dos pássaros e a linguagem das flores.

No reino animal, o urro do leão comunica claramente quem manda.

E o ovo de galinha é mais famoso que o ovo de pato por que a galinha acredita no poder da comunicação.

Enquanto a pata discretamente deposita seu ovo, que dizem ser gostoso e maior, a galinha sabe se comunicar muito melhor – cada vez que põe um ovo, a galinha canta anunciando seu produto!

Comunicação é toda a ação que ajuda o entendimento de uma situação. A compreensão clara pode ser sinalizada, sem o uso de palavras:

No trânsito, se você "der seta" para à direita, você comunica que vai para aquela direção. Se ligar "o alerta", sinaliza que está com problemas...

O Sinal amarelo comunica que você vai ter que parar. O verde sinaliza que é sua vez de rodar!

Tudo isto é comunicação. No tempo do cinema mudo, Charles Chaplin foi um grande comunicador: conseguiu expressar emoção, humor, alegria e drama usando somente imagens e música.

Os artistas ao longo da história documentaram a evolução da humanidade em paredes de cavernas, em templos, em telas e através de esculturas. Era uma comunicação sem palavras mas com grande poder estético – a comunicação visual.

Os ilustradores contemporâneos são igualmente importantes. Os chargistas retratam o dia a dia na política, na economia, na sociedade muitas vezes apenas com imagens.

As logomarcas identificam grandes empresas e comunicam a natureza de suas atividades apenas com símbolos.

Exemplo: A Coca Cola com suas cores e a Nike reconhecida pelo seu símbolo – um pouco mais que um rabisco – mas que no entanto é reconhecido mundialmente.

Os símbolos indicando banheiros em shoppings, aeroportos e prédios.

Empresariais são universalmente conhecidos. Vagas para portadores de deficiência são comunicadas com clareza com o desenho do bonequinho na cadeira de rodas.

O aviso de proibido estacionar, o alerta de perigo tóxico através da imagem de uma caveira, a sinalização de hospital ou escola na área e a figura do Crucifixo comunicam por si só.

96

O Poder dos Comunicadores

Jesus Cristo foi o maior de todos!

Mas grandes comunicadores chamam atenção na história. Cada um com sua linguagem. Até Hitler, grande vilão da humanidade, era inquestionavelmente um grande comunicador: chegava a hipnotizar seus seguidores com seu discurso fanático. Mahatma Gandhi, pregava a paz e comunicava com amor e tolerância. O presidente Kennedy se identificava com o sentimento americano de sua época. Martin Luther King comunicou pra quem queria mudancas na relação inter-racial americana. O Papa João Paulo segundo, "João de Deus" com carisma popular abriu a Igreja Católica para o mundo. Walt Disney comunicou através da imaginação transformando seus personagens em ícones no imaginário de inúmeras gerações.

Oprah Winfrey se transformou na mulher negra mais rica e poderosa da América através da comunicação. Com seu show na TV americana, ela influenciou moda, costumes, ajudou a eleger o Presidente Barack Obama e criou sua própria rede de televisão, além de sua própria produtora – a Harpo e a famosa revista "*O*". No Brasil, Abelardo Barbosa – o Chacrinha – fez história! Com frases curtas e quase inaudíveis, com uma voz rouca e com ajuda de cartelas com os textos que dizia no seu programa, projetou cantores e ajudou artistas pelas emissoras onde passou. Entrou para nossa literatura da comunicação social. Mas fenômeno de comunicação mesmo é o Sílvio Santos.

De camelô, vendendo canetas, pentes e porta-documentos de plastico, se tornou locutor, apresentador, dono de rede de televisão e megaempresário.

Chegou a ser o brasileiro que mais pagava Imposto de Renda, o homem-sorriso é um símbolo ambulante da comunicação popular: carismático, alegre falante, simples e vencedor!

Clóvis Monteiro e o ator Eri Johnson.

97

A Comunicação é Tudo. Informação Nunca é Demais

Quanto mais as pessoas se comunicam mais sintonia existe e mais harmonia vai existir. Também na vida corporativa, a comunicação entre os departamentos, entre os vários níveis da empresa e entre os funcionários é fundamental. Para um resultado positivo no dia a dia as informações corretas e comunicadas de forma eficiente são vitais da diretoria aos gerentes, destes aos encarregados, e de funcionário a funcionário. Uma empresa faz parte da vida real e na vida real em todos os relacionamentos, a comunicacão, o entendimento e a informação faz toda a diferença. Preste atenção, nesta pequena história:

O dia que completava bodas de ouro. O casal na mesa do café da mania. A esposa passa manteiga no pão para oferecer ao marido e pensa. "Hoje eu vou ficar com o miolo... afinal eu mereço. Em 50 anos de casamento sempre me sacrifiquei e fiquei com a casca do pão. Hoje, vou ficar com a parte mais gostosa!"

O marido ao receber a casca do pão, abriu um sorriso e exclamou: "Puxa! Depois de 50 anos, finalmente vou comer a parte mais gostosa do pão... Obrigado, meu amor!"

Lição de vida:

Por longos 50 anos por falta de comunicação os dois se "sacrificaram" oferecendo a melhor parte para o outro em sinal de amor. Se houvesse mais informação entre o casal, ele saberia que a esposa gosta do miolo e ela guardaria a casca do pão por ser a mais gostosa para o marido.

Conclusão: Ser generoso e imaginar o que o outro gosta pode ser um desperdício de tempo e um constrangimento para as duas partes. O ideal é achar um jeito de deixar claros seus gostos, opiniões e preferências. E saber o que faz o outro mais feliz. Quanto mais informação, mais objetivo pode ser o gesto e a atitude para satisfazer a família, seu chefe, o colega de trabalho e, principalmente, o cliente.

98

A Fórmula dos Três "SSS": Saúde, Sorte e Sucesso!

SAÚDE:

Física – A saúde física é fundamental para o equilíbrio de nossa vida. Temos de cuidar do nosso corpo! Todos sabem os cuidados basicos. Alimentação, atividade física, higiene pessoal, exames preventivos... (todo mundo cuida do carro, põe gasolina, troca o óleo, manda lavar, cuida dos pneus, verifica freios, faróis e lanternas...).

Mental – A saúde mental é responsável por nossos atos. Uma cabeça boa faz toda a diferença (troca de informações/saber ouvir os outros/estar receptivo para coisas novas e respeitar as tradições).

Espiritual – A saúde espiritual passa pelas convicções de vida. A pessoa pode não ter religião definida, mas precisa acreditar em coisas positivas. Gostar do próximo. Superar sentimentos negativos e menores como inveja, rancor, vingança...

SORTE: Oportunidade + preparo = sorte!

Estadista americano Thomas Jefferson dizia: "– Eu acredito na Sorte. Quanto mais eu trabalho, mais sorte eu tenho."

SUCESSO: Objetivo + felicidade = sucesso!

A maioria pensa que SUCESSO é alcançar Fama e Fortuna. Pode também ser! Mas tem muita gente famosa e rica que continua infeliz. Ou depois de rica e famosa ficou mais infeliz do que era antes. Se uma jovem sonhava em casar com o namoradinho da escola, ter sua casinha com jardim, ter um casal de filhos e ser dona de casa e conseguiu isso – essa dona de casa pode ser considerada uma mulher de sucesso!

Por isso é questionável a escolha de profissões pelo que pode trazer de dinheiro. Em todas as profissões existe gente de sucesso e gente que fracassa! Geralmente, quem faz sucesso é quem gosta do que faz: dedica mais tempo ao trabalho por que não considera aquilo trabalho. Vibra com novas ideias, se empolga pelo entusiasmo com que fala da sua profissão é fácil perceber quem gosta do que faz e quem só está ali pra ganhar dinheiro (e na maioria das vezes acaba NÃO ganhando).

Se você ouvir alguém dizendo: "– Não sou pago pra fazer isto..." Essa pessoa vai ter dificuldades pra fazer sucesso em alguma coisa! Respeite quem faz sucesso, porque pra isso tem de saber assimilar derrotas, esquecer muitos NÃOS... (alguém já disse que Sucesso é partir de um fracasso a outro fracasso sem desistir). Muitas vezes um fracasso aparente é na verdade um atalho para o sucesso! E acreditem: Quando uma porta se fecha, outra se abre. Só que a maioria das pessoas insiste em ficar olhando para a porta fechada, e acaba por não ver as outras portas se abrindo...

99

Lidere Como Jesus

Ao longo da história da humanidade, se observa vários tipos de líderes e lideranças: Hitler, Churchill, Abraham Lincoln, Gandhi, Martin Luther King, entre os mais lembrados líderes em suas épocas, marcaram pelo seu estilo de liderar. Mas o maior líder da história é, sem dúvida, Jesus Cristo.

Na parada estratégica de Jesus no sermão da montanha, Ele procurava abrir os olhos da humanidade. Para o inteligente homem de Nazaré, Deus não quer que os seres humanos tremam em sua presença, mas que tenham intimidade com Ele. Não quer mostrar poder, mas sensibilidade. Não quer controlá-los, mas fomentar sua liberdade.

E onde entra comunicação nesta história? Jesus sempre usava metáforas, parábolas e narrava pequenas histórias para comunicar de maneira mais clara. O ser humano é fascinado por histórias por contá-las ou ouvi-las. Quando os irmãos Lumiére inventaram o cinema (na verdade, inventaram uma projeção de imagens), logo em seguida, alguém teve a ideia de contar histórias a partir desta invenção, surgindo daí a chamada sétima arte.

Na passagem bíblica, onde Jesus lava os pés de seus discípulos e sugere que seus apóstolos façam o mesmo, fica clara a imagem do líder que prefere servir ao liderar, liderando pelo exemplo. Liderar como Jesus é conquistar respeito e seguidores, sem medo de se mostrar igual aos comandados. Liderar como Jesus é humanizar a relação com seus liderados. Em vez de provocar medo, despertar confiança e admiração pelo exemplo.

100

Para Minha Filha Mariana

Mariana nasceu no sul. Minha gauchinha sempre se mostrou inteligente e de muita personalidade. Como as meninas, geralmente "puxam" fisicamente os traços do pai com a Mariana também foi assim. As pessoas acham minha filha parecida comigo. Sinceramente preferia para seu bem estético, que ela puxasse mais a mãe, mas não posso esconder meu orgulho de que todos saibam que eu sou o pai desta mulher maravilhosa que é a Mariana. Mariana podia ter mais minha presença em momentos importantes de sua vida. Confesso que toda a atenção que possa ser dada, nunca será demais, especialmente para a primeira filha. Perdi muitos momentos na vida desta pessoa que se transformou em alvo de elogios e admiração pelos colegas, amigos, professores, chefes, clientes e quem quer que a conheça. Filha, se eu pudesse transformaria meu amor em um caminho que te leve com segurança para a realização dos seus sonhos. Se eu pudesse blindaria você contra toda maldade do mundo... Se eu pudesse, Mariana, estaria sempre à sua frente para prevenir os perigos, e atrás de você para confirmar seus passos. Se eu pudesse faria o sol quando precisasse do sol, chuva quando assim você desejasse. Mas na verdade, só posso pedir a Deus que te ilumine e te abençoe com meu pensamento a cada minuto de sua vida.

101

A Minha Visão da Carreira do Meu Pai e a Importância da Comunicação na Minha Carreira

A missão conferida a mim – de transformar em palavras – a visão da carreira do meu pai, em um primeiro momento, me deixou um pouco nervosa, tendo em vista a pessoa e a brilhante carreira em pauta. Passada essa primeira impressão comecei a repensar a trajetória da carreira do Clóvis Monteiro. E não há melhor momento na minha vida para ter a oportunidade de expressar a minha profunda admiração por ele, tendo em vista que estou no começo da minha vida profissional e a cada dificuldade que encontro no meu caminho ou a cada desânimo me inspiro na história do meu pai que antes de encontrar o sucesso batalhou muito. Quando escuto as histórias acerca do Clóvis Monteiro e o quanto a sua caminhada profissional foi difícil, o meu peito se enche de orgulho. O meu pai é um verdadeiro empreendedor que transformou o meio da comunicação, resgatando o verdadeiro espírito do rádio e desenvolvendo diversos produtos a partir da sua principal ferramenta de trabalho: a comunicação. A sua criatividade, carisma e a capacidade de se comunicar com as pessoas demonstram que ele é um profissional diferenciado. Falar sobre a carreira do Clóvis Monteiro me obriga a falar da Super Radio Tupi. Há muitos anos, todas as manhãs o Clóvis Monteiro entra nas casas, nos carros e na vida dos seus ouvintes e leva entretenimento, amizade, amor, fé, solidariedade, esperança e se entrega a esta paixão que é simplesmente "falar" no rádio. "Simplesmente falar" porque quando observamos o Clóvis Monteiro apresentando o seu programa de radio na Tupi – O Show da Manhã – ou as suas palestras motivacionais, ou ainda, quando se apresenta na televisão, o que percebemos é que ele está onde deveria estar. Clóvis Monteiro dono de um "vozeirão", de uma presença, transita facilmente entre a rádio, auditórios e estúdios de televisão e domina a arte da comunicação, em suma, na minha opinião ele é um profissional completo. Recebo todos os dias, através das redes sociais, mensagens de carinho dos ouvintes e fãs do meu pai. De certo modo, eu acabo me unindo a estas pessoas e me sinto parte desta relação. Eles me perguntam como eu estou, me dizem para "ficar com Deus", perguntam da minha família, mandam beijos e abraços e isto tudo é bom demais. Quem acompanha a carreira do Clóvis Monteiro, quem escuta o seu programa de rádio entende o motivo desse carinho. Eu sou ouvinte do Show da Manhã e acompanho de perto o envolvimento dele com os problemas dos ouvintes e quando ele fala no programa: "os seus problemas são os meus problemas", ele não está mentindo. O Clóvis Monteiro e a sua equipe se engajam ao máximo para ajudar os ouvintes e a comunidade do Rio de Janeiro. A carreira do Clóvis Monteiro sempre esteve entrelaçada com a sua família e, por isso, através da rádio presta uma homenagem a sua família e a todas as famílias ao dar o famoso "Bom-dia" para a sua esposa Carmem e os seus filhos: Mariana, Bruno e Lucas. O Clóvis vem de uma família humilde e batalhadora e enquanto ainda estava trabalhando no sul do país sempre recebeu incentivo, apoio e suporte da sua família e ele sempre tenta compartilhar isto com o seu público. Sempre me emociono quando ouço o meu pai contar a história de que quando decidiu voar mais alto e sair do sul do país e ir trabalhar no Rio de Janeiro, o seu irmão mais velho – o tio Pedro – lhe emprestou dinheiro para possibilitar que ele corresse atrás do seu sonho; e ele correu e alcançou! Este é apenas um exemplo dentre inúmeros que mostram a presença constante da família na vida do Clóvis e o quanto ele a valoriza. Todos sabemos que a família anda meio esquecida nos dias de hoje e o Clóvis Monteiro além de resgatar o gosto das pessoas em ouvir rádio, traz de volta os valores familiares que são uma constante no seu programa, nas suas palestras e nos seus textos. Quem acredita naquele velho ditado "família é bom em álbum de fotografias", se engana. Talvez esta seja uma das maiores mentiras que tenham inventado.

Eu percebo que o meu pai através do dom de se comunicar com as pessoas instiga a coragem de sermos reais, a compaixão de amarmos a nós mesmos e aos outros e é justamente esta conexão que dá propósito e significado a vida. Esses são os dons que o Clóvis Monteiro traz para as nossas vidas: o amor, o riso, a gratidão e a empatia. E com inspiração na carreira do meu pai percebo como a Comunicação é uma ferramenta importante em diversas carreiras e, no caso da minha, é essencial. Eu me formei no ano de 2010 em Direito, na Universidade Federal de Pelotas, no Rio Grande do Sul, e desde então venho me aprimorando na carreira de advogada. O advogado deve saber se comunicar; primar pela clareza, caso contrário, não terá sucesso na carreira. Além disso, do ponto de vista do *marketing* profissional, a boa comunicação permite a expansão da rede de contatos (*networking*), através da qual surgem oportunidades de negócios, parcerias e clientes.

Ademais, a comunicação é uma das principais ferramentas na relação escritório-cliente, sendo em grande parte responsável pela manutenção de uma clientela constante e satisfeita. É preciso que o profissional tenha a capacidade de se colocar no lugar do cliente, enxergando pelo seu ponto de vista, de modo a identificar o problema. Este é um fator de extrema relevância ao lado do bom atendimento, caracterizado por gentilezas, cortesia e respeito.

Importante ressaltar que com a crise do judiciário e a consequente emergência de mecanismos extrajudiciais de solução de controvérsias, a tendência é que os embates cedam cada vez mais, lugar às negociações e ao bom relacionamento interpessoal. Nesse diapasão, os advogados e demais operadores de direito devem se ater a outros aspectos, tais como: competências comportamentais relacionadas à inteligência emocional; empatia; comunicação interpessoal; motivação; liderança; e negociação.

Importante salientar que o domínio da comunicação além de importante atributo para aumentar as chances de obter sucesso na carreira, também se presta para o sucesso na vida social e familiar.

Por isso, quando falamos estamos nos expandindo, através da interação humana, estamos buscando melhor nos entendermos. A Comunicação cria maior capacidade de liderança, de maneira que aquele que tiver a capacidade de romper a barreira do medo estará se fortalecendo interiormente.

Destarte, a Comunicação é uma forma de robustez interior e na expressão de Sartre é uma maneira de existirmos.

Mariana Magalhães Monteiro

Clóvis Monteiro e sua filha Mariana Magalhães Monteiro, advogada de sucesso atuando no sul do país.

102

Para Meu Filho Bruno

Meu primeiro filho homem poderia se chamar Caio ou Cássio (sugestões de minha cunhada querida Juçara) por que minha esposa e eu temos nomes iniciados pela letra C, a ideia era manter a mesma inicial nos nomes dos filhos. Desistimos da ideia ao perceber que para escolher um nome para filho, não basta coincidir letras, buscar a estética fácil dos nomes mais "comerciais" e fáceis de serem lembrados ou simbologias que, supostamente, dariam mais "sorte" ao nomeado. Depois de pesquisar no livro "1001 nomes", ouvir sugestões de amigos e parentes, chegamos à conclusão de que, na verdade, minha mulher e eu tínhamos um nome guardado para o primeiro filho: Bruno. Carmen comentou que sempre quis ter um menino e o nome seria Bruno. Foi aí que confessei que tinha o desejo secreto de homenagear meu primeiro filho homem com o nome de meu pai, já falecido. Pronto. Nosso primeiro filho se chama Bruno! Meu filho Bruno. Você nasceu lourinho como a família de sua mãe. Seu tio Edson Barbosa o chamava de "Puchinsky"! Olhos claros, sorriso fácil, você Bruno sempre foi muito simpático com todo mundo desde bebezinho. Nos *shoppings*, era uma festa! Todos se aproximavam do seu carrinho para brincar e elogiar o bebê de "capa de revista". Cresceu curtindo todos os esportes. Passou do *skate* para lutas orientais, *surf* e chegou a participar de torneios oficiais de tênis. Mas é o futebol que tem toda a sua atenção: torcedor do Fluminense, a ponto de viajar atrás do tricolor, frequentador de estádios, talvez tenha sido essa sua paixão que o direcionou para a Faculdade de Jornalismo e a busca do estágio na mídia esportiva. Filho, sua mãe e eu quase explodimos de alegria e orgulho quando nossos amigos falam de sua educação, simpatia, sua atenção com tudo e com todos! Quando escrevo este livro, você é um estudante universitário no início de sua vida adulta. Não sei que caminhos vai trilhar, mas terá todo nosso apoio, nossa torcida e nosso amor.

103

Dicas para um Mundo Melhor

Ao longo de sua vida, meu pai, sempre buscou agregar valores às pessoas, por meio de suas experiências vividas ou informações adquiridas ao longo do tempo. Desde que eu era pequeno, ele sempre se preocupou muito com a educação que daria a mim e meu irmão; a importância de tratar bem as pessoas e de usar pequenas palavras que fazem a diferença no dia a dia de qualquer um. Nesse recente projeto de realizar palestras, ele tenta passar, através de um show de comunicação, tudo o que acha fundamental para vivermos em um mundo melhor. E nesse livro, ele busca levar ao leitor, tudo o que devemos fazer para sermos cada vez melhor como pessoas, e, consequentemente, melhorar o mundo.

Bruno Monteiro

Bruno Monteiro fez faculdade de jornalismo, optou pelo esporte: passou pela Rádio Bradesco Esportes FM e foi aprovado numa seleção da Rede Globo para o SporTV.

104

Para meu Filho Lucas

Desde pequeno meu filho Lucas se mostra dono de seu destino. Da escolha dos temas de suas festas de aniversário, na hora de escolher um filme para assistir ou do livro para ler, Lucas sempre soube mostrar o que queria. Fisicamente chega a lembrar os filhos de meu irmão Pedro, o Zadro e o Raero, mas as semelhanças param por aí. Lucas é único no seu jeito de pensar, de falar e de calar...

Mais introspectivo que garotos de sua idade, Lucas pareceu ser tímido mas logo demonstrou que apenas observava mais que a maioria. Nos esportes, partiu da natação para o Basquete. Mas entre atividades aeróbicas e um filme ou livro, ele prefere colocar o cérebro pra funcionar.

Curso de inglês, Curso de teatro e dublagem são atividades que tomou a iniciativa de fazer. Quer ver o Lucas feliz e vê-lo no palco atuando.

Quando escrevo este livro, Lucas tem 14 anos, briga com algumas notas na escola mas mostra entusiasmo com sua aposta no teatro. Pré-adolescente fica horas ao celular, internet, marca encontro nos *shoppings* com namoradinhas e curte a onda de "*Stand Up*" nos circuitos teatrais de comédia.

Grande parceiro para assistir filmes, conhece os atores, diretores e já se arriscou a produzir pequenos filmes com sua turminha de escola. Bom ouvinte, filho carinhoso, ele tem senso de humor. E rápido com as ideias e pela sua energia e sua imaginação, Lucas vai escrever a própria história, vai roteirizar a sua vida, vai produzir seus sonhos. Não podemos, por mais que o amemos, escolher por ele se vai viver um drama, uma comédia ou uma emocionante aventura. Só podemos torcer para que sua vida seja uma história de sucesso e pedir a Deus que garanta um prêmio maior que o Oscar no cinema, a sua felicidade!

Lucas Monteiro fez cursos de dublagem, teatro, onde atuou em vários espetáculos profissionais e sonha em ser diretor de cinema.

105

Como Eu Vejo meu Pai

Desde que eu era criança, para mim, meu pai sempre foi a principal figura masculina que me inspirou a ser quem eu sou hoje e quem eu pretendo me tornar. Meu pai é o tipo de pessoa que acredita que se você fizer algo com satisfação e der tudo de si naquilo você vai obter sucesso, diferente da pessoa que faz de qualquer jeito, que não se envolve no que quer fazer. Meu pai sempre me disse que quando eu crescesse, eu podia ser o que quisesse desde que me sentisse bem com aquilo, desde que gostasse daquilo, desde que me sentisse satisfeito por fazer algo que eu amasse. Quando vou com ele para a rádio ou para alguma palestra observar seu trabalho de perto, percebo o que ele me fala, pois ele sempre faz tudo com um sorriso no rosto, mesmo quando ele preferia estar em casa com sua família, ou quando tem de trabalhar em um feriado estando muito cansado, independente da situação ele faz tudo com prazer, pois sabe que vai ser recompensado depois.

Meu pai a criativo, engraçado, simpático e sempre disposto a trazer alegria para seus familiares e amigos.

Qualquer pessoa podia passar numa rua ou por um porteiro e não dizer nada, pois não conhece o sujeito, mas Clóvis Monteiro, não é qualquer pessoa, ele acha que através de um simples "Bom-dia", nós podemos mudar por completo o dia de alguém, trazendo uma energia positiva para a vida dessa pessoa. É por isso que eu admiro meu pai, por ele ser essa pessoa maravilhosa que esta sempre disposta a trazer alegria a todos, independente da ocasião.

Lucas Monteiro

106

O Bispo e os Crocodilos

No período que trabalhei na Record era comum o programa "Rio por Inteiro" ser usado politicamente. Tinha um bispo da Igreja Universal que era líder de um partido no Rio e seguidamente mandava alguém para o estúdio com a ordem de ser entrevistado. Não era raro, estar apresentando o programa ao vivo e pelo ponto eletrônico (equipamento que fica dentro do ouvido para receber informações da direção da TV) a diretora de produção mandar entrevistar uma pessoa que eu não sabia quem era, ela não sabia do que se tratava mas o bispo tinha mandado para o estúdio. Era um tal de colocar microfone na criatura desconhecida e de um jeito ou de outro inseri-lo nos assuntos que estavam sendo abordados naquele dia. Houve uma vez que, pateticamente, sem saber como descobrir quem era a pessoa que o bispo mandou, improvisei:

– "Atenção, para quem está se ligando agora na Record vamos fazer o seguinte: – Todos que estão no estúdio vão se identificar, dizendo seu nome, o que fazem e o que gostariam de divulgar!" Foi esse mesmo bispo, que era deputado federal que costumava dizer que a corrupção existia mesmo em Brasília e que a cada novo escândalo, eles, os políticos, tinham de acalmar a opinião pública, jogar um colega para os crocodilos! Ironicamente, num escândalo envolvendo propinas, tráfico de influência e corrupção o nome do bispo, deputado veio à tona, e seus colegas políticos, para acalmar a fome de justiça da opinião pública e da mídia, resolveram jogá-lo aos crocodilos...

107

Drama, Censura e Ataque de Nervos na Record

Uma das grandes alegrias na vida de um profissional é receber convites de trabalho o que demonstra, no mínimo, que o mercado presta atenção na sua atuação. Foi no ano de 2001, estava no elevador da Rádio Tupi com meu diretor Marcus Di Giácomo, quando o celular tocou; uma voz feminina se identificou como Tânia Athayde, assessora de imprensa da Rede Record e perguntou se interessava reunir com a direção da TV Record no Rio. Aceitei, compareci na Record, participei de uma reunião com o diretor regional da Rede e fui informado que começava ali uma operação para implantação da programação competitiva da Rede Record em todo Brasil. A operação teria programação forte nos estados, novelas na rede e programas agressivos tirando artistas e apresentadores da concorrência, para o projeto ambicioso de competir com a Rede Globo e buscar a liderança nacional. Comecei a comandar o "Rio por Inteiro", um programa que misturava informação, *links* pela cidade com repórteres ao vivo, entrevistas no estúdio, esportes e musicais. À busca pela audiência era clara nas matérias escolhidas pela produção, no que eu concordava por que fazia parte do projeto. Entre as matérias que renderam grandes números do IBOPE: pessoas feridas no Réveillon de Copacabana, uma família foi queimada pelos fogos de artifício e o incêndio no estúdio do Show da Xuxa, na TV Globo. Uma jornalista que estava na gravação do programa falou com exclusividade para nosso programa. A história de David, o camelô que usava técnicas de *marketing* para atrair a atenção e vender balas e biscoitos numa banquinha no centro do Rio, não só deu boa audiência como naquele dia ganhamos no IBOPE de outros programas da Rede Record no Rio de Janeiro como o Jornal do Boris Casoy e o Programa da Eliana. O camelô entrevistado, a partir de uma nota na Coluna do Ricardo Boechat no jornal *O Globo*, acabou aparecendo no programa do Jô e virou palestrante. Um drama que comoveu e indignou a todos foi à história de uma criança recém-nascida de São Gonçalo, que bebeu ácido, sofrendo danos irreparáveis. Um dia, o cantor Agnaldo Timóteo que era candidato a vereador invadiu o estúdio, ao vivo denunciando que tinha encontrado urnas adulteradas e prometendo provar uma teoria da conspiração naquelas eleições. Assim como entrou correndo, saiu do mesmo jeito do estúdio da Record, em Benfica. Com o programa ao vivo era impossível contornar algumas situações. Uma famosa cantora, conhecida por ser madrinha de muitos artistas, visitou o programa, teve quase uma hora de exposição falando de sua carreira, seus shows, seu novo CD e como acontece em shows de TV, no final do programa ela foi convidada a cantar uma música. Assim foi feito. Quando cantava, o programa chegou ao fim e os créditos (aquelas letrinhas com os nomes da equipe técnica) começaram a passar em cima de sua imagem dando mostras que ela seria interrompida e cortada no ar. Ela viu nos monitores e teve um ataque de nervos assim interrompeu a canção e numa crise de *stress* jogou o microfone no chão, se retirando do estúdio falando todos os palavrões que conhecia e os que conseguiu improvisar na hora da explosão de mau humor... Todos sabem que a Rede Record pertence a Igreja Universal e havia na época, no canal do Rio, uma censura à cobertura do Carnaval, um grande evento que atrai milhares de turistas e projeta a cidade no mundo inteiro. Como o maior objetivo era buscar audiência, pensamos que a censura não estava valendo naquele momento. Convidamos duas escolas de samba com seus intérpretes e suas mulatas, passistas maravilhosas, para encher a tela da Record na semana da maior festa popular do planeta e assunto de toda a mídia. De repente veio a ordem: nada de carnaval. E as pessoas no estúdio, maquiadas, fantasiadas, a poucos minutos do início da atração? Manda todo mundo embora. E agora? Com que cara você desconvida pessoas que desmarcaram compromissos, acordaram cedo, enfrentaram o trânsito, se vestiram especialmente para a ocasião, numa época do ano em que são disputadas por todos os veículos de comunicação? Não teve choro "nem vela". A censura permaneceu. Todo mundo foi embora e a equipe do programa: apresentador, produtores, cinegrafistas, todos com cara de...

Carmen Monteiro e suas irmãs Juçara, Dirlei e Nilse Augustini.

108

Ouvinte ao Vivo Catástrofe no Ar!

Tem gente que é contra colocar ouvintes de rádio no ar, ao vivo, por achar que "ouvinte" é pra ouvir, senão seria "falante". Particularmente, gosto de "explorar" a participação dos ouvintes por acreditar que podem contribuir justamente com o inusitado: uma opinião diferente, linguajar popular, um ponto de vista engraçado, enfim, a possibilidade de interagir, de provocar, de promover o debate. Mas às vezes, justamente por ser imprevisível o que pode dizer uma pessoa que de repente, entra no ar pelo telefone, a situação criada pode acabar mal. O comunicador Luciano Alves, na Rádio Globo fazia sucesso com seu programa na madrugada. Ouvintes entravam no ar para fazer todo tipo de reclamação e nem sempre o apresentador estava de bom humor. Um belo dia, um ouvinte participou do programa e sem fazer rodeios mandou: – "Ô, Luciano Alves!" – "Sim é ele, o que você quer?" e o ouvinte percebendo o tom ríspido da voz do comunicador: – "Por que você não vai tomar no..." Só deu tempo de arrancar o telefone da mesa. Na mesma madrugada da Rádio Globo, no Programa Monteiro eu falava direto com os ouvintes, gente de todos os lugares do Brasil, assuntos dos mais variados e numa madrugada um rapaz ligou para denunciar o perigo iminente de uma enorme pedra rolar e soterrar alguns barracos de uma comunidade. Para demonstrar a gravidade do caso, ele deixou claro que se a Defesa Civil não agisse imediatamente aconteceria uma..."cartrastrofe"! – Isso mesmo. Ele falou: – cartrastrofe! Para salvar a situação, pensei rápido e resolvi mostrar como se falava aquela palavra. Pra quê! Eu falava: catástrofe. E ele: "car...trastofe"!? Insisti: Ca-tás-tro-fe. E o ouvinte: carta-tros-fe?! Durante cinco minutos foi um parto para que finalmente ele conseguisse pronunciar corretamente a palavra. O ouvinte não se ofendeu com a brincadeira e a audiência na madrugada certamente se divertiu com aquele episódio. O sucesso daquele imprevisto, por intermédio do jornalista Maurício Menezes foi parar no programa do Jô Soares na Rede Globo. Outra situação de ouvinte no ar foi quando, num quadro que batizei de – "o seu problema é meu problema" alguém reclamou de que faltava água rotineiramente na sua comunidade e perguntado sobre as contas da Companhia Estadual de Águas e Esgoto (CEDAE), o ouvinte, sem cerimônia respondeu: – Não recebemos conta não... aqui a água é tudo "gato"! "Gato" é como o povo chama ligação clandestina. Quer dizer: o ouvinte queria que o fornecimento de água fosse regular, mas na comunidade ninguém pagava pela água e sim desviavam de outras pessoas que acabavam sendo lesadas. O caso repercutiu na mídia, além do aúdio ir parar nas redes sociais na internet. A famosa coluna assinada pelo jornalista Ancelmo Goes no jornal *O Globo*, publicou a historinha do "gato molhado".

109

Famoso Quem?

Quem ouve programas de rádio ou assiste televisão, imagina que os artistas e os apresentadores são amigos, convivem socialmente e tem ate intimidade. Nem sempre é assim. Muitas vezes é um verdadeiro "faz de conta": o cantor nunca viu o locutor mais gordo e quando entra no ar é um tal de – "meu amigo isso.... meu amigo aquilo". Compreensível, as vezes o comunicador é novo e nunca recebeu aquele artista no seu programa. Outra situação: o cantor ou ator nunca visitou aquele programa pelo seu sucesso recente. Ao longo de minha carreira entrevistei dezenas de artistas, cantores, cantoras, atrizes... Algumas personalidades visitaram nosso Show mais de uma vez e com isso foi criado um clima de amizade, mesmo que formal. Neguinho da Beija-Flor, Luiz Ayrão, Ivan Lins, José Augusto, Zeca Pagodinho, Moacyr Franco, Rosana, Belo, Fafá de Belém, Wando, Tom Cavalcanti, Chico Anysio, Tony Ramos são alguns artistas que frequentaram nossos programas de rádio e TV. Outros em momentos de maior sucesso como Xuxa e Chacrinha chegaram a gravar especiais de mais de uma hora de duração. Xuxa participou de um programa que apresentei na Rádio FM 105 no Sistema *JB* (*Jornal do Brasil*) e na época sua audiência era tão grande que o famoso prédio do *JB* na Avenida Brasil, no Rio parou e ficou completamente lotado do térreo até o nono andar. Funcionários do Jornal e das emissoras de rádio que operavam no mesmo prédio (Rádio JB AM e FM, Rádio Cidade FM, FM 105 e o *Jornal do Brasil*) resolveram levar seus filhos para ver a Rainha dos Baixinhos de perto, tirar fotos, pegar autógrafos, fazer pedidos. Resultado: o prédio simplesmente parou com gente nas escadarias, *hall* de elevadores e pelos corredores. A Xuxa era um Fenômeno! Cheguei a entrevistar ícones de seu tempo Raul Seixas, Antônio Marcos e Agepê que em fim de carreira apresentavam tristemente, sinais aparentes de desgaste por suposto uso de bebidas e drogas. Engraçado foi o dia que veio ao estúdio da Rádio Tupi, quando o Show do Clóvis Monteiro era apresentado das 13 às 17 horas, o cantor e compositor Pepeu Gomes. Na época ele fazia muito sucesso com temas de novela (abertura da novela *Mulheres de Areia*) e não me conhecia.

Quando ele chegou na emissora parou na porta do estúdio por que percebeu que eu estava no ar, luz vermelha microfone ligado! Em meio a um texto, de repente levantei os olhos e vi num relance Pepeu Gomes falando com o divulgador da gravadora dele, fiz leitura labial e percebi que ele perguntava: – "Qual o nome do comunicador?" Quando o microfone foi desligado, a luz vermelha se apagou, Pepeu entrou no estúdio com os braços abertos, com um largo sorriso e um sonoro –"Clóóóvis Monteiro, meu amigo! "Quanta falsidade neste meio artístico! Já alguns artistas são naturalmente simpáticos. Zezé Di Camargo e Luciano fizeram sua primeira apresentação no Rio, no Maracanãzinho, num show de aniversário de nosso programa para mais de 15 mil pessoas. Angélica era a grande estrela naquele tempo, ainda na Rede Manchete e também frequentava nosso programa. Fazia promoções conjuntas comigo e chegava a promover nosso programa na TV. Alcione também sempre foi simpática com todos os comunicadores. Um dia, numa casa de shows famosa no Rio, em meio a uma música ela resolveu registrar nossa presença na plateia. A Marrom mandou: – "Alô Clóvis Monteiro...". Pronto, Alcione me emocionou. Havia uma atração no nosso Show que era chamada "Super Semana", um grande artista respondia perguntas de toda a equipe do programa e a gravação era apresentada ao longo de uma semana inteira.

Entre as entrevistas que mais renderam está a de Raimundo Fagner. Entre outras coisas Fagner admitiu ter começado sua vida sexual com uma jumenta!

110

Repórter Heroína é Punida e Perde Emprego

Ela não precisava daquele emprego por que sua familia era muito bem posicionada socialmente. No popular... Família rica! Formada em jornalismo, ela vibrava de tal maneira com sua profissão que sempre se oferecia para cobrir todo tipo de matéria. Rotineiramente, por ser ainda nova na emissora, ela era mandada para reportagens sem grande apelo emocional. Lá ia ela, de forma resignada, acalentando o sonho de fazer grandes coberturas jornalísticas. Um dia, aconteceu. Retornando à rádio após mais um dia sem grandes emoções, a repórter novata notou um grande movimento no trânsito ao passar pelo bairro de Ipanema. Pergunta daqui, pergunta dali: era um sequestro fracassado que terminou num drama, o sequestrador e sua vítima estavam sitiados pela polícia num apartamento em plena Vieira Souto.

A vítima era esposa de um famoso jogador de futebol e era muito conhecida por ser atriz de novelas. A repórter se encheu de coragem e com seu gravador em punho, atravessou o cerco policial, entrou no prédio e se ofereceu como refém para que o marginal libertasse a atriz sequestrada. Deu certo. O bandido libertou a atriz, pediu garantias de vida para se entregar e acabou dando uma entrevista exclusiva para a jovem repórter. Heroína do dia, manchete dos jornais, feliz da vida com uma exclusiva para sua emissora, ao chegar na rádio foi advertida e demitida. Motivo: entregou o carro de reportagem depois da hora combinada, prejudicando o transporte da equipe esportiva que precisava ir para o Maracanã para transmissão de um jogo naquela mesma noite.

111

O Verdadeiro Garotinho

Um dos grandes fenômenos do rádio aconteceu nas transmissões esportivas. O Rio de Janeiro tem historicamente locutores esportivos que fizeram sucesso cada um com seu estilo. Ary Barroso, assumidamente rubro-negro, é tido como um dos responsáveis pelo crescimento da torcida do Flamengo, em todo Brasil. Barroso marcava o tempo do jogo com uma gaitinha de boca e animava suas transmissões torcendo descaradamente pelo seu time de coração. Outro que marcou época foi Doalcey Camargo. Começou em Marília (SP) e ganhou notoriedade em grandes emissoras do Rio, como Rádio Globo, Tupi, Nacional, Continental, Tamoio e Guanabara (atual Bandeirantes). Na Super Rádio Tupi, a partir de 1965, chegou a acumular o cargo de diretor do Departamento de Esportes. Foi um dos gigantes do rádio esportivo pela sua liderança e qualidade de suas narrações. Luiz Mendes, foi narrador e comentarista esportivo conhecido como "o comentarista da palavra fácil". Luiz Mendes foi um dos criadores do debate esportivo chamado (até hoje) de "Mesa Redonda" na televisão com a criação da Grande Resenha Facit, na década de 1950, na TV Rio. No rádio contemporâneo, José Carlos Araújo foi o grande fenômeno de audiência. Copiado e imitado por muitos locutores esportivos, José Carlos sempre ganhou na justiça o direito de usar seu *slogan* – o Garotinho.

Dizem que o ex-governador Anthony Matheus, depois de uma passagem pelo Rio de Janeiro como radialista, voltou para sua cidade (Campos dos Goytacazes) e como narrador esportivo começou a usar a expressão "garotinho". Chegou a registrar em seu nome: Anthony Garotinho Matheus.

Em São Paulo, Osmar Santos também usou o "garotinho" mas acabou afastado dos microfones por conta de um grave acidente automobilístico. Profissional exemplar, formador de novos talentos, moderno e criativo, José Carlos Araújo fez história na Rádio Nacional, de onde saiu para voltar a Globo onde marcou a Época de Ouro da emissora, para substituir Waldir Amaral, um ícone de seu tempo. Quando escrevo este livro, o maior sucesso das narrações esportivas começa mais um projeto vitorioso. Troca a Rádio Globo depois de quase 40 anos para liderar a rede de rádio Bradesco/Band com programação exclusivamente esportiva. Mais uma vez, encarando um desafio, formando novos talentos, promovendo o mercado de trabalho, José Carlos Araújo escreve mais uma página na crônica esportiva. E nossa torcida vibra por ele e grita: – Vai mais, Garotinho! Vai mais, Garotinho... Vai mais, verdadeiro, Garotinho!

112

Teste: Oportunidade ou Armadilha?

Não gosto de testes. Não acredito em testes!

Na maioria das vezes o clima de nervosismo, de pressão compromete a performance do profissional que está sendo testado. Quando coloquei na cabeça que queria trabalhar no rádio, muito jovem ainda, sem nenhuma experiência fui obrigado a me submeter a testes. Gravava e ouvia. Patético. Ridículo. Vexatório! Era a impressão que eu tinha ao ouvir na minha voz, textos imitando noticiários, improvisações de reportagens ao vivo e diálogos inventados por sugestão de quem ministrava o teste.

Num desses testes, na Rádio Medianeira, em Santa Maria (RS), o diretor de Jornalismo e excelente locutor da epoca Luiz Carlos Barboza, dirigiu um teste comigo. Ao ouvir a gravação ele me olhou firmemente e sem vacilar declarou: – "Se eu precisasse desesperadamente de um locutor hoje... eu não te contratava!"

Você imagina o que é ouvir isso, assim, a seco, direto na sua cara! Saí da Rádio Medianeira (que era a "bam bam bam" daquele tempo na cidade) me sentindo culpado por ser tão despreparado, fraco, incompetente e inexperiente. Quase fiquei traumatizado! Por um tempo evitei testes e por consequência oportunidades para trabalhar no rádio.

A Rádio em questão era muito ouvida pelos jovens e seu *slogan* era "O Poder Jovem do Som". Seus locutores eram tão talentosos e famosos que a maioria foi trabalhar na capital, Porto Alegre, nas grandes emissoras do Sul. Em todos os testes eu ficava muito nervoso, transpirava demais e perdia o ritmo da respiração, o que comprometia completamente o resultado da gravação.

Na primeira rádio que consegui ser contratado com carteira assinada, na Rádio São Roque de Faxinal do Soturno (um pequeno município de colonização italiana) não precisei fazer testes, porque fui confundido com um locutor profissional da Rádio Santamariense (uma das cinco emissoras da minha cidade naquele tempo). Confundido com um profissional, não passei por teste, não passando por teste, consegui tranquilidade para desenvolver no dia a dia, sem pressão a aprendizagem da locução. Nesse período, tive muita orientação de um locutor mais jovem que eu mas muito experiente chamado Pedro Brum Santos. Pedro era ótimo narrador esportivo, tinha muita riqueza de vocabulário, improviso impressionante e acabou virando gerente da pequena emissora onde comecei minha carreira.

Por isso defendo a tese de que no teste, o profissional que está no comando tem de ter a sensibilidade de oferecer serenidade para o testado e mais do que avaliar o que esta vendo naquele momento, projetar o que poderá desenvolver com o passar do tempo e com o treinamento adequado para o jovem talento.

Teste deveria ser uma oportunidade, mas muitas vezes se transforma numa armadilha para jovens profissionais.

113

Sinônimos

No curso de Jornalismo uma das lições que os alunos mais praticam quando chegam ao mercado de trabalho é a recomendação de evitar a repetição de expressões, nomes e títulos. O indicado é usar sinônimos ou palavras de sentido similar que sejam adequadas para cada situação. Mas a preocupação e tanta com esta regra que, muitas vezes, o conteúdo da notícia fica comprometido. Observei, certo dia, uma colega estagiária redigindo uma nota sobre o Flamengo, e preocupada em não repetir palavras no texto, conseguiu escrever a notícia sem mencionar o principal: o Flamengo!

A nota dizia:

"No treino desta tarde na Gávea, o rubro-negro procurou alternativas para a lateral direita por que Leonardo Moura está lesionado. Para o próximo compromisso o mais querido pode usar um jovem vindo das categorias de base. O time que tem por símbolo um urubu, já está há três jogos sem vitória."

Outro exemplo:

"O almirante Fausto Oliveira nega que as forças da Marinha reforçarão a segurança nas comunidades pacificadas. O militar da mais alta patente da Marinha não descarta a possibilidade de cooperação durante a Copa do Mundo.

O Marinheiro-Mor juntamente com seus pares da Aeronáutica e Exército oferecem treinamento e equipamentos para a polícia militar."

Podemos notar que, com a preocupação em não repetir o nome do almirante, a notícia acabou comprometida pelos sinônimos e expressões que substituíram seu cargo e que acabaram por ridicularizar o conteúdo da nota.

114

Vozes do Céu

Quando Mário Luiz, o diretor de programação que consagrou a Rádio Globo como a rádio mais ouvida e famosa do Brasil deixou o Sistema Globo de Rádio, foi convidado para dirigir a Super Rádio Tupi do Rio de Janeiro. A Campanha que a Tupi colocou na rua em *outdoors* e nos jornais dizia: "Já temos o líder. Agora queremos a liderança."

Foi pelas mãos do Mário Luiz que retornei à Rádio Tupi. No Show da Manhã, substitui Anthony Garotinho que acabara de se eleger governador do Estado. No programa, além das notícias do dia, informações do trânsito, horóscopo, e fofocas havia um espaço nobre para as notícias esportivas.

O quadro "Não Perca a Esportiva" trazia para a Tupi um grande nome popular da Rádio Globo, Affonso Soares.

Nesta atração eu conversava com Affonso que em tom jocoso comentava o noticiário esportivo, especialmente, o seu Fluminense. Um dos recursos de humor usados pelo criativo Affonso Soares era buscar apoio em humoristas famosos.

Gravações feitas por comediantes como Costinha, Mussum (dos Trapalhões), Roni Cócegas (seu galeão Cumbica da Escolinha do professor Raimundo) e Zezé Macedo (Dona Bela) e seus bordões completavam os comentários irreverentes do Affonso. Acontece que para morrer, basta estar vivo.

E ao passo que os humoristas iam morrendo e as gravações ficavam, inteligente como ele só, Affonso Soares achou uma maneira de continuar aproveitando as vozes dos artistas. Sempre que ia invocar uma das falas famosas, Affonso Soares dizia: – "E lá do Céu o Costinha diria..." e o operador de áudio colocava a voz gravada do comediante falecido:

"– Tás brincando!" – Houve um tempo em que todas as pessoas que gravaram as vinhetas, haviam falecido. Resultado: no quadro "Não Perca a Esportiva" Affonso Soares terminava seus comentários "conversando" com as vozes que vinham do Céu!

115

Manual de Redação

Acho engraçado como o hábito formado pelo uso contínuo de certas expressões leva a mídia a publicar situações como esta: "Estudante leva cinco tiros, perde a direção do carro e bate na mureta, fraturando as duas pernas, foi hospitalizado e passa bem."

Fala sério, como uma pessoa que é baleada cinco vezes, bate de carro e fratura as pernas, pode passar bem? A notícia quer dizer que a vítima está fora de perigo e não que "passa bem!"

Outra notícia que fica comprometida no seu entendimento seria:

"Foi encontrado corpo do advogado assassinado por um policial..."

O correto seria: "Foi encontrado por um policial o corpo do advogado assassinado." Outro exemplo de notícia, que no rádio pode ficar confusa:

"O combate ao tráfico, complica o tráfego na Avenida..."

Evitar rimas no texto também ajuda na seriedade da notícia:

"Muitos assaltos deixam pedestres aflitos no Viaduto dos Cabritos...". Também acho estranho e inadequado o uso de trocadilhos em noticiário sério: "Abertura da Olimpíada foi mais que um show para "inglês ver"... Na crônica esportiva, é comum ouvir o seguinte: "O jogador não poderá ser escalado por que sente desconforto muscular". Desconforto muscular? O repórter quer dizer que o atleta sente dores que o impedem de jogar. Desconforto é sapato apertado, etiqueta de camiseta irritando o pescoço da gente, desconforto é ônibus cheio, desconforto é abrir guarda-chuva na calçada cheia em dia de chuva com vento...

O ideal é cada veículo de Comunicação ter seu próprio manual de redação, de acordo com o perfil de seu público, o estilo de sua programação e a linguagem adotada.

116

Concorrentes Unidos...

No período que trabalhei na madrugada da Globo, meu concorrente direto era o comunicador Mário Belisário, na Rádio Tupi. Belisário é meu amigo dos tempos da Rádio Mundial e sua esposa Kátia Bronzo é uma das melhores amigas da minha mulher Carmen. A Kátia (como ela diz) é a irmã morena da Carmen! O Show do Mário Belisário falava para mais de cem mil ouvintes por minuto, uma marca que nunca tinha sido alcançada neste horário (3/6 h) na Tupi em mais de 60 anos. Na Rádio Globo, o Programa Clóvis Monteiro liderava (naquela época, todos os horários da Globo lideravam com exceção para a Patrulha da cidade da Tupi) e como havia uma sólida amizade entre o Mario Belisário e eu, resolvemos pegar as tabelas comerciais das emissoras e partimos para visitar agências de publicidade e clientes potenciais mostrando a soma de nossas audiências que praticamente fechava 100% do mercado de rádio no Rio. Desconheço se tal prática já aconteceu entre profissionais concorrentes de grandes emissoras e num mercado competitivo como o Rio de Janeiro, mas gostei da nossa iniciativa que foi muita elogiada por clientes e publicitários. Outra experiência de sucesso onde encontrei o Mário Belisário foi a Rádio FM 105. Uma emissora FM que tinha uma proposta popular com música e informação com comunicadores vindos do rádio popular AM. Ana Flores na madrugada, no começo da Manhã Belisário e às 9h da manhã eu apresentava o "Bom Dia Alegria" até 13 horas.

Ainda na equipe nomes consagrados como Fernando Mansur, Oduvaldo Silva e Antonio Leal. A FM 105 chegou ao primeiro lugar de audiência. A coordenação era de Luiz Augusto Biase.

117

Ouvinte no Ar: Tudo Pode Acontecer

Nos anos noventa saí da Rádio Tupi fui para Rádio Globo que estava comemorando 50 anos. Como fui demitido da Tupi, cheguei no Sistema Globo de Rádio pronto pra fazer dignamente meu trabalho e ocupar os espaços possíveis. Apresentei o mais tradicional noticioso da emissora, "O Globo no Ar", apresentei alguns programas da rádio 98 FM, participei da Rádio CBN, fiz férias de comunicadores titulares da Globo como Haroldo de Andrade, Antonio Carlos, Luiz de França e Edmo Zarife.

Como aconteceram várias mudanças na programação de 50 anos da emissora, o Show do Antonio Carlos que era apresentado na madrugada passou para às 6h da manhã, o Show da Manhã do Francisco Barbosa passou para o meio-dia após o Haroldo de Andrade. Com isso ganhei um programa que era apresentado logo após o Show da Madrugada do Washington Rodrigues, de 3 h da madrugada ate 6 da manhã.

Na época, a Rádio Globo era líder absoluta e não usava a participação dos ouvintes ao vivo no ar, com frequência, a não ser em programas específicos e em situações pontuais. Resolvi fazer um show de rádio no estilo americano, onde o tempo inteiro o ouvinte interage seja reclamando, denunciando, opinando, elogiando ou criticando. Um dia estava falando sobre brasileiros que trabalham em outros países para ganhar a vida e uma senhora me ligou contando que seu filho trabalhava no Japão. Imagina, no outro lado do mundo, hábitos diferentes, idioma difícil... A senhora contou com detalhes que foi visitar o filho no Japão e que apesar das diferenças ele estava se saindo bem. Fiquei feliz por ela e perguntei no que o filho trabalhava e foi aí que ela me surpreendeu: Era simplesmente a mãe do Zico! É o Galinho de Quintino, o maior craque da história do Flamengo! Não é de admirar que ele estava indo bem no seu trabalho. Zico ganhou até estátua no Japão onde é adorado pelos torcedores de futebol.

Clóvis e Janaína Azevedo (modelo e atriz que fez sucesso na campanha publicitária que levou a Tupi ao primeiro lugar no Rio).

118

Mais Que um Irmão, um Exemplo

Sou de uma família de cinco irmãos. Duas mulheres, Eluza e Ada e dois irmãos, José Pedro e Elias. Tenho muito orgulho de ter nascido nesta família. Eluza foi a primeira a se formar. Professora por opção, irmã protetora, de coração. Ada praticamente me criou. Sabe aquela coisa de família de pobre que um cuida do outro? Foi isso, o maior cuidando do menorzinho. Ada me levava pra cima e pra baixo. Elias é o caçula da família. Prodígio na arte do desenho sempre foi muito protegido e "exibido" pela família. José Pedro, mais que um irmão, sempre foi um exemplo para todos. Muito inteligente, sempre se dedicou a tudo que se propunha fazer.

Ótimo aluno, após o ginásio pelas excelentes notas conseguiu ingressar na Escola Preparatória de Cadetes do Ar (EPCAR) em Barbacena, Minas Gerais. Dali foi para a Academia de Força Aérea (AFA) de onde só saiu com dezenas de colegas após um acidente que vitimou um instrutor e um aluno num pouso de avião malsucedido.

Desligado da Aeronáutica, após se recusar a seguir carreira na Intendência da Força Aérea, porque seu sonho era ser piloto, meu irmão voltou para a vida civil.

Repentinamente, lá estava ele sem rumo, sonhos e projetos interrompidos. Após o primeiro impacto, Pedro resolveu voltar a estudar. Fez vestibular para o Curso de Direito. Foi aprovado e, logo a seguir, ingressou na Academia da Polícia Militar do Rio Grande do Sul. Formado oficial da Brigada Militar gaúcha, se notabilizou pelas ideias inovadoras, sendo reivindicado pelo palácio do Governo Estadual. Voltou à Academia para agora ensinar a formar novos oficiais. Sempre buscando uma mentalidade mais elevada para a Polícia Militar de tantos vícios e problemas a serem superados.

Hoje meu irmão está na reserva da Policia Militar, é autor de textos já publicados e compositor premiado em concursos de sambas-enredo no Carnaval e vencedor de vários Festivais de canções Nativistas. Casado com a dedicada, bem-humorada e carismática Zara, pai do Zadro e Raero, Pedro é o filho homem mais velho da dona Eunice e do seu Bruno e foi fundamental, com seu apoio incondicional, para o sucesso de minha carreira profissional.

José Pedro Ramires Monteiro, irmão mais velho de Clóvis, com sua esposa Zara Jornada Monteiro e os filhos Raero e Zadro.

119

Mensagem Fraterna

Falar a respeito de alguém, para mim, nunca é simples. Imaginem falar de alguém que é seu irmão, aí sim que e simplesmente complexo. Aparentemente de um irmão temos mais informações e também mais dúvidas sobre o que priorizar, além de, no mínimo, um Tenue constrangimento entre os limites das percepções racional e emocional.

O Clóvis e eu não somos, como diz a gíria popular, somente "manos", somos "irmãos" mesmo. Admiro muitas virtudes do Clóvis, entre as quais seus conhecimentos gerais, o talento não só como comunicador, mas também como alguém que escreve bem, desenha bem e é, sobretudo, inquieto no desejo permanente de criar, de renovar, de ousar.

O Clóvis nunca foi parceiro da inércia, senão nunca teria iniciado sua carreira exitosa numa rádio chamada "São Roque", no pequeno município de "Faxinal do Soturno" no Rio Grande do Sul, e não em "Alegrete", onde nasceu, nem em "Santa Maria", onde viveu o período mais longo de sua carreira em diversas emissoras. Sua condição, técnica e carisma o impulsionaram para emissoras da Rede Brasil Sul de Comunicações, nas cidades de Passo Fundo e Pelotas. Mais tarde, trabalhou em emissoras do Paraná e Santa Catarina, até se encantar com o Rio de Janeiro e solidificar sua carreira na "Super Rádio Tupi". Independentemente de reconhecimento ou não, o Clóvis desde a adolescência, sempre demonstrou possuir um grande espírito de solidariedade, preservando até hoje essa marca na sua convivência, sem a preocupação de parecer "mané", pois quem é "amigo de fé" acredita que fazer o bem, mais que um dever é um direito que legitima o ser humano.

Uma característica indelével no perfil do Clóvis e o seu jeito otimista. Pudera, pois, se não fosse assim, como conseguiria superar tantos obstáculos que as circunstâncias lhe impuseram ao longo de sua trajetória?... Seu otimismo é compartilhado com quem ele convive, de forma natural, leve e espontânea. O Clóvis irradia comunicação pelos poros. Sua voz, sua expressão facial e seus gestos denotam a capacidade de dizer com alma e, aí, reside o seu poder de sensibilização.

As adversidades, as vitórias, as quedas e ascensões amadureceram o filho da "dona Eunice" e do "seu Bruno". A genialidade, alto-astral e o sucesso orgulham seus irmãos Eluza, Ada, José Pedro e Elias, bem como os demais parentes, amigos e admiradores que lhe acompanham a distância e, ao mesmo tempo, tão perto.

Há, ainda, muito o que dizer, contudo tentarei ser mais conciso. O Clóvis Monteiro bom filho e irmão, é o exemplar esposo da sua musa Carmen, o carinhoso pai dos filhos queridos Bruno, Lucas e Mariana. É o singular comunicador que faz do talento e credibilidade, lenitivos que o impulsionam para o coração de seus milhares de ouvintes. Toda vez que vai ao ar, é abençoado pelo Cristo Redentor, que parece lá no alto, esperá-lo todos os dias para um abraço celestial.

O Clóvis, provavelmente, continuará sendo feliz, tanto material, quanto afetivamente, pois encara os desafios sem precisar valer-se de dissimulações. Sempre fala, publicamente, de sua origem com grandeza. Origem que sempre serviu, não para o lamento oportunista, mas como estímulo para o crescimento próprio, de seus familiares e amigos ouvintes.

Lembro que em Santa Maria, no Rio Grande do Sul, eramos cinco irmãos frequentando à simples Escola Duque de Caxias, da vila popular, brincando no pátio de casa e, quando os vendedores de leite nos ofereciam o que havia sobrado, orientados pelo papai e pela mamãe dizíamos: "Hoje não porque não tínhamos condições de comprar e o café preto com pão puro eram suficientes, o feijão, sem arroz, era nosso almoço e a sobremesa tão esperada, quando tinha, era farinha com açúcar.

Ah! quantas lembranças!... como era divertido, após tomarmos banho, à tardinha, quando sem a opção de jogarmos futebol, ou outro brinquedo, a criatividade nos inspirava. Transformávamos uma caixa de papelão em um aparelho de TV, com seletor de canais e tudo, onde o Clóvis colocava o rosto no orifício que simulava a tela, e nós assistíamos suas mensagens improvisadas. Quando trocávamos de canal, também trocava o personagem na tela, indo outro dos irmãos para o momento de improvisação, com áudio e imagem.

Ah! mas o mais sublime era quando o pai, ainda estando neste plano, cochilava costumeiramente na sua cadeira de balanço e nós brincávamos de ver quem o desenhava melhor... puxa vida! a gente mal sabia que ele deixaria tão cedo aquela cadeira vazia, para continuar como nosso modelo junto a Deus.

Clóvis!...

"Se estamos longe de alguém que nos faz pensar só no bem,
a distância é sempre um dilema. Sentir falta é estar à procura
de dividir, sem querer, a ternura e adoçar a vida num poema."

Um beijo!... sim um beijo!

José Pedro Ramires Monteiro.

120

A Vida é uma Folha de Papel em Branco

Existem figuras de imagem que gosto muito para expressar algumas ideias. Nas nossas palestras sobre relacionamento costumo brincar com a imagem do bumerangue, aquele brinquedo que jogado no ar, acaba voltando para as mãos de quem o arremessou. Acredito que o que jogamos na vida, acaba voltando, mais cedo ou mais tarde, para nós. Se jogamos rancor e inveja, teremos de volta rancor e inveja, mas se jogarmos amor e alegria teremos isso de volta como se fossem bumerangues!

Gosto de usar a imagem da mola para falar de motivação. Quanto maior a dificuldade que a pessoa vive, quanto maior a pressão que ela sofre, maior vai ser seu impulso, sua motivação para alcançar seus sonhos. E tem a imagem do papel em branco. Cada novo dia pode ser encarado como uma folha de papel em branco onde vamos escrever a história daquele dia com nossas atitudes e nossas reações. Meu irmão mais jovem se chama Elias Ramires Monteiro, ou simplesmente Elias como assina nas suas charges.

Elias é um chargista famoso e de muito prestígio na imprensa gaúcha. Trabalha no maior Grupo de Mídia do sul do Brasil a Rede Brasil Sul de Comunicações (RBS) e como artista plástico atua com sucesso no mercado publicitário e editorial. Chegou a ganhar o maior prêmio do Festival de Cinema de Gramado, pela animação "Leonel, pé de vento".

Casado com Márcia, pai de Clara e Pedro, Elias quando menino prodígio pela arte do desenho chegou a ser convidado pelo gênio Maurício de Souza para estudar e trabalhar nos estúdios do criador da Turma da Mônica em São Paulo.

Gosto de pensar que ajudei a inspirar o dom artístico de Elias. Quando ele nasceu, eu já desenhava, fazia histórias em quadrinhos e sonhava em ser um novo Walt Disney. Acabei seguindo outra carreira profissional no rádio e televisão e Elias confirmou tudo que se esperava dele e muito mais. Se a vida pode ser comparada com uma folha de papel em branco onde escrevemos nossa história, no caso de Elias, as folhas de papel em branco foram desenhadas com traços de talento e criatividade e coloridas pelas emoções de quem construiu uma linda família e uma carreira vitoriosa.

Elias Ramires Monteiro é irmão mais novo de Clóvis Monteiro (Na foto com sua esposa Márcia e os filhos Pedro e Clara e a sobrinha Renata Weigert).

121

Sonhar Acordado

De uma família de cinco irmãos, eu sou o último. O Clóvis é o penúltimo. Cinco anos nos separam. Num primeiro momento, é possível que ele tenha sentido o drama de perder o posto de filho mais novo, mas para quem o conhece hoje, e sabe do jeito carinhosamente brincalhão com que se dirige às crianças, vai ser fácil concluir que fui muito bem recebido.

Cinco irmãos: Eluza, Ada, José Pedro, Clóvis e eu. O Clóvis com cinco anos e eu nascendo. Há exatos 45 anos, ele era escalado para ficar me cuidando, enquanto eu, nenezinho, dormia num berço improvisado em cima das latas onde minha avó guardava pão-de-casa, em Alegrete – RS.

Lembro como se fosse ontem ou, vá lá, anteontem, nós dois alguns anos mais tarde brincado de Batman e Robin, no chão de terra do pátio. Assistíamos ao seriado na TV e corríamos para reproduzir as peripécias da dupla dinâmica. Não preciso dizer que eu, o mais jovem, era o Robin.

Tínhamos os uniformes improvisados, as armas e artefatos tirados do cinto de utilidades do Batman e tudo o mais.

Depois veio o Grêmio. Tão fiel quanto este Robin fora ao Batman, fui ao irmão mais próximo em idade na hora de escolher um time para torcer. Fomos sofredores lado a lado, nos anos 1970, quando o Internacional ganhava tudo. Batman e Robin, na alegria e na tristeza.

Hoje, sou desenhista por profissão, mas não pensem que o seria sem o estímulo do Clóvis e, justiça seja feita, de todos os meus irmãos. Aos cinco ou seis anos desenhei minhas primeiras histórias em quadrinhos. Parentes e vizinhos elogiavam, e o espírito de Robin renascia em mim: de novo eu era, agora nos quadrinhos, o "menino prodígio".

Mas devo, em grande parte, ao Clóvis o gosto pelos quadrinhos.

Ele sempre esteve presente para que, se eu escolhesse ser desenhista, pudesse fazer aquilo direito. Ainda ontem encontrei uma revistinha feita a lápis por nós dois. O Clóvis criava as histórias, dobrava algumas folhas de papel e as grampeava à maneira dos gibis. Como aos cinco anos eu ainda não era alfabetizado, ele desenhava os quadrinhos, os balões de fala e os preenchia com os diálogos. Restavam os quadrinhos vazios esperando que eu os preenchesse com os desenhos. Ah! É claro, ele também fazia suas revistinhas de HQ, seus super-heróis de ação e de humor que eu admirava em segredo. O Clóvis tinha o talento dos grandes quadrinistas. Como gostava de cinema, seu argumento para os roteiros de quadrinhos eram bem elaborados e os planos dos seus desenhos idem, com tomadas espetaculares.

Como se não bastasse, o Clóvis ainda foi chargista de jornal. E dos bons!

Tem uma frase atribuída à mãe do pintor Pablo Picasso que diz: "Se meu filho escolhesse ser militar, se tornaria general. Se escolhesse ser religioso, chegaria a Papa. Quis ser pintor e se tornou Picasso." Às vezes penso isso do Clóvis. Se escolhesse ser autor de histórias em quadrinhos, faria companhia para Maurício de Souza e Ziraldo.

Sei que falei praticamente só de desenhos e desenhistas (afinal, eu queria estar inteiro neste texto) mas é que eu estava guardando o melhor para o final.

Houve um tempo em que eu e Clóvis dividíamos o mesmo quarto. À noite, depois de um dia cheio de heróis e histórias em quadrinhos, invariavelmente ele ligava o rádio, sintonizava nas grandes emissoras do Rio e ficava ouvindo todos os programas e noticiosos da madrugada. Eu dormia, mas ele ficava ali... Sonhando acordado até cair no sono.

Elias Ramires Monteiro – Cartunista

122

O Primeiro Guru

Ele nasceu em Tupanciretã, um pequeno e isolado município no interior do Rio Grande do Sul. Filho único, jovem ainda saiu de casa e foi para outra pequena cidade gaúcha, Faxinal do Soturno. De colonização italiana, Faxinal tinha uma emissora de radio que, através de seu diretor-geral Roberto Cervo resolveu contratar profissionais de outras cidades para reforçar e profissionalizar sua empresa.

Pedro Brum Santos, com fama de locutor esportivo, noticiarista dos melhores e fundamentalmente um jovem talento da administração radiofônica foi a aposta da Radio São Roque de Faxinal do Soturno. Foi minha primeira experiência em rádio. Trabalhei com Pedro Santos e foi a melhor coisa que podia ter acontecido para quem começava e precisa aprender tudo. Pedro mais jovem que eu, mas de uma maturidade assustadora. Responsável, disciplinado, muito sério, parecia brincar de ser adulto. Mas no fundo era bem humorado (marca das pessoas inteligentes). Amigo leal e humilde, apesar das grandes responsabilidades que já assumia. Maturidade no caráter e na profissão. Pedro Santos tinha o dom de orientar, aconselhar, corrigir. Ele foi o primeiro a mostrar coisas básicas da profissão de locutor: no caso de palavras extensas ou de leitura complexa, a dica era ler pausadamente, se preciso separando as sílabas, ler e não tentar adivinhar a palavra.

Qualquer palavra lida, não oferece chance de erro na pronúncia. O comum é errar quando se tenta passar de relance pela palavra. Outra dica: se errar tente esquecer o erro e seguir em frente com atenção, é comum alguém errar na leitura e logo em seguida errar novamente por que ficou se lembrando do vacilo anterior e não manteve o foco no texto. São lições que além de não esquecer mais, sempre que posso passo adiante para colegas mais jovens. Após 35 anos de carreira, elegi vários gurus, pessoas que admiro e que considero exemplos positivos.

Pedro Brum Santos foi meu primeiro guru.

123

Quando o Clóvis Começou...

Os anos 1970 já iam embalados da metade para o fim quando conheci o Clóvis. Deve ter sido aí por 1977. Estávamos na casa dos 18 anos e vínhamos de cidades diferentes. Porém, o que nos aproximava mesmo, além de traços mais ou menos comuns de geração e origem familiar, era uma vontade imensa de vencer, de fazer acontecer, de aplainar distâncias, de ultrapassar barreiras, de, enfim, nos tornarmos sujeitos reconhecidos, amados mesmo em meios que, já tínhamos vivido o suficiente para perceber, eram muitas vezes duros, fechados, excludentes. Acho que o rádio se inseriu em nossas vidas de um modo obsessivo quando percebemos que ali estava o canal através do qual poderíamos dar vazão a essa imensa vontade de fazer, inventar, transformar. Animáva-nos, sem que soubéssemos com a necessária clareza, um irrefreável pendor artístico, um senso estético da vida para cujo desabrochar o rádio se tomava um meio útil e adequado.

Faxinal do Soturno é uma cidadezinha simpática e acolhedora situada no veio fértil de um vale muito bonito que corta a região central rio-grandense. Ali, acompanhando a onda de integração nacional que invadia várias regiões brasileiras, o rádio havia chegado há pouco tempo e a ocasião indicava a necessidade de montar uma equipe. Estávamos, portanto, entre os contratados que vinham de fora e formávamos uma mescla entre mais e menos experientes. No meu caso, por exemplo, havia a glória de ter começado três anos antes, em outra pequena emissora da região, entre gente – esta sim – bastante experimentada.

Havia um sol de outono na manhã de abril quando, recém-chegado, tentando ainda organizar tanta novidade na minha cabeça, sentei na sala da direção. Foi aí que vi aquele sujeito – alto e magro como eu – surgir do fundo do corredor e se aproximar rapidamente do ponto onde me encontrava. Antes que eu pudesse cumprimentá-lo, porém, com mais pressa, ele sumiu pela porta aberta à esquerda de quem vinha, a um passo de entrar na sala onde eu estava. Como numa sequência de cinema, pelo vidro grande da parede em frente, ele apareceu do outro lado da porta, voou pelo espaço vazio e acomodou-se direto na cadeira estofada, na frente da mesa, do microfone, dos papéis, da caixinha de textos. Ato instantâneo, o alto-falante escondido em algum canto reproduziu a voz potente, clara, redonda, informando o prefixo e a hora certa. Nossa parceria de Faxinal não duraria muito. Seria coisa de meses, quem sabe um ano. Um tempo em que o desafio maior, certamente, era posar de adulto, mostrar eficiência, responsabilidade e seriedade mesmo quando nossas almas teimavam na leveza, na molecagem, num certo andar a esmo. Para equilibrarmos tendências e exigências, mergulhávamos na criação. Eu, que desde a meninice, em casa, fora um ouvinte fanático de rádio, tinha mil ideias sobre o que fazer.

O Clóvis, desde logo, mostrou que sabia como fazer. Foi aí que ele se revelou versátil, com uma imensa capacidade de encarnar os tons e ritmos adequados às situações, o que tornou possível realizarmos um consórcio de alta rotação na criatividade radiofônica.

Como havia apenas um estúdio, esperávamos a Rádio fechar e varávamos noites renovando gravações. Logo transformamos a programação diária e enchemos os ares da região de vinhetas, vozes, trilhas. Empilhamos recursos sonoros, estabelecemos chamadas padronizadas e treinamos os operadores para que tudo desse certo na base da fita k7 e do gravador Akai.

Nosso reinado no rádio ganhou notoriedade comunitária. Foi quando achamos que mais do que parecer sérios, era necessário que nos tornássemos sérios de verdade. O Clóvis, então, convenceu a mãe e os irmãos mais novos a se mudarem e passamos todos a dividir um apartamento. Com isso, a parceria profissional se estendeu para o convívio familiar que, por sua vez, se transformou numa extensão natural da usina de criação que botáramos para funcionar. E tudo se dispunha: a dona Eunice cozinhava, a Ada dava uma mão na lida da casa e, de quebra, ganhávamos o concurso do Elias, o irmão mais novo, o gravurista precoce, que destinamos à produção gráfica para ajudar na divulgação dos modismos incessantes que introduzíamos na programação.

Mal arranjamos a vida e o Clóvis começou a pensar nos próximos passos. Sentia a possibilidade de ir além e queria mais. Como na letra do Gonzaguinha, acordava nele, mais do que em mim, o guerreiro "com terras e gentes para conquistar". Por isso, logo virou a página, pegou seu sonho e partiu. Acho mesmo que se cansou daquela brincadeira de gente grande e quis saber como é que é. Nossos caminhos ainda se cruzariam algumas vezes no bailado das rádios pelas quais passamos, até que ele se mandasse por ai afora, com a perna no mundo, acreditando na vida, "na alegria de ser, nas coisas do coração".

O Clóvis que encontro hoje no radialista consagrado, no comunicador de milhões de ouvintes, no zeloso marido e pai de família, no divulgador que prega e ajuda tanta gente através do exemplo de uma existência positiva, esse Clóvis continua com a espontaneidade, a garra e o desprendimento que aprendi a admirar e a respeitar há mais de 30 anos. E fico imaginando que se nos fosse dada a ventura da duplicidade para que nossos diferentes eus pudessem conversar, o Clóvis de hoje haveria de ficar admirado diante da combinação entre talento e vontade que encontraria naquele homônimo dos primeiros tempos. Em contrapartida, o Clóvis iniciante, ao riso divertido que guardaria para este seu outro mais velho, acrescentaria, no olhar, o mais expressivo brilho de admiração e reconhecimento. E a mim, que seria dado assistir à inusitada cena, somente caberia registrar, com indisfarçável emoção, minha absoluta concordância com os fatos.

Pedro Brum Santos

(Professor de Literatura – Curso de Letras – UFSM)

124

Como Fazer Amigos e Influenciar Pessoas

Edinho Barbosa quando está no palco da palestra-show "O Poder da Comunicação", mostra perfeitamente por que foi destaque no curso de formação da Dale Carnegie Training no Brasil. Carismático e comunicativo, Edinho Barbosa pode ter herdado a simpatia do seu saudoso pai Edson Neilor Barbosa, mas certamente buscou no treinamento e na filosofia da Dale Carnegie as técnicas que hoje domina como poucos. Dale Carnegie nasceu em 1888 no estado norte-americano do Missouri. Em 1936 escreveu seu famoso livro *Como fazer amigos e influenciar* – um marco que difundiu suas ideias pelos Estados Unidos. Durante a década de 1950, começaram a tomar forma as fundações da empresa hoje conhecida como Dale Carnegie Training. Os conselhos de Dale Carnegie para a boa comunicação têm resistido há um século, tocando milhões e milhões de leitores no mundo. O único diploma à mostra no escritório do bilionário Warren Buffett é o certificado do Instituto Dale Carnegie training. Lee Iacocca credita a Carnegie o mérito por lhe dar coragem para falar em público. O respeitado crítico literário Jonathan Yardley incluiu o livro de Carnegie na lista "Dez livros que moldaram o caráter americano", junto a obras de Ernest Hemingway e Walt Whitman. O sucesso das nossas palestras "O Poder da Comunicação" que motiva a partir do conceito da Comunicação positiva, prova que tudo passa pelo relacionamento e se soubermos conviver positivamente a vida pode ter mais harmonia. Na equipe da palestra-show, Edinho Barbosa é o toque da juventude engajada na preservação dos conceitos consagrados pelo revolucionário Dale Carnegie.

Fico muito feliz em falar do Clóvis, mesmo sabendo que falar das pessoas não é tão simples como possa parecer, principalmente de uma pessoa que considero tão inteligente e atenciosa. Mas vamos lá. Quando eu era criança, ele era apenas um tio querido que brincava muito, contava piadas e alegrava a todos. Era muito divertido ver como minha vó Dilva se derretia toda pelo genro que não era tão bonito assim, mas tinha uma voz de parar o trânsito e eu adorava passar férias em Concórdia só para poder dar minhas risadas e acompanhá-lo na rádio. Já na adolescência continuava sendo o mesmo, tio querido, com todas as características anteriores e que eu já tentava me espelhar na parte do carinho, da amizade e da supervoz. Nessa fase, eu já tive oportunidade de ir ao Rio de Janeiro passar período de férias e ele continuava o mesmo, sempre fazia de tudo para nos agradar. Lembro-me bem que se fosse algum artista ou personalidade importante na rádio ele nos levava juntos, se tivesse de folga já inventava um cinema, praia ou qualquer coisa que fosse para nos tirar de dentro de casa. Sempre muito criativo e querido. Como adulto e mais maduro, hoje posso dizer que eu estava supercerto em me espelhar nesse cara de caráter admirável, carinhoso com a família e amigos como poucos que conheço. Ele é do tipo racional que procura analisar todos os lados e extrair possibilidades para cada fato. Isso é muito bom, pois tem uma opinião forte, de credibilidade e que influencia a vida de muitas pessoas. Mas também tem um lado emocional que joga fora toda essa razão. Basta falar de seres humanos, gente comum, e principalmente família que sua sensibilidade aflora. Pensem que se quem está acostumado a escutá-lo na rádio já se emociona e se encanta, imaginem a família, que convive e sente todo o carinho dentro de casa. Fico impressionado em ver a atenção que ele presta aos filhos, o jeito carinhoso de falar "gatinha e mãe" para sua companheira Carmen, e o cuidado que tem para fazer desejos e vontades daqueles que ama. Está sempre querendo agradar, não existe palavra negativa, se este lado existir, ele está ali para tentar nos fazer enxergar pelo outro ou criar uma solucão mais simples. Hoje que já me considero um amigo, consigo dividir bons conteúdos e convivo mais, posso dizer com credibilidade que o Clóvis é um bom líder e sempre compartilha ideias e experiências de vida. É superinteressante escutar histórias que ele conta em todos os momentos, consegue nos fazer sentir o que está falando com uma facilidade enorme, graças à sua capacidade de valorizar e enriquecer tudo que fala. Isso cabe também as pessoas, pois quando cita alguma sempre procura enaltecer suas qualidades. Aonde vamos faz questão de me apresentar e me incluir, enaltecendo qualidades e características que me fazem sentir superimportante. Essa liderança faz muita falta, pois as pessoas estão muito mais tendenciosas a ver erros, falhas ou até mesmo criá-las. Agradeço a Deus pela oportunidade de hoje conviver mais com o Clóvis, esse exemplo de homem, pai e amigo.

Edinho Barbosa

125

Maurício Menezes
– A Vida Passa Encilhada!

Certa vez, o então governador Leonel Brizola me disse: temos de estar preparados para quando o cavalo passar encilhado. Confesso que levei algum tempo para entender como era profundo aquilo que Brizola tinha falado. Na vida, muitas vezes o cavalo passa pronto para ser montado e nós temos de estar atentos. Se deixarmos o cavalo passar, ele vai embora e outra pessoa vai montá-lo. Perdemos a oportunidade. Na minha vida, várias vezes o cavalo aproximou-se encilhado: algumas vezes eu montei; noutras, deixei-o passar por opção. Mas houve vezes em que nem sequer percebi que ele estava passando. Fiquei quase 30 anos de minha vida na Radio Globo, onde comecei como repórter e cheguei a diretor de jornalismo e depois a comunicador. Nesse período, a emissora era líder de audiência. Na mesma época, passei 25 anos na sucursal carioca de *O Estado de S. Paulo*, um dos maiores jornais do Mundo. Fui repórter e chefe de reportagem. Também fui, durante quatro anos, vice-presidente de Comunicação do Flamengo, depois assessor de imprensa do Tribunal de justiça, e assessor de Imprensa do TRE. Por nenhuma dessas atividades precisei lutar para conquistá-las. Em todas elas eu apenas percebi o cavalo passando, pronto para ser montado, e eu estava preparado. À exceção da Rádio Globo, de todas elas eu sai assinando um pedido de demissão por entender que já tinha percorrido o caminho que tinha a percorrer e que era hora de apear. De todas eu saí sem deixar inimigos e até hoje volto em todos os lugares por onde passei e sempre encontrando as portas abertas. Não digo isso por demonstração de bom-mocismo, mas porque fiz disto uma estratégia de vida. Quase que um ato de egoísmo, de auto-defesa, de não querer levar aborrecimentos para casa. Brizola era um ótimo papo, tinha uma incrível experiência de vida e era alguém com quem eu adorava conversar. Mas isso ele não me ensinou: se você estiver brigando com um idiota estará se igualando a ele.

Por todos os lugares onde passei, encontrei pessoas maravilhosas, todas com grandes e pequenos defeitos, mas maravilhosas. Mas também encontrei incapazes em cargos de comando e o jeito era ajudá-los a desempenhar da melhor maneira a missão que alguém lhes havia destinado. Com isso, aprendi que a vida é assim. A vida não é justa, mas será sempre boa.

Voltando ao cavalo encilhado: quero confessar que muitas vezes ele passou e eu não percebi que ele passava; muito menos que estava ali, encilhado, à minha disposição para ser montado. Alguns amigos sabem dessa história, contada inclusive ao microfone de uma festa que reunia inúmeros jornalistas: eu estava no inicio da minha vida de repórter quando fui chamado a participar de um novo programa de TV, ainda em fase de criação. Era o cavalo encilhado passando na minha frente. Fui à primeira reunião, à segunda e à terceira. Acho que fui a mais uma ainda. As reuniões começavam pouco depois do almoço e entravam pela madrugada, com todo mundo (me perdoem os gerúndios) fumando, bebendo, discutindo e comendo besteirinhas. Lá pelas tantas decidi que não voltaria mais. Fiz uma avaliação e cheguei a conclusão de que aquele programa não tinha futuro. Pois o programa do qual desisti por achar que nunca sairia do papel era o Fantástico, um recordista em permanência no ar. Eu teria sido o primeiro repórter do Fantástico.

De outra vez eu fui chamado para trabalhar com a Xuxa. Ela estava trocando a TV Manchete pela TV Globo. Confesso que não tive muita percepção do que seria o programa e decidi saltar do cavalo e deixar outro pegá-lo. Algum tempo depois eu tive a oportunidade de ter um programa na TV, o Plantão de Notícias. Foi em fevereiro de 1979, com Francisco Barbosa e Hélio Jr., na CNT. O programa mereceu muitos elogios, chegou a ganhar nota 10 de *O Globo* e a ganhar muitos destaques na mídia. "É uma prova de que é possível fazer humor sem apelar para a baixaria", escreveu o crítico Antonio

Brasil, no *site* Comunique-se. Uma confusão entre diretores da TV sobrou para o Plantão. O programa saiu do ar e fomos para a Record. Tivemos uma fase ótima lá e o programa chegou a ser reprisado pela emissora. Certo dia o jornal *O Globo* deu uma nota informando que três integrantes do programa estavam trabalhando na campanha do então candidato a prefeito Luiz Paulo Conde. O adversário de Conde era o bispo Marcelo Crivela. A TV Record decidiu, por causa disso, acabar com o programa.

Lá fomos nós para a Band, onde tivemos bons patrocínios, estúdios e apoio da emissora nas gravações. O programa, ia ao ar as sextas-feiras, 11h30 da noite. Mas a Band, devido ao surgimento de novos programas em São Paulo, foi nos empurrando para a madrugada. Chegamos a entrar no ar quase duas horas da madrugada. E aí eu resolvi tirar o programa do ar. Em nenhum desses casos, seja na CNT, na Record ou na Band, eu procurei qualquer diretor da emissora para tentar uma negociação. Seria isso um erro meu, empurrar para longe o cavalo encilhado, ou teria eu feito o que era melhor? Preciso registrar que dois anos depois do fim do programa na Band, fui a São Paulo me apresentar na festa de entrega de um prêmio e estava lá o dono da Band, Johnny Saad. Quando eu desci do palco, ele, muito educado, apertou a minha mão, revelou ter adorado a minha apresentação e que eu deveria fazer TV. “Mas eu tinha um programa de TV”, informei. “Onde e por que acabou?”, perguntou. Revelei que era na Band Rio e que acabou porque jogaram o programa para a madrugada e os patrocinadores sumiram. Saad puxou um cartão, me entregou e disse: “Me telefona, vamos conversar.” Liguei várias vezes e a secretária, por mais que eu revelasse a origem do telefonema, me garantia que ele estava em reunião... Tive, ainda, uma passagem curiosa pela rádio Haroldo de Andrade. Era uma rádio que contava com a torcida de todos, porque era comandada por uma família ligada ao rádio. Eu participava dos debates do programa da Cidinha Campos, quando ela precisou se afastar para cumprir exigências da Justiça Eleitoral. Fiquei encarregado de apresentar o programa. Nesse período, comecei a receber convites para me transferir para a Tupi. Mas não queria sair sem que a Cidinha voltasse. Só que a direção da rádio soube que eu iria sair e decidiu antecipar a minha saída o que permitiu a minha ida para o Show da Manhã, em agosto de 2006.

Nesse meio todo ainda tem o teatro. Foi outra atividade que entrou na minha vida através do cavalo encilhado. Das festinhas na redação, onde eu ficava falando bobagens, ate as reuniões no Bar Constituinte, em 1990, foi um pulo para o teatro. A primeira apresentação foi num espaço cultural chamado "A Casa", na Tijuca. Não sei como, lotou. A segunda apresentação foi no Teatro João Teotônio, na torre Cândido Mendes, no Centro. Percebi que aquilo era bom, que eu levava jeito e as pessoas gostavam. Resolvi me dedicar e não me arrependo. Nos shows, o cavalo passou encilhado e eu subi nele. Nesses quarenta e poucos anos de rádio, jornal, TV e teatro aprendi que podemos ir em frente sem atropelar ou desejar o lugar de ninguém. Aprendi também que sempre vale a pena ajudar quem quer subir. E que devemos controlar muito o nosso poder de crítica, principalmente quando são dirigidas a colegas que estão buscando espaço. Tratar do nosso crescimento é melhor do que tentar impedir o crescimento de alguém. Queria só um parágrafo para a minha vida particular. Quando conheci Ieda eu era chefe de reportagem da Rádio Globo e ela uma estudante de jornalismo em busca de um estágio. Chegou lá acompanhada de uma colega de faculdade, Samira Valente, que acabou casando com Fernando Sérgio, hoje comunicador da Tupi e que na época era locutor da Globo. "É ela", pensei eu. O cavalo passou encilhado e eu montei, sem duplo sentido. Foi tudo muito bom. Maurício Menezes nasceu em Gurinhatã, em 1950. É jornalista, produtor e apresentador.

126

Clóvis Monteiro, Profissão: Comunicador (Por Sílvio Barbosa)

Assim como não há praia sem areia, sem mar e mar sem areia, o que seria do rádio sem público. Do programa sem ouvinte e da programação sem resposta? Parafraseando Peter Drucker: "A melhor maneira de prever o futuro é criá-lo." Clóvis Monteiro sempre trabalhou para que seu programa fosse o melhor. O mais ouvido, e foi isso que o impulsionou para a liderança no horário matutino, vencendo a tradição do rádio carioca em que a concorrência sempre alcançava os melhores índices de audiência. Descrevo abaixo um breve depoimento em que fui um dos atores nas décadas de 1970 e 1980 e que posso caracterizar como um momento de ascensão pessoal. Por esse motivo, posso avaliar a trajetória de sucesso do comunicador Clóvis Monteiro no rádio carioca. Em 1974. eu era produtor executivo do programa Waldir Vieira, na Rádio Globo do Rio (vice-líder de audiência nas tardes cariocas). Lembro-me do trabalho que tivemos para alcançar a liderança nas tardes do Rio de Janeiro: naquele momento, tínhamos uma equipe enxuta, pois o programa Waldir Vieira só era transmitido aos domingos das seis ao meio-dia, mas, com o falecimento do comunicador Paulo Moreno, assumimos o horário da tarde. Inicialmente, das 14 às 17 horas. Apesar de a Rádio Globo ser uma grande emissora, a equipe do programa se resumia a quatro profissionais: eu, Hélio Tys (escrevia o quadro Muito Obrigado), Maurício Menezes, que trabalhava no jornalismo (escrevia o quadro A Carta da Vovó), e o comunicador fabuloso Waldir Vieira. Naquela época, não existia internet ou telefonia celular; os únicos canais de contato com os ouvintes eram as cartas (recebíamos e líamos quase todas) e o telefone convencional, cuja linha custava caro (era até declarada no Imposto de Renda). Porém, o nosso sonho era maior, queríamos conquistar a liderança das tardes cariocas e, para alcançá-la, eu e o Waldir, diariamente, sempre após o término do nosso programa (por volta das 17h 30m), fazíamos uma ação inusitada, isto é, pegávamos uma lista telefônica, ligávamos para vários assinantes da mesma e simulávamos uma pesquisa: Boa-Tarde! Estamos fazendo uma pesquisa e gostaríamos de saber qual o programa de rádio que o Sr. ou Sra. ouve no horário da tarde (14h às 17h). Se o ouvinte respondesse que era a concorrência (ou seja: o programa do comunicador Paulo Lopes, da Rádio Tupi), nós prontamente convidávamos aquela pessoa para ouvir o nosso programa, dando detalhes do mesmo e das vantagens das promoções que oferecíamos. Algumas vezes ríamos muito, pois o entrevistado identificava o comunicador Waldir (sua voz era inconfundível), era muito engraçado. Todavia, este era um trabalho feito exclusivamente por um comunicador e por um produtor comprometidos com um único objetivo: a liderança. Naquela época, plantávamos bons frutos para colher o que culminou mais tarde: vitória absoluta de audiência. Portanto, é desta forma e com essa garra que vejo Clóvis Monteiro: um excelente comunicador, carismático e visionário, *linkado* com o futuro e sensível às emoções do povo carioca, uma pessoa que sabe aonde quer chegar.

Clóvis é insubstituível, veio do Rio Grande do Sul (Alegrete) para ficar (a propósito, todo grande comunicador que se estabelece no Rio vem de outra cidade, por exemplo, Waldir Vieira, de São Fidélis, Haroldo de Andrade, do Paraná, e Paulo Giovanni, de Petrópolis). Clóvis respira o Rio, tem um carinho especial pela cidade e pelo Botafogo – suas duas grandes paixões –, bem como pela sua família: a esposa, Carmem, os filhos, Bruno e Lucas, e a filha, Mariana. Um homem culto, que se prepara todos os dias para a sua atividade, e de uma simplicidade que impressiona todos. Para ele (Clóvis), o céu é o limite, e não resta a menor dúvida: ele merece. Esse é o Clóvis Monteiro. Parabéns, Clóvis Monteiro, pelos 35 anos de sucesso levando alegria e otimismo ao povo do Rio de Janeiro.

127

Até a Pé Nós Iremos... Um Herói em Cada Jogo...

Até os 29 anos de idade, morei no Rio Grande do Sul, onde só existem duas escolhas: ser gremista ou colorado. Torcer para o Internacional ou para o Grêmio é praticamente a primeira escolha de uma criança gaúcha. Escolhi o Grêmio! Meu irmão mais novo, o Elias, talvez pela influência, também é gremista. Já meu irmão mais velho, José Pedro é colorado.

Ainda trago na memória da infância e adolescência imagens das tardes de verão onde no final do dia ecoava o hino do campeão gaúcho no radinho de pilha e muitas vezes o hino que eu era obrigado a ouvir era o do Internacional: "Glória do desporto nacional, és Internacional..."

Aliás, acho lindo o hino colorado.

Mas foi no começo dos anos 1980, já adulto, que o Grêmio me deu a maior de todas as alegrias: 1983, no Japão, Grêmio e Hamburgo da Alemanha, Grêmio campeão Mundial. Lembro claramente a manchete do jornal *Zero Hora* de Porto Alegre: "A Terra é azul!"

O Técnico do Grêmio Campeão do mundo era Valdir Espinosa e o craque da conquista foi Renato Gaúcho que fez o gol histórico que trouxe para o Rio Grande do Sul, o primeiro Mundial de clubes e os olhares da mídia do planeta.

O Internacional, tempos depois, também foi Campeão mundial, vencendo o Barcelona.

OImortal tricolor foi duas vezes campeão das Américas, ganhou dois Campeonatos Brasileiros, quatro Copas do Brasil, chegou a jogar três vezes num mesmo dia e não perder nenhuma das partidas. Outro feito do tricolor gaúcho foi alcançar o título de Campeão da segunda divisão com apenas sete jogadores, depois de estar perdendo e com um pênalti marcado contra ele, no final do jogo. A vergonha de ter caído para a segundona, foi aplacada pela maneira épica com que voltou para a Primeira Divisão.

Ao chegar no Rio em 1986, podia escolher torcer pelo Flamengo, Vasco, Fluminense. Quando percebi já estava torcendo pelo Botafogo! Continuei acompanhando o Grêmio a distância e por morar no Rio, torcendo pelo Botafogo. Quando os dois jogam entre si, dificilmente perco.

A vantagem é que aumentam as chances de nos finais dos campeonatos ouvir um dos dois hinos:

– "Até a pé nós iremos, onde o Grêmio estiver..." ou

– "Botafogo, Botafogo campeão desde 1910... um herói em cada jogo, Botafogo..."

128

Por Valdir Espinosa

Caro amigo é com grande alegria que participo deste teu projeto. Durante minha vida tenho não apenas um ou dois momentos marcantes, mas posso te dizer que os tenho aos montões e a seguir te envio um pequeno resumo, englobando os pontos por ti enviados, ok?

Quando ainda garoto, iniciei minha carreira como jogador de futebol, no Grêmio de Porto Alegre e lá estive até os anos 1970, mais ou menos. Percorri todo o caminho desde a base ao profissional. Em dado momento fui colocado como jogador possível de ser dispensado. Já era casado e tinha já meu primeiro filho. Foi uma situação de extrema insegurança.

Decidi neste instante me dedicar com todo afinco e sacrifício para seguir no clube que eu tanto amava. Fui chamado e antes, em casa com a família disse que assinaria em BRANCO tal era a minha disposição em continuar no clube. Ao chegar, nem sequer fui convidado a sentar-me e imediatamente me foi dito: "O senhor está de passe-livre." Isto, naquela época, era o mesmo que dizer que havia sido encerrada a minha carreira de jogador.

Retirei-me como se houvesse sido nocauteado e completamente zonzo dirigi-me a arquibancada. Ali, revi todas as minhas jogadas desenrolando-se no gramado à minha frente. As lembranças fortes e carregadas de sentimentos levaram-me às lagrimas. Chorei! E chorei muito.

Levantei-me, e ao sair do estádio, passando pelo pórtico da entrada, parei meu carro, um fuscão verde e poderoso, e recitei uma oração profética: "Hoje saio com imensa tristeza para retornar no futuro com inigualável alegria, não somente no âmbito particular, mas para a vida deste clube e de sua maravilhosa torcida. Escreverei meu nome na história do Grêmio!"

E, em 1983 marquei indelevelmente minha passagem por lá com a conquista da primeira Libertadores e o único mundial até os dias de hoje. Passaram-se os anos, estava eu em férias em Porto Alegre quando recebo a agradável visita de Emil Pinheiro, figura marcante que me convenceu a vir para o Rio de Janeiro e a assumir o Botafogo na época muito desacreditado e problemático. Vim para cumprir um trabalho. Obtivemos o sucesso, na vitória tão esperada e festejada por todos os botafoguenses. Desde então, elegi a Cidade Maravilhosa como minha residência. Vivo já há 23 anos aqui e o que me faz cada dia mais feliz é o sorriso e o "obrigado" de cada torcedor botafoguense que encontro nestes caminhos por mim percorridos. É emocionante ver em cada rosto destes torcedores a luz da alegria em cada encontro!

Tenho ainda vários outros títulos e destes ressalto os conquistados com o Cerro Porteño de Asuncion, Paraguai. Títulos que marcaram também minha vida e até hoje a torcida cerrista me tem em seu coração! Hoje eu sei o que é "ter fé"!

Quando muito jovem não tinha este conhecimento e certamente se eu o tivesse, aquela época, mais sábio teria sido. Creio que é este o primeiro passo para conquistas e sucesso na vida. Nunca desistir, crendo sempre! Esta é a minha filosofia de vida: Fé é a palavra! Em toda esta minha caminhada, sempre tive a me acompanhar o meu maior exemplo: meu pai e sua honestidade! Este legado ele me deixou e eu o transmito aos meu três filhos. Sei que isto construiu meu caráter, por conseguinte o de meus filhos.

Clóvis Monteiro amigo, gaúcho de Alegrete é como eu; torcedor do Grêmio e do Botafogo. Possui no currículo trabalhos na RBS do Rio Grande do Sul, Band Record e RedeTV! no Rio de Janeiro. Não posso deixar de ressaltar o excelente trabalho nas rádios FM105, Globo e, há 16 anos, Rádio Tupi!

Tenho uma visão sobre voz e pessoa: no meu ponto de vista diz o que a pessoa é! Aprendemos a conhecer o ser através da voz, representante fiel do caráter deste. Neste quesito encaixa-se perfeitamente a representatividade VOZ+CLÓVIS MONTEIRO. Bom caráter, digno e com um trabalho dirigido à família, proporcionando resultados positivos, tanto nas relações familiares quanto nas profissionais. É o verdadeiro comunicador da família!

129

Se Você Quer um Amigo, Pode Contar Comigo

Quando fui contratado para substituir os comunicadores Paulo Lopes e Ênio Barbosa na tarde da Tupi do Rio de Janeiro, eu não tinha nome de peso e precisava "vender" um conceito de comunicação. Resolvi me apresentar como o amigo certo, o amigo de fé!

Quem me ajudou muito no processo de criação do novo programa foi Sérgio Loureiro. Na época, Loureiro era um sonoplasta que se diferenciava no cenário do rádio carioca pelas suas habilidades técnicas, sua criatividade e suas criações geniais.

Gravamos uma música-tema para o novo show com o grupo Fevers (uma banda de sucesso nos anos 1970 e 1980) que até os dias de hoje serve como abertura do Show do Clóvis Monteiro na Rádio Tupi do Rio. Sérgio Loureiro chegou a coordenar a programação de várias emissoras (em Minas Gerais e RJ).

Mesmo concorrendo com grandes nomes já consagrados, com a força popular da Tupi no horário da tarde em alguns meses alcançamos o primeiro lugar do IBOPE.

E com muita ênfase na emoção, na amizade e na prestação de serviço o *slogan* não só fez sucesso como emprestou rapidamente fama ao meu nome e agregou valor para a programação da emissora.

Outros bordões que criei, que pegaram e fazem sucesso até hoje:

– Se você quer um amigo, pode contar comigo!

– Quando você pensa que já ouviu tudo...

– Tudo pode acontecer, inclusive... nada!

– O seu problema é meu problema...pode contar comigo!

– Alô Prefeito. Presta atenção: o povo é o seu patrão!

– Quando o trânsito está fluindo bem, tá beleza: maré, maré!

– Se o trânsito está complicado, tumultuado, engarrafado: jacaré, jacaré!

O *slogan* "Motivador do Brasil" me fez criar frases positivas como:

– Saúde, sorte e sucesso!

– Ser bom, faz bem!

– Pessoas melhores, mundo melhor!

– Não importa o que aconteça a você. O que importa é como você vai reagir!

– O sorriso abre portas, cria oportunidades. O sorriso ilumina seu caminho, encanta e conquista as pessoas. Sorria e tenha um bom-dia!

130

O Dia que o Rio Amanheceu Trocando de Rádio

Historicamente, a manhã do Rio de Janeiro era dominada pela audiência da Rádio Globo. Uma programação construída pelo diretor Mario Luiz com grandes comunicadores e que se sucediam na liderança do IBOPE, chegava a dar "eco" pela cidade. A solidez da programação da Rádio Globo daquela época era baseada em nomes como Adelzon Alves, Paulo Giovanni, Edmo Zarife, Roberto Figueiredo, Valdir Vieira, Luciano Alves, Gilberto Lima, Luiz de França, Haroldo de Andrade, Waldir Amaral, Jorge Curi, João Saldanha, Mario Viana, Denis Menezes, Washington Rodrigues, José Carlos Araújo, Kleber Leite.

Em março de 2011 a Super Rádio Tupi conseguiu quebrar a liderança da Globo, às 6 horas da manhã, único horário em que a emissora da família Marinho ainda não havia sido derrotada. Nas pesquisas de audiência no Grande Rio nos meses de março a maio/2011, abril a junho/2011, junho a agosto/2011 o Show do Clóvis Monteiro, o Show da Manhã da Tupi superou o Show do Antônio Carlos da Rádio Globo.

Seis da Manhã: março a maio/2011 – Rádio Tupi 190.903/Rádio Globo 186.548 (ouvintes por minuto).

Seis da manhã: abril/201 1 a junho/201 1 – Rádio Tupi 188.931/Rádio Globo; 176.883 (ouvintes por minuto).

Seis da manhã: junho/2011 a agosto/2011 – Show do Clóvis Monteiro: 195.388 / Show do Antonio Carlos: 183.243 (ouvintes por minuto).

Os outros horários foram aos poucos sendo conquistados pela Rádio Tupi no horário mais nobre do rádio.

Na pesquisa de abril a junho/2012 além de alcançar a liderança entre 7 e 9 horas (até então, onde a Globo era imbatível), a Tupi nos sábados venceu de ponta a ponta, todos os horários!

Para alcançar a liderança histórica, o Show do Clóvis Monteiro teve a participação fundamental de profissionais como Afonso Soares, Chico Anysio, Áureo Ameno, Denis Menezes, Nena Martinez, Pascoal, Maurício Manfrini, Pedro Manso, André Gasparetti, Washington Rodrigues, Maurício Menezes, Jorge Nunes, Glória Britho, Garcia Duarte, Gilza Nunes, Jackeline Nascimento, Jorge Luiz Martins (Jorginho Uêpa), Salvador Aielo e Diogo Ramos.

Na direção artística que contratou, supervisionou, e corrigiu até a chegada dos números vitoriosos, nomes importantes como: Ricardo Henrique, Marcus Di Giácomo e Luizinho Campos.

A lição desta vitória:

A soma de Talento e da energia de todos facilita a busca do objetivo final. O aperfeiçoamento e a criatividade, somados à disciplina e ao entusiasmo, invariavelmente nos aproximam da vitória.

131

Corvinas, Frangos e Fraldas

Era uma querida colega, incapaz de criticar alguém. Mesmo que um colega cometesse um erro ou se enganasse não seria ela a corrigir, criticar ou comentar. Por isso mesmo todos ficaram sem jeito quando ela se confundiu na apresentação, ao vivo, de um comercial. O anúncio era de um supermercado e suas ofertas do dia. No texto estava bem claro: Peito, pá e acém, R$ 3,90 o quilo. Frango congelado da marca Rica, R$ 3,50 o quilo. Fraldas da Marca Puppy, pacote R$ 8,90. Nossa querida colega se distraiu e trocou "as bolas":

— Frango Puppy, R$3,50 o quilo.

— Fraldas congeladas Rica, R$ 8,90.

Fala sério! Fraldas congeladas! Enfim, errar é humano.

Conheci o Jozias de Castro quando ele trabalhava na Sendas, na época, a maior rede de supermercados do país, sob o comando dinâmico do seu Arthur Sendas. Responsável pela área de *Marketing*, Jozias sempre foi muito elogiado por ser proativo, trabalhador e muito criativo. Supermercado vive de ofertas e a guerra com a concorrência é diária.

Um belo dia, Jozias recebe uma ligação de um gerente de compras que garante ter feito um grande negócio:

— Alô, Jozias?

— Sim.

— Cara, comprei alguns caminhões de corvina a um preço imbatível. Podemos fazer uma baita promoção amanhã!

– A quanto você acha que podemos vender?

– O que? (Bem, também nesta época, a telefonia aprontava das suas...)

Pensando ter entendido a sugestão de preço para a promoção da corvina a preço de banana, Jozias imediatamente ligou para a agência de publicidade (Giovanni Comunicação) que produzia os anúncios do rádio e TV.

No dia seguinte ao chegar à Rádio Tupi, recebi o texto da Sendas com as ofertas do dia para gravar. Este tipo de anúncio é chamado de "testemunhal" por que o comunicador testemunha a favor do anunciante, empresta sua voz e seu prestígio junto ao ouvinte para vender o produto. Texto gravado. Texto no ar! Várias vezes o comercial das ofertas da Sendas ecoava em todos os rádios do Rio. De repente, veio a notícia de que havia confusão em algumas lojas Sendas. Jozias Castro foi chamado pelo dono da Rede, seu Arthur Sendas. Aconteceu o seguinte: a oferta anunciada no rádio era – Corvina a R$ 1,90. Só que o preço, sugerido pelo gerente de compras pelo telefone e mal compreendido pelo Jozias, foi R$ 3,90! Seu Arthur Sendas só não demitiu o Jozias por que apesar da confusão em algumas lojas, aquele dia o movimento foi tão grande que toda rede vendeu muito, compensando o *stress* e o aborrecimento. Esta historinha está registrada no Livro *A Magia do Marketing* do publicitário, palestrante e professor Jozias Castro.

132

A Criação mo Rádio: Bordões, *Slogans*, Personagens, Quadros...

Como nascem personagens que fazem sucesso no rádio? Muitos estudantes de Comunicação perguntam sobre o processo de criação. O rádio enquanto veículo de comunicação popular usa muito a imaginação do ouvinte a favor de suas criações. Personagens ganham vida a partir de características, vozes e bordões (aquelas expressões muito repetidas até cair na boca do povo).

Washington Rodrigues criou, entre dezenas de personagens, o "RobETão" – "O Robô ET anão"! Com a voz metalizada (efeito de computador) o robozinho inferniza o Show do Apolinho todo final de tarde. Seja assediando as repórteres ou pregando pegadinhas nos artistas ("Alo, Agnaldo Timóteo! Sabe quem tá falando?Aqui é o Mário. E no telefone, Agnaldo pergunta: – que Mário? E o Robetão – Aquele que te pegou atrás do armário! Ah, ah, ah...).

Apolinho também criou o "Seu Malaquias" o homem da mala que supostamente subornava para mudar resultados no futebol, Valéria a Mãe da Matéria, era uma personagem sensual que fazia *strip-tease* virtual no Show da Madrugada na Rádio Globo.

Os bordões mais populares do Washington, sem dúvida são:

– Mais feliz que pinto no lixo!

– Oh! Rapaaaz!!

– Essa é das Arábias!

– Briga de cachorro grande!

– Mais violento que Pit Bull com supositório de pimenta!

– É dar azia em caixa de bicarbonato!

– Sexta-feira é dia da perereca beber leite no canudo, de levar para o tatame, de amassar o capô...mas cuidado: capa no menino, capa no garoto, capa no bambino!

Entre os personagens de grande audiência no rádio do Rio, está o "Seu Manoel Tamancas" interpretado por Luizinho Campos que também é redator desta atração de humor do programa Francisco Barbosa. Seu Manoel Tamancas liga de Portugal diariamente comentando as notícias do Brasil, fazendo piadas com a "inteligência" dos brasileiros que ele considera "muuito engraçados"!

O *slogan* "a Tupi é o povo e o povo é a Tupi" que consagra o conceito de prestação de serviço e a linha de comunicação popular da Super Rádio Tupi do Rio de Janeiro também é criação de Luizinho Campos.

No Show do Clóvis Monteiro criei a personagem virtual Januária, a estagiária. Estudante de jornalismo, filha de pais da classe média alta, Januária tinha seu próprio carro, vivia em baladas e metida a periguete, transpirava mau humor e má vontade ao trabalhar, especialmente às segundas-feiras e não cansava de proclamar a sexta-feira como seu dia preferido!

Alguns quadros de maior sucesso do nosso "show" surgiram de situações de estúdio. Nos intervalos comerciais, costumávamos brincar com assuntos que no ar eram abordados de forma politicamente correta e quando o microfone fechava, a opinião "no popular" era completamente diferente. Pronto. Aí estava a ideia! Resolvi colocar no ar o – "Politicamente correto *versus* o Popular". Convidei o jornalista Maurício Menezes, famoso pelo seu bom humor e inteligência para escrever este quadro e dividir com o comentarista Jorge Nunes a interpretação.

"Ricos e Famosos – Pobres e Anônimos" foi outra criação do Show do Clóvis Monteiro que satirizava os programas de celebridades e as colunas sociais. Caiu no gosto do povo!

Quando cheguei na Rádio Tupi nos anos 1980, a Rádio ainda não era líder de audiência. Como não era a mais ouvida, comecei a chamá-la de – "Rádio Tupi, a mais querida!" pegou. Acredito que muita gente desconhece que fomos nós que criamos este *slogan*.

Clóvis Monteiro com seus irmãos Pedro, Elias, Ada e Eluza Monteiro.

133

Por Que Alguns Profissionais Conseguem Fazer Carreira e Outros Pulam de Emprego em Emprego?

Gestão de carreira. Essa é a resposta. Cuidar, planejar e buscar resultados pode fazer toda a diferença na busca de uma carreira profissional. Tomar as decisões que projetem mais longevidade para a carreira, fazer escolhas que não premiem apenas um momento de sua vida e sim uma sequência, uma continuidade no crescimento pessoal.

Quando cheguei ao Rio de Janeiro, conheci comunicadores que já eram famosos, tinham seus próprios programas. Passados 25 anos, muitos desses radialistas estão sem emprego, sem programa ou passaram por tantas emissoras que não conseguiram emplacar uma carreira.

A pessoa pode estar sempre empregada, mas nem por isso pode dizer que tem uma carreira. Muitos profissionais trocam a todo o momento de empresa em nome de uma vantagem momentânea, de uma oferta episódica ou até por vaidade. Construir uma carreira é mais do que estar empregado. É fazer as escolhas certas para ganhar mais espaço, agregar valor a seu trabalho e crescer pessoalmente e construir uma carreira profissionalmente. Para começar é preciso ter objetivo. Após fixar uma meta, vem o planejamento. Planejar é organizar uma maneira de atingir seu objetivo, alcançar seu sonho, realizar seu projeto.

Um dos diretores da Rádio Tupi, Marcus Di Giácomo era radialista no Rio Grande do Sul. Quando recebeu o convite para se mudar para o Rio, exercia o cargo de gerente comercial numa emissora, era comunicador numa outra rede importante (Rede Atlântida FM da RBS) e tinha o mercado de trabalho aberto para sua atuação. Quando aceitou o convite para tentar sua carreira na cidade grande, no centro do país tinha em mente uma carreira num dos maiores mercados do Brasil.

Chegou e foi produtor, ganhou a oportunidade de apresentar um programa nas noites de sábado. Aceitou o desafio e chegou a liderar o IBOPE do horário. Neste período, empresários europeus andavam pelo Rio buscando profissionais de rádio para trabalhar em Portugal. Muita gente largou tudo e foi para a Europa. Marcus, mesmo tentado pelo que poderia usufruir para sua esposa e filha, recebeu convite para ficar na Rádio Tupi. Pensando na carreira, ficou. Acabou promovido a coordenador de programação e mais tarde, gerente. Abriu mão da apresentação de seu programa e focou sua carreira de administrador.

Resultado: passados anos, Marcus Di Giácomo é um dos diretores da programação vitoriosa das Rádios Tupi AM e FM. Comandado por Ricardo Henrique, dirigido por Alfredo Raymundo e tendo na presidência dos Associados (RJ) jornalista Maurício Dinepi. Marcus Di Giácomo construiu uma carreira fazendo escolhas que o levaram até sua meta.

Após 70 anos disputando a liderança com as grandes emissoras como Mayrink Veiga, Continental, Nacional e Rádio Globo, a Super Rádio Tupi finalmente chegou ao primeiro lugar no grande Rio. Com programação sólida, com personalidade, jornalismo forte e transmissões esportivas batendo recordes de audiência (muitas vezes superando a soma de todas as emissoras que cobrem esporte), a Tupi foi a primeira radio popular a transmitir som e imagem pela internet e a primeira grande do Rio, a colocar sua programação nas duas frequências: AM e FM.

134

O Mercado de Trabalho na Comunicação

Os Estados Unidos tratam os profissionais da mídia como personalidades. No Museu de Cera, em Nova Iorque, apresentadores de TV, âncoras de Ttelejornais, comunicadores de rádio e colunistas de jornais estão lado a lado com presidentes, líderes religiosos, atletas e cantores. Oprah Winfrey e Howard Stern são dois ícones da cultura de massa na comunicação popular americana.

Oprah, de menina pobre, a mulher poderosa que ajudou a eleger o presidente Barack Obama. Hoje, dona da própria rede de TV a cabo, Oprah se consagrou apresentando seu Show na TV surpreendendo seu público a cada programa e trazendo para seu sofá e seu auditório astros e estrelas do cinema e poderosos empresários e líderes do mundo.

Howard Stern, de medíocre radialista que não parava em emissora nenhuma por muito tempo, achou com a ajuda de sua esposa, seu estilo de falar sempre a primeira coisa que vinha a sua cabeça e assim polêmico, descobriu seu filão na audiência do rádio. Stern após assustar anunciantes e diretores de suas emissoras, com piadas escatológicas e seu humor escrachado, achou seu espaço. E que espaço! Hoje é o principal comunicador dos Estados Unidos sendo ouvido de costa a costa. Conhecido pela alcunha de "Rei da Baixaria", Howard Stern lança seus personagens como candidatos a Presidência, irritando os candidatos oficiais. Contestado pelos órgãos reguladores da mídia americana, multado e punido com seu programa retirado do ar em vários estados, Stern apela, abusa, inventa, provoca. Tudo, declaradamente, em nome da audiência! Leva garotas de programa em seu estúdio e promove *strip-tease* e situações eróticas com transmissão pela internet. Liga para autoridades que sem saber que estão no ar, são ironizadas, ridicularizadas e ofendidas. Tudo em nome da audiência!

Oprah Winfrey já chegou a faturar mais de 50 milhões de dólares por ano. Howard Stern, dizem, tem salários que ultrapassam, anualmente, os 30 milhões.

No Brasil, que segue o estilo americano no rádio, televisão e no formato dos jornais, existem muitos caminhos na comunicação. Além da onda de rádios All News (notícias o dia inteiro) a duplicidade de transmissão (AM e FM), o rádio na busca de audiência e consequentemente de anunciantes e faturamento tem muito espaço para a criatividade. Vivemos na era da geração de conteúdo, matéria-prima dos *sites*, programações de rádio, menus de operadoras de telefonia, produções independentes de canais a cabo e TV de assinatura.

Jornalistas podem trilhar o caminho da reportagem, da apresentação de programas, na figura de Âncora e assinar *Blogs* e colunas de jornais. Comentários especializados de Economia, Esporte, Política e Tecnologia também são espaços nobres na comunicação contemporânea.

Nos veículos populares aumenta ainda mais as possibilidades de atuação para a comunicação. Criação de personagens de humor, colunas de fofocas (noticiário de celebridades) que se profissionalizou no mundo inteiro, apesar de muita gente saída da faculdade considerar menos nobre produzir e apresentar notícias sobre a vida de artistas. O show *Business* tem mercado aquecido no mundo da mídia: canais só de entretenimento, programas inteiros de perfis artísticos e a repercussão até das futilidades da fama.

No esporte nunca se viu tanta oportunidade de trabalho. No Brasil já existem vários canais especializados (ESPN, SporTv, Fox Sports) que acompanham uma infinidade de campeonatos, especialmente de futebol exigindo a contratação de várias equipes de narradores, apresentadores, comentaristas, repórteres, produtores, cinegrafistas, técnicos, operadores e motoristas.

A recomendação para quem decidiu cursar Jornalismo é que junto com a decisão comece a acompanhar rádio, TV e jornal com mais atenção, imaginando o que se poderia criar para ocupar um espaço neste ou naquele veículo. Importante é abandonar preconceitos e superar má vontade com gêneros de programação (popular, policial, esportiva, entretenimento) lembrando que tudo faz parte de um mesmo trabalho. Comunicar é alcançar o público. E não existe público melhor ou pior. E toda empresa de comunicação é uma organização que visa resultados, audiência, prestígio, poder ou faturamento. Todas precisam bater uma dessas metas.

Só tem poder quem tem audiência. Só tem faturamento quem alcança prestígio. Para ter prestígio ou audiência tem de se conquistar atenção, credibilidade e fidelidade. Todo microfone, coluna de jornal ou horário na TV (seja o mais discreto possível) deve ser usado com ética, bom-senso e responsabilidade. Não importa quantos ouvintes, leitores ou telespectadores acompanham você. Se forem tratados com respeito e dedicação, se multiplicarão e podem acabar "patrocinando", promovendo, alavancando sua carreira.

Nos dias de hoje já é possível fazer sucesso na Internet. Através de um *blog*, um *site* ou nas redes sociais você pode encantar e conquistar seguidores, leitores, ouvintes e assinantes. Pode ser com textos, vídeos ou até fotos. Você pode comandar um show diário no *facebook* ou *twitter*, orientando, informando, debatendo ou simplesmente repercutindo o dia a dia da sua cidade, do seu país ou do planeta com um público espalhado pelo mundo inteiro.

135

A Voz do Dono

Nas minhas experiências profissionais, constatei que muitas vezes gerentes e diretores podem parecer mais "Reais" do que os "Reis". Alguns gerentes pensando no que o dono da empresa, diretor-geral ou o presidente poderia querer, se adiantam em censurar, enquadrar, limitar e até aterrorizar seus funcionários.

Trabalhei na Rede Brasil Sul de Comunicações (RBS) um poderoso grupo de mídia que atua nos estados do sul (Rio Grande do Sul e Santa Catarina) comecei como comunicador da Rádio Atlântida FM, passei a atuar como repórter na RBS TV e cheguei a gerenciar uma das emissoras da Rede Atlântida. Como o grupo, na época, já era muito grande, eu recebia ordens e orientações de muita gente: diretores de RH, coordenadores de TI, Gerentes regionais de programação. Meu diretor regional agia como o presidente da empresa, com pose e atitudes como se fosse a Rainha da Inglaterra! Mentalidade medíocre, criatividade zero, disposição para o "novo" nenhuma. Tudo para ele, primeiramente, era analisado pelo lado negativo do que poderia acontecer. Era sempre melhor e mais cômodo não fazer, do que criar, planejar e realizar. A zona de conforto dele só não era maior que seu gosto por mordomia.

Quando a empresa foi inaugurar uma nova emissora (Itapema FM) numa cidade vizinha, mas dentro da nossa jurisdição fui orientado a transmitir com minha rádio o evento. Este diretor regional, soube que o fundador do grupo, presidente da RBS e inspirador do sucesso da organização Maurício Sirotsky (que começou seu império com a Rádio Gaúcha de Porto

Alegre) estaria presente na inauguração ele mandou abrir espaço na programação da Atlântida FM (emissora dirigida ao público jovem), tirar as músicas e transmitir na íntegra toda a solenidade e discursos da nova rádio. Achei um absurdo, porque contrariava toda a filosofia da nossa rede e prejudicaria nossa audiência. Acontece que viajei para a cidade vizinha no carro do presidente e dono do grupo e ao comentar sobre a orientação que recebi, ouvi simplesmente o seguinte:

– E Você, Clóvis acha correto interromper a programação da nossa Atlântida FM? Será que a meninada não vai ficar chateada de tirar a música e colocar um monte de discursos?

Bem, provocado, fui obrigar a dar minha opinião. Falei que poderíamos transmitir a inauguração da nova emissora com *flashes* de forma a valorizar o evento mas sem mutilar nossa programação musical. Mauricio Sirotsky não só concordou como mandou fazer exatamente assim!Assim foi feito.

Resultado: o diretor regional ficou uma semana de "cara virada" comigo e cada vez (todo dia no fim de tarde) que tinha que despachar assuntos da Atlântida FM, ele se apresentava com a expressão de "quem comeu e não gostou".

É importante tomar cuidado no dia a dia das empresas com ordens, regras e proibições que podem servir para disciplinar algumas situações, mas que acabam por "amarrar" a iniciativa dos profissionais e por limitar o crescimento e a produtividade, comprometendo os resultados.

Gerentes, coordenadores e encarregados têm de usar de bom-senso para não parecerem mais "Reais" do que o "Rei"!

136

Gente de Sucesso

Marcus di Giácomo – Radialista, foi sonoplasta, produtor, gerente comercial. Coordenador de programação, repórter de TV, e comunicador. Atualmente é diretor artístico na Super RádioTupi (AM e FM) do Rio de Janeiro e Nativa FM.

Clóvis Monteiro: Que avaliação você faz de suas escolhas ao longo de sua vida pessoal e profissional?

MDG: Penso que as escolhas possuem duas faces. A que você optou e a que você descartou. Obviamente desconheço as faces das escolhas descartadas. Não sei onde me levariam.Mas entendo que as escolhas optadas nas etapas de minha vida foram sempre favoráveis, sem nenhum arrependimento.

CM: O que você aprendeu com a vida, que gostaria de saber quando era jovem?

MDG: A família e os amigos têm mais importância do que achamos quando jovens. Com o tempo descobrimos que a família é a nossa estrutura e os amigos são familiares que a vida nos concede. Só depois de um tempo, entendemos que família e amigos se confundem e viram combustível na caminhada para a realização dos nossos sonhos.

CM: O que você gostaria que seus filhos soubessem?

MDG: Se você quer incentivar alguém ou mesmo pregar a moral, esqueça as palavras. Seus atos serão os grandes exemplos.

CM: Que mensagem, filosofia de vida ou pensamento gostaria de passar adiante?

MDG: O talento vem da alma. O Amor ao que se faz, vem do coração. Mas creio que só o talento e amor não são suficientes para alcançar o sucesso. Precisamos ter disciplina e essa vem da mente. Disciplina para sempre acreditar, se dedicar, não recuar, respeitar e trabalhar. Disciplina para equilibrar, obstinar e não desviar o foco. Enfim, ser disciplinado dá um enorme trabalho. Se relaxado, o resultado pode ser um talentoso que amava o que fazia, mas se complicou no caminho e fracassou.

Marcus Di Giácomo é diretor de programação das rádios Tupi AM/FM e Nativa FM, no Rio de Janeiro (com sua filhas Amanda e Maria Eduarda).

137

Palestras Motivacionais: Ensinando e Aprendendo a Conviver!

Como comunicador de rádio sempre fui chamado para falar com universitários, especialmente estudantes de Jornalismo, de olho no mercado de trabalho. Com o conteúdo do Show do Clóvis Monteiro, o "Show Positivo do Rádio" com histórias positivas, mensagens e pensamentos motivadores aumentaram e muito os convites para falar com comunidades religiosas, professores, pais e alunos nas escolas e principalmente o interesse das empresas em motivar suas equipes de vendas, unir departamentos e melhorar resultados. Foi por aí que comecei a fazer palestras.

Depois de 10 anos de experiências em situações diversas, formatamos a equipe da Palestra-Show – O Poder da Comunicação! Primeiramente com o psicólogo Luiz Ainbinder, depois com o especialista em treinamento e desenvolvimento pessoal Edinho Barbosa e com o gerador de conteúdo artístico, apresentador e profissional de *marketing* Luizinho Campos. O sucesso das apresentações nos fez perceber que as famílias, grupos sociais e empresas têm necessidade de motivação e, principalmente de aprender a conviver. A importância de saber falar e saber ouvir, valorizar a opinião dos outros, encantar e conquistar clientes, chefes, colegas, amigos e principalmente a família. Na Palestra-Show, Clóvis Monteiro (a exemplo do programa de rádio) conta histórias com valores familiares, mostra a importância de evitar conflitos e prega o uso das atitudes positivas no dia a dia promovendo a filosofia – pessoas melhores, mundo melhor!

Edinho Barbosa exercita o método Dale Carnegie – Como fazer amigos e influenciar pessoas – e realiza trabalho de *coach* nas empresas e Luizinho

Campos, apresenta um verdadeiro "*stand up*" da motivação, com situações de humor e momentos de emoção.

A palestra acabou virando um site e tem página no *facebook*:
www.opoderdacomunicacao.showdoclovismonteiro.com
Facebook.com/O Poder da Comunicação.

A Comunicação Positiva do comunicador e palestrante Clóvis Monteiro já foi apresentada em Empresas como:

⇒ CERJ (Ampla)

⇒ Embelleze (Cosméticos)

⇒ Fábrica de Bebidas Convenção (Grupo Schincariol)

⇒ Sendas Supermercados

⇒ Associação e Comercial da Barra

⇒ Casa Show (Material de Construção)

⇒ UFE (União Fabril Exportadora)

⇒ Rotary Club do Flamengo

⇒ Caixa Econômica (Representantes Lotéricos)

⇒ Casa do Biscoito (RJ)

⇒ Secretaria Municipal de São João de Meriti ABAD (Associação Brasileira de Distribuidores)

⇒ GPR (Grupo de Profissionais do Rádio) com a presença do ministro das Comunicações Miro Teixeira.

⇒ Curso Pré -Vestibular Progressão de Duque de Caxias

⇒ Rotary Club da Barra da Tijuca

⇒ CEFET (Nova Iguaçu)

⇒ Memorial Saúde

⇒ Triunfo Logística

⇒ Hospital Central do Exército

⇒ UniverCidade (Faculdade da Cidade)

⇒ CIEE (Centro Integração Empresa Escola)

⇒ Faculdade Pinheiro Guimarães

⇒ Hotel Sheraton (Barra)

⇒ Hospital Municipal da Piedade

⇒ Lions Clube Recreio (RJ)

⇒ Universidade Gama Filho.

As palestras do Motivador do Brasil, Clóvis Monteiro já foram apresentadas nas empresas:

⇒ ADERJ (Associação de Distribuidores do estado do Rio de Janeiro)

⇒ Faculdade Estácio

⇒ Unimed Federação Rio (Convenção Estadual de Vendas/Hotel Porto Belo)

⇒ Rede de Lojas Sonoshow Móveis

⇒ Nacional Caminhões Volkswagem

⇒ Universidade Veiga de Almeida

⇒ Fito Rio (Laboratório Herbarium)

⇒ Universidade Cândido Mendes

⇒ Convenção Nacional da Perfumaria Márcia (SP)

⇒ Faculdade CCAA

⇒ Associação de Médicos do RJ

⇒ SET-SENAT/Transturismo/Convidados: Gerdau e Vale Unimed (profissionais de Administração, RH e TI/Hotel Porto Real, Mangaratiba)

⇒ Curso de idiomas Wizard (Convenção 25 anos)

⇒ Seminário Ilha e Famílias contra Drogas (Quadra da União da Ilha do Governador)

Em 35 anos de carreira no Rádio, TV, internet, livros e palestras a Comunicação Positiva de Clóvis Monteiro, o Motivador do Brasil, já alcançou mais de 10 milhões de pessoas!

⇒ No Rádio: Super Rádio Tupi/Rio de Janeiro (FM 96,5) (AM 1280)

⇒ Na Internet: www.showdoclovismonteiro.com

⇒ Facebook.com/ Clóvis Monteiro

⇒ Facebook.com/ Show da Manhã

⇒ Facebook.com/ Show do Clóvis Monteiro

138

Gente de Sucesso (Edinho Barbosa)

É com muito prazer e com muita alegria que recebo este convite para escrever algumas passagens da minha vida. Espero agregar valor a este livro.

Grande decisão ou escolha...

Queria um carro em curto prazo.

Quando tinha 16 anos só pensava em ganhar dinheiro, queria acompanhar meus amigos que tinham carro ou moto, mas meu pai queria que eu estudasse, pois era o melhor caminho para o futuro. E também trabalhasse na farmácia da família. Mas eu sabia que desta forma não ganharia dinheiro suficiente para o carro ou sim, mas a longo prazo. Eis que surge uma brilhante ideia.

Trabalhar durante a semana na farmácia e a cada dois finais de semana viajar para o Paraguai buscar "muamba" para revender e, assim, alcançar meu carro mais facilmente. Aconteceu exatamente isso, em pouco tempo já tinha comprado não só meu carro como também uma moto... Neste ponto eu já imaginava algo maior, queria ser empresário.

Vendi tudo que tinha e com mais alguns empréstimos com papai, montei minha primeira "lojinha" de perfumes e cosméticos, que se chamava Armazém dos Cosméticos, e continuava viajando nos finais de semana para levantar mais dinheiro e abastecer a "lojinha". Por uma infelicidade do destino, algum tempo depois, a farmácia do meu pai sofreu um grande roubo, e tivemos que juntar as forças. Fechei a loja e voltei rapidamente para farmácia. Menos de dois anos depois deste roubo meu pai veio a falecer. Aí iniciava uma nova fase de vida.

Lição de vida:

Para sermos bem sucedidos, não importa se é com base nos estudos ou trabalho, o importante é saber aonde quer chegar e se esforçar muito.

⇒ Voltar aos Estudos.

Pouco tempo antes de meu pai falecer, ele me pediu para voltar a estudar, pois como ele dizia "se eu te deixar um prédio de 10 andares, ele pode cair, mas os estudos, nunca ninguém vai te tirar". Fiz a faculdade de Administração de Empresas. Entrei na Dale Carnegie (líder mundial em treinamentos) como participante e por ter puxado um lado carismático e comunicativo do meu pai, logo me tornei instrutor. E graças ao estudo, leitura e pesquisas pude me tornar palestrante.

Lição de vida:

Os estudos realmente abrem novas portas!

⇒ Gostaria de dizer que aquilo que é feito com capricho, dedicação e atenção, é bem-feito... Assim evitando um retrabalho ou um trabalho medíocre.

⇒ Quero que meus filhos saibam que com amor, carinho, gentileza e educação, as portas para o mundo são abertas com mais facilidade!

⇒ Edinho Barbosa. Marido da Silvia, pai da Alice e Rafael Administrador de empresas, empresário, palestrante motivacional, treinador de equipes de alto desempenho em vendas, comunicação e liderança.

Evolução Humana é conviver em harmonia com semelhantes que pensam diferente de você.

Edinho Barbosa

139

Palavras, Palavras...

Como se não houvesse mais nada importante para nos estressar, às vezes me pego irritado com certas palavras e expressões que viram moda, tendência e caem na boca do povo. Quer me ver mal humorado é só dizer: "Com certeza!" Pelo que me lembro, quem começou a massificar o uso da expressão foi a apresentadora de TV Leda Nagle. No telejornal Hoje, na TV Globo, ao encerrar o noticioso a jornalista se despedia dizendo: "Até amanhã... com certeza!" Pode parecer sintoma de má vontade, mas também não gosto quando dizem um beijo no seu coração". Acho o cúmulo da demagogia. Talvez só perca mesmo para: "Obrigado por você existir'." Ora, meu Deus a pessoa existe e pronto! Não fez nada para merecer agradecimento. No máximo não se matou!

E a pessoa que no meio da conversa, manda: Posso falar a verdade?" Putz! Quer dizer que até agora, ela não estava falando a verdade? Pior só mesmo – "Posso ser sincero?" O que esperam que a gente diga – "Não, sinceridade comigo não! Minta pra mim!". E a palavra "parceria"? Quando alguém tem uma ideia, um projeto e quer que você pague a conta, vem com a proposta: "Vamos fazer uma parceria?". E certas expressões começam a ser repetidas e vira uma epidemia. "Agregar valor", "Diferenciado", "enfim"! Quando a pessoa não acha a palavra certa ou se enrola no improviso apela para o "enfim". Já vi pessoas que mal começam a expor um raciocínio e metem o "enfim"! Mas espera ai, enfim o que? Ainda não explicou nada e pulou para o "enfim"? Outras expressões são só estranhas com estética sonora questionável (Ai!) "reparo semafórico", "permissionário", "peculato". Toda vida se falou risco de vida. De uma hora para outra começaram a falar "risco de morte"! Existem palavras que são usadas para os dois gêneros, masculino e feminino. Presidente, vidente, ausente, pianista, analista, suplente. Como Dilma Roussef disse gostar mais de Presidenta, pronto. Começaram a falar "Presidenta"! Errado não está. Mas incomoda!

Clóvis Monteiro recebendo a Medalha Tiradentes, a maior Comenda do estado do Rio de Janeiro e Título de Cidadão Carioca na Assembleia Legislativa.

140

E Se Não Existisse a Mentira?

Já pensou se não existisse a mentira? Simplesmente o mundo seria outro. Não, não é exagero. Se todos falassem a verdade, não seriam necessários documentos. Provas sociais, atestados, certidões, pra quê? Se todos fossem confiáveis, advogados não teriam lugar nesta sociedade. Bastaria a palavra para comprovar que determinada pessoa é dona daquele terreno, adquiriu aquele carro ou tem direito a tal herança. Não é incrível? Se não existisse a mentira, se a palavra de cada um bastasse e não fossem necessários documentos, imagine a economia de papéis! Quantas florestas seriam poupadas! O impacto dessa economia é inimaginável. Se não existisse a mentira, como seriam as "cantadas", os "xavecos"? Se as pessoas só falassem realmente o que sabem e acreditam, como seriam os pregadores religiosos? Quais seriam as promessas? E os anúncios publicitários? E os políticos... Pelo amor de Deus!

Cá entre nós: A mentira rende bilhões! Se a mentira acabasse de repente, quebraria o mundo. Juízes não precisariam existir, tabeliães, cartórios e tribunais perderiam sua utilidade e finalidade. Os casamentos não precisariam "papel passado". Declaração de renda seria desnecessária e alianças e anéis de compromisso perderiam o sentido.

A comunicação no dia a dia e até a institucional teriam um grande impacto se a mentira deixasse de existir. Pra não falar na fama e reputação daqueles homens que vivem contando vantagens e daquela menina meiga que jura de "pés juntos" que ainda é virgem.

141

A Cidade Perfeita e a Cidade Feliz

No fim de todas as estradas, atrás de todas as montanhas, no começo do oceano, onde nasciam todos os rios era lá que existia uma cidade diferente. Prédios em formas geométricas impressionantes, edifícios que desafiavam a física, ruas e avenidas que desenhavam caminhos perfeitos. E as pessoas? Ah! as pessoas também eram perfeitas. Homens que lembravam estátuas gregas e mulheres de rostos e corpos que poderiam inspirar deusas. Crianças de olhos azuis se misturavam em parques temáticos com brinquedos futuristas que hipnotizavam pelas suas formas, cores e sons. Apesar disso, porém, havia uma tristeza profunda no povo daquela sociedade. Ninguém sabia por quê.

Eles tinham beleza, prosperidade, educação... e eram tristes. Era justamente aí que existia um mistério.

Ao lado da Cidade Perfeita, existia uma outra cidade. Ninguém podia visitar, conhecer ou comentar sobre a cidade vizinha. Era impossível saber o que se passava além de muros gigantescos e portões monumentais que separavam as duas cidades.

Um dia, porém, um menino de cabelos encaracolados feito um anjinho e uma menina de olhos azuis como o céu e cabelos ruivos como chamas perfeitas de uma fogueira de São João, perceberam que estranha e misteriosamente o portão da Cidade vizinha estava levemente encostado. A curiosidade era muito grande. Eles sabiam, como todas as crianças que nasciam ali, que era proibido sair da Cidade Perfeita. A tentação venceu as crianças. Pé ante pé, cruzaram o portal da cidade misteriosa.

Seus olhinhos não podiam acreditar no que viam!

Pessoas numa grande praça, como se fosse uma feira livre, vendendo frutas, trocando mantimentos, comprando e vendendo toda espécie de mercadoria. Só que as pessoas eram diferentes. Algumas não tinham uma perna. Outras tinham defeitos em seus rostos. Crianças com muletas ou cadeiras de rodas. Mulheres sem visão ou portando corcundas. Jovens com dificuldade para falar ou usando a linguagem dos surdos. As crianças poderiam ficar chocadas e impactadas pelos defeitos físicos que desconheciam e que, pela primeira vez, testemunhavam ali.

Mas o que tirou o fôlego daquela menina de cabelos ruivos e do menino de cabelos de anjo foi outra coisa: alegria daquele povo! Adultos trocavam sorrisos, jovens confraternizavam ouvindo música e as crianças explodiam em risos e brincadeiras, como se vivessem no mais perfeito dos mundos! Era justamente a diferença entre eles que inspirou a tolerância e com a aceitação, a fraternidade, a união e amor.

Ao se aproximar dos moradores foram recebidos com entusiasmo e carinho, e foi assim que souberam que todos ali tinham nascido na Cidade Perfeita e por terem problemas físicos, estéticos ou motores foram escondidos e trancados atrás dos muros.

De repente, uma sirene é ouvida. Era o alarme da Cidade Perfeita. Descobriram que as crianças atravessaram os portões que separavam as duas cidades. Resgatados, o menino e a menina voltaram para suas famílias, para sua vida e para sua cidade triste.

Mas nada seria como antes. Eles cresceram, e com eles os boatos e lendas da cidade proibida. Do outro lado dos gigantescos muros, podia não existir uma Cidade Perfeita, mas havia uma Cidade Feliz!

142

A Motivação pelo Desafio

Final dos anos 1970 no interior do Rio Grande do Sul, no centro geográfico, do estado uma cidade de população jovem, estudantes e universitários que praticamente dobravam a população no ano letivo, enchiam as ruas e avenidas da Cidade Universitária. Onde existem jovens, existem sonhos!

Eu era mais um jovem, nos meus 17 anos, e costumava me reunir com amigos e colegas da Rádio Imembuí, onde trabalhava na época. Um desses amigos, Marquinhos, o Marcus Di Giácomo, apesar de ser sobrinho de uma acionista da emissora mais tradicional da região, entrou no mercado de trabalho aprendendo todas as atividades possíveis na mídia eletrônica. Marquinhos foi do departamento comercial, discoteca, operação de áudio, da produção de programas e até apresentador. Um dia, jantando num restaurante da moda, projetamos o futuro e nos fizemos um desafio: Em 20 anos onde estaríamos e que lugar teríamos conquistado no mercado da comunicação?

O tempo passou e com ele foram muitas as experiências, escolhas e aprendizado. Vinte anos se passaram. Quando escrevo este livro sou um comunicador da Rádio Tupi do Rio de Janeiro, meu show já conseguiu quebrar uma escrita e superar a maior concorrente (Rádio Globo) no horário que historicamente nunca a Tupi conseguira ser líder. Faço palestras motivacionais com bastante sucesso, tenho uma família maravilhosa e vivo com relativo conforto e sou muito feliz. Marquinhos é o diretor de Programação e meu chefe na Super Rádio Tupi (AM e FM). Muitas vezes criar um desafio pode ser uma ótima ferramenta de motivação!

143

Os Fiadores de Sonhos

Se você ouvir alguém afirmando que alcançou o sucesso graças a seus próprios esforços, que só ele venceu todos os desafios, coisa e tal... é mentira!

Sem ajuda, apoio, confiança e oportunidade ninguém chega a lugar nenhum. Muitas vezes é alguém que hospeda você, lhe recomenda para um emprego, um colega que elogia seu trabalho ou um chefe que oferece mais uma oportunidade. Na minha vida não faltaram oportunidades, chances de crescer, mas sem dúvida sou grato às pessoas que me apoiaram, aconselharam e confiaram. Tem gente que empresta dinheiro, assina como fiador de aluguel e/ou empresta seu testemunho a seu favor. Talento conta muito, dedicação e disciplina também. Mas sem encantar e conquistar as pessoas a ponto de receber delas a confiança que você precisa, ninguém vence na vida.

Muitas pessoas foram fundamentais na minha busca do sucesso e as minhas conquistas profissionais. Algumas nem sabem que foram importantes na realização dos meus sonhos, a maioria ajudou sem qualquer interesse, mas todos merecem meu muito obrigado. Roberto Cervo, diretor da primeira Rádio em que trabalhei, a Rádio São Roque de Faxinal do Soturno (RS), Antonio Abelin, Paulo Corrêa, Quintino Oliveira, Rubens Gineste, Vicente Paulo Bisogno, Carlinda Rosauro de Brum (a inesquecível tia Tita), Itaúba Siqueira de Souza (Rádio Imembuí de Santa Maria) Alcides e Claúdio Zappe (donos da Rádio Guarathan e mais tarde da Imembuí e Rádio Nativa FM). A primeira vez que busquei oportunidades no Rio, um jornalista e ator chamado Jair Alan, que já era famoso na minha cidade, praticamente patrocinou minha viagem. Sem esta primeira chance, talvez nada tivesse acontecido, porque foi aí que me apaixonei pelo Rio. Meu irmão José Pedro além de acreditar nos meus sonhos, emprestou dinheiro, apostou no meu sucesso e acabou bancando a minha escalada profissional.

Em Santa Catarina, Clélio Dal Piaz, Elvio Flores, Jocimar Moraes e a família de minha mulher Carmen, Sr. Étore e dona Dilva Augustini. Minhas cunhadas empreendedoras Juçara, Dirlei, Nilse e meus sobrinhos emprestados Hellen e Edinho Barbosa.

No Rio conheci o sr. Sílvio Lopes da Silva e dona Luiza, um casal do sul, que era conhecido da família da minha esposa. Seu Sílvio foi fiador do nosso primeiro apartamento, sem o qual não conseguiríamos nos estabelecer com um mínimo de tranquilidade para enfrentar as batalhas que viriam. Além de ser fiador (o que geralmente traz aborrecimentos e por isso ninguém aceita assinar como garantia em aluguéis e compras de bens) Seu Sílvio e dona Luiza nos emprestaram o convívio e a harmonia de sua família em seu confortável apartamento na Ilha do Governador. Na época, seu Sílvio era diretor da Sadia em Duque de Caxias e tinha muitos contatos importantes, o que nos garantia "por tabela" algum prestígio.

Ao citar essas pessoas, quero na verdade agradecer a todas elas que de uma maneira ou de outra foram vitais na minha caminhada.

O operador Salvador Aielo da Rádio Tupi, que ao gravar um teste para locutor comigo, nos anos 1980, chamou a direção-geral e teceu elogios que ajudaram na minha contratação. Áureo Ameno que me ouviu na Rádio Capital, no Rio Comprido e me recomendou à direção da Rádio Globo. Luiz Augusto Biase, que me contratou para um projeto vitorioso na FM 105 no Sistema Jornal do Brasil; Sérgio Américo, Elói de Carlo e Robson Alencar que me orientaram quando passei pela Rádio Mundial 860, Fernando Spalla que me recomendou para Alfredo Raymundo, diretor-geral da Rádio Tupi.

Obrigado à Arthur Sendas que acreditou na minha carreira de comunicador e apoiou de todas as maneiras, Luizinho Campos e Mauricio Menezes que me chamaram várias vezes para gravar campanhas de Marketing Político na sua produtora famosa Full Time. Álvaro da Camélia e sua família, Gilberto Cavedagne e seus pais seu Gilberto e dona Diana, Cristina e Flamariom Mello, dona Lucíola, Kátia Bronzo e Mário Belisário. Luiz Ricardo Escobar Souto e dra. Márcia da Mota Gomes Souto também são pessoas que praticamente, "asfaltaram" a estrada que percorri.

Sergio Loureiro que ajudou a produzir o primeiro programa que levou meu nome, Silvio Barbosa que sempre incentivou minha carreira; Péricles Leal que foi diretor da Tupi e me deu o primeiro contrato de minha vida, Collid Filho que me confiou seu programa tão tradicional nas suas férias. Como se vê, cada pessoa, em cada momento tem sua importância na vida da gente.

Carlos Marcondes, Alberto Curi, Aluísio Pimentel, Cidinha Campos, Samuel Corrêa e Juarez Getirana. Celamar Maione e Solimar Luz, Renata Campos, Jackeline Nascimento e Gilza Nunes foram na Rádio Tupi profissionais que tornaram mais fáceis meus dias. Na Rádio Globo, Mário Luiz e Guilherme de Souza, Francisco Barbosa, Edmo Zarife e José Carlos Araújo, Haroldo de Andrade e Antônio Carlos que me confiaram seus programas, em sua férias. Também no Sistema Globo de Rádio, a minha gratidão a Renan Miranda, Mário Esteves, Heleno Rotay e André Rodrigues da Rádio 98.

No meu retorno à Tupi, fui apoiado pelo Marcus Di Giácomo, primeiramente com o Mário Luiz, depois com Ricardo Henrique na programação. No mercado publicitário, recebi total apoio de Paulo Giovanni, Maurício Batista, Carlos Sessa, Gilmar Pacheco, Rafael Rianéli, Edson Perrota, Jozias Castro, Luciano Terrazi e Gilberto Cavedagne, Ricardo Cotta e Sérgio Cabral, Robson Vieira, Sávio Neves, deputado Dionísio Lins e vereadora Vera Lins que me concederam, respectivamente a maior Comenda do Estado do Rio de Janeiro: a Medalha Tiradentes e o Título de Cidadão Carioca e Vagner Assunção a Rede de Supermercados Mundial.

Muitos dos citados, talvez não percebessem no momento mas estavam oferecendo confiança em nosso trabalho, motivando para mais um passo. Como em todas as histórias existem figurantes e protagonistas. Cada um, a seu tempo, me fez figurante na sua história e protagonista de uma aventura emocionante.

Obrigado a todos, fiadores dos meus sonhos!

Com colegas da comunicação no lançamento da primeira edição do livro *Hora do Show*.

144

Como Criticar Sem Desmotivar

Um grande problema corporativo é a crítica de um diretor, gerente ou chefe de equipe a um subordinado. A crítica sempre visa corrigir, superar um vício operacional ou erros ocasionais dos funcionários, mas pode agravar a situação criando conflito e desmotivação.

Especialistas americanos pesquisaram e chegaram a conclusão de que quando o funcionário é criticado, invariavelmente é impactado negativamente ora preocupado em perder o emprego, neste caso entende a crítica como ameaça, ora fragilizado na sua autoestima, o que acaba por comprometer seu rendimento.

Mas existe uma maneira positiva de criticar? O estudo mostra que existe sim: É a chamada "Crítica Sanduíche"! Consiste em chamar o funcionário que errou, destacar um ponto positivo na performance profissional dele, e logo a seguir apontar o erro, fazer a crítica com clareza e antes de dispensá-lo de volta ao trabalho, tecer mais um elogio – de forma a motivá-lo para melhorar sua produtividade.

Crítica Sanduíche:

Um elogio, a crítica e mais um elogio!

Pronto. Um "puxão de orelhas" recheado de motivação.

145

Satisfação: A Motivação Sustentável

A expressão "sustentável" está na moda. Desenvolvimento sustentável, educação sustentável, economia sustentável Energia sustentável, por exemplo é aquela que não polui, não extermina recursos naturais e a partir da chamada tecnologia verde fornece energia através do sol, do vento e da força das águas: energia eólica, energia solar e usinas hidro-elétricas.

A educação sustentável é que oferece um conceito permanente de formação de caráter, de valores éticos e familiares pelo exemplo, seja de professores ou dos pais e responsáveis. A motivação sustentável pode ser entendida como aquela que é movida e gerada pela busca diária da satisfação! Se partir do ponto que para sermos minimamente felizes, temos de estar satisfeitos, na busca deste estado de espírito podemos sustentar nosso sentimento de motivação para, passo a passo, dia após dia buscarmos em cada atitude, em cada escolha alcançar nosso objetivo, realizar nossos sonhos.

Simples assim. Pergunte-se, todos os dias se o que você está fazendo está trazendo satisfação para sua vida. Pronto. A resposta vai mostrar o caminho. Se algo não nos traz satisfação, não nos fará felizes. Entendendo que podemos precisar trilhar alguns caminhos para alcançar a satisfação logo ali, não vamos radicalizar e dizer não para tudo o que a primeira vista não nos agrada. Mas perceber que determinada escolha nos dará a chance de, nos satisfazer e nos manter motivados para a próxima conquista.

146

Ana Rodrigues, o Jornalismo no Rádio

Vivemos a sensação de que cada dia é igual. Só que a cada dia o mundo muda um pouquinho e a gente também. Aprendemos a cada momento e crescemos. Aprender e ouvir para entender e ser melhor. Cresci com o dom da responsabilidade, desenvolvido por minha mãe. Responsabilidade e respeito. Só assim a gente vai melhorando, tentando fazer o possível para ajudar e compartilhar. Isso é positividade. Acreditar que tudo pode ser melhor. Quando narramos e reportamos os fatos do dia na Rádio Tupi é como se todos fôssemos companheiros. Buscamos informações, recebemos, traduzimos. Nós dividimos as mesmas preocupações, a mesma indignação, as mesmas emoções, as mesmas alegrias. Nós gostamos de comunicar e sabemos que podemos promover o bem comum. Todo mundo se ajuda. Nós do estúdio e cada ouvinte no seu computador, no seu *ipod*, no seu celular, no seu MP3, e principalmente no seu radinho. Como é bom estarmos juntos.

Ana Rodrigues
Coordenadora de Reportagem da Rádio Tupi

147

O Valor de uma Oportunidade

Minha paixão pelo rádio começou na infância. Ouvia muitos programas e depois, brincando, imitava todos os locutores. Cresci com o desejo de me tornar um grande radialista. Mas as coisas não são tão fáceis como imaginamos. Nos deparamos com diversos obstáculos que, muitas vezes, nos afastam de nossos objetivos. Com relação ao rádio, o maior desafio é o próprio mercado. Diferente de outras profissões, o radialista não tem muitas opções de grandes empresas. Por isso, encontramos pessoas talentosas que desistem de seus sonhos. O que seria de uma pessoa, dotada de talento e capacidade, sem a oportunidade? Na verdade, a oportunidade aparece, mas é preciso estar atento para percebê-la e ser determinado para enfrentar os desafios.

Uma passagem bíblica que resume bem essa questão é a que conta a história de Bartimeu, mais conhecido como o cego de Jericó. Sabendo que Jesus passava por seu caminho, ele ficou sentado à beira da estrada, clamando, em alta voz: "Jesus, filho de Davi, tem misericórdia de mim." Enquanto clamava, a multidão que acompanhava o Senhor, repreendia Bartimeu, para que se calasse, dizendo que Cristo não daria atenção a um mendigo cego. Mas a fé e a vontade de enxergar era tão grande que ele não se importava, e gritava ainda mais. Em dado momento, Jesus ouviu a voz do cego e o mandou chamar. Daquele encontro resultou a cura tão sonhada. O que Bartimeu não sabia é que aquela era a única oportunidade que ele tinha de receber a cura, pois até sua ida para a cruz, Jesus não mais passaria por Jericó.

Pensando nisso, não deixei escapar de minhas mãos a vaga de estagiário a mim oferecida, pelo jornalismo da Super Rádio Tupi, enquanto cursava a faculdade. Depois de passar por algumas rádios de pequeno porte, até mesmo comunitárias, enfim, estava em uma das principais rádios do Rio. O desafio agora era conseguir me destacar em meio a tantos gigantes da comunicação. Procurando oferecer o melhor de mim em cada entrada no ar, meu trabalho, aos poucos, foi aparecendo até conquistar participação fixa nos programas líderes de audiência nas manhãs cariocas. Recordo a emoção de participar pela primeira vez do Show da Manhã, do Clóvis Monteiro. Eu estava de plantão na ponte Rio-Niterói, quando o Clóvis me chamou e teceu tantos elogios que fiquei emocionado. Não dava para acreditar, estava dividindo um espaço no rádio, com um profissional que sempre admirei. Na certeza de que ainda "voarei alto", sei que o Show da Manhã é o meu ponto de partida para esse voo de sucesso.

Agradeço a Deus e a você, Clóvis Monteiro, pelo carinho, respeito e incentivo de sempre.

Cristiano Santos

Com Chico Pinheiro, da Rede Globo, recebendo o Prêmio da Ordem dos Jornalistas do Brasil.

148

A Magia do Rádio

O rádio é algo mágico. Suas ondas cruzam os céus e não são percebidas, até chegarem aos aparelhos espalhados por todo o país. Você ouve, mas não conhece quem está por trás do microfone. No entanto, esses mesmos estranhos se tornam amigos, familiares. E os comunicadores também se sentem assim: participantes, cúmplices, alimentados por essa confiança e amor. O rádio, além de ser um inestimável veículo de informação, prestação de serviços e lazer, também é um mago que alimenta a fantasia dos seus ouvintes, alegra, aproxima, acompanha, enfim, preenche os dias e noites de famílias inteiras e também de solitários que encontram ali, amigos incondicionais. O rádio é um veículo que participa e acompanha de perto e, o que é melhor, combinando emoção e profissionalismo, todos os acontecimentos do país; do bueiro entupido, ás eleições presidenciais; da Copa do Mundo, ao conflito na Comunidade. O rádio é assim, abrangente, sem fronteiras, mágico.

Agora, quero abrir um espaço e parabenizar o comunicador Clóvis Monteiro, por dividir a sua experiência, os seus "causos". Tenho certeza de que ele é um exemplo incontestável de competência e, sem nenhuma purpurina, me orgulho em trabalhar no Show da Manhã.

Glória Britho

149

Uma Mulher de Sucesso

Oprah Gail Winfrey nasceu em 1954, no Estado do Mississippi, Estados Unidos. Sua mãe, uma garota de 18 anos, engravidou, do militar Vernon Winfrey. Tão logo se recuperou do parto, sua mãe a abandonou na porta da casa do amante e sumiu.

Oprah foi criada com mãos de ferro pela avó paterna. Aos três anos era tão precoce que recitava versinhos na igreja e aprendeu a ler sozinha. Mas apesar de esperta e comunicativa, foi rejeitada por ser obesa e ter uma inteligência acima da média. Excluída, sem amigos, sem mãe e pai, e sem brinquedos, buscou conforto nos livros e nos estudos da Bíblia. Entediada com a mesmice do jardim da infância, Oprah escreveu uma carta pedindo a professora para pular aquela etapa porque "não se sentia a vontade com as colegas da sua idade".

Meses depois, a gordinha negra, de pés descalços, saltou da pré-escola À terceira série primária. Oprah só usou o primeiro sapato aos seis anos, quando foi morar com o pai. Mas, a severidade do pai militar e a volta repentina da mãe – que apareceu para buscá-la – assustaram a pequena Oprah, que fugiu de casa e foi morar com uma tia. Lá, com apenas nove anos, foi estuprada pelo primo, que passou a molestá-la a partir dali.

Aos 14 anos, grávida e sem rumo, aceitou morar com a mãe. Seu bebê morreu uma semana depois de nascer. Revoltada, passou a cometer pequenos furtos dentro de casa e foi mandada para um reformatório, de onde logo foi expulsa.

Sozinha, mas cheia de esperança, resolveu mudar o rumo de sua vida. Abraçou os estudos e ganhou uma bolsa num colégio particular frequentado por jovens brancos e ricos. Atacada pelo preconceito, respondia as chacotas usando seus conhecimentos.

Tornou-se popular pelas notas, simpatia e determinação.

Nessa época, venceu um concurso cujo prêmio era visitar uma rádio local. Lá, os diretores se encantaram com sua voz e deram uma chance a ela. Hoje, Oprah é uma espécie de diva da sociedade americana, tem sua própria Produtora a "Harpo" (Oprah ao contrário), chega a faturar 50 milhões de dólares por mês e seu programa "The Oprah Winfrey Show" é o mais assistido do mundo (distribuído em mais de cem países, incluindo o Brasil) há mais de duas décadas.

Oprah, inclusive, já foi indicada a um Oscar pelo filme *A Cor Púrpura*. O sucesso de seu programa é reflexo da sua maneira de tratar banalidades e temas polêmicos com a mesma emoção e envolvimento de quem bate um papo entre amigos.

Oprah costuma dizer que consegue se comunicar com tantas pessoas, porque é igual a todos e não faz segredo disso. Porque teve uma infância complicada, foi violentada, batalhou muito, se relacionou com homens que fizeram mal à ela, vive fazendo dieta e não tem vergonha de declarar tudo pessoalmente.

Segundo Oprah ela se tornou o que é porque foi obrigada a ler todos os dias e, por isso, se agarrou aos estudos.

Lição de vida:

Muitas vezes as dificuldades nos levam a buscar novos caminhos e nos dão a força necessária para encontrar a vitória.

150

A História de Vida de Steve Jobs – O Criador da *Apple* e dos Computadores *Macintosh*

Uma estudante solteira, engravidou e resolveu dar o filho para adoção. Um casal da classe trabalhadora conseguiu adotá-lo e, com muito sacrifício, 17 anos mais tarde, Steve foi para a faculdade. Só que a faculdade era tão cara que consumia todo o dinheiro dos pais adotivos.

Steve Jobs resolveu sair da universidade e decidiu fazer um curso de caligrafia para ganhar algum dinheiro fazendo cartazes, que eram usados na época. Ele também chegou a vender garrafas para se sustentar. Aos 20 anos, na garagem da casa dos pais, construiu seu primeiro computador. Em 10 anos a empresa Apple se transformou numa corporação de dois milhões de dólares e quatro mil empregados. Por ter crescido muito resolveram contratar alguém para dirigir a empresa.

Com o tempo, os administradores e Steve Jobs começaram a divergir sobre o futuro da empresa. E ele, o criador da empresa, acabou demitido. Aquilo foi devastador para sua autoestima. Steve Jobs se sentiu um perdedor e chegou a se mudar porque considerou aquilo um fracasso público.

Cinco anos depois, Steve Jobs criou uma outra empresa chamada Next e um estúdio chamado Pixar, que fez o primeiro desenho animado por computador, o "Toy Story", para a Disney.

Foi nesta época que Steve Jobs conheceu o amor da sua vida, Lorene, com quem se casou.

Algum tempo depois, a Apple comprou a Next e, então, Steve voltou para a empresa. Desenvolveu uma nova tecnologia e a Pixar é hoje, o estúdio de animação mais bem-sucedido do mundo.

Steve Jobs tem certeza de que nada disso teria acontecido se ele não tivesse sido demitido.

Quando tudo parecia perfeito, Steve descobriu que estava com câncer e que lhe restavam de três a seis semanas de vida. Ele chegou a passar um dia inteiro com aquele diagnóstico na cabeça, pensando como dizer tudo o que queria aos filhos. Um novo exame foi realizado e descobriram que, no caso de Steve, uma intervenção cirúrgica poderia ser tentada. Steve, então, foi operado e salvo.

A partir daí ele percebeu que todos temos um tempo limitado nesta vida. E, a cada novo dia, Steve se olhava no espelho e se perguntava: "Se hoje fosse meu último dia, eu gostaria de fazer o que farei hoje?" Se a resposta fosse "Não", por muitos dias seguidos, Steve sabia que precisava mudar alguma coisa.

Infelizmente o câncer venceu Steve Jobs, que deixou uma grande lição de superação para todo o mundo.

Lição de vida:

Diante da morte, quase tudo – orgulho, medo de passar vergonha, ou de falhar, expectativas externas – tudo isso cai diante do fim da vida. Não há razão para não seguir o coração. Valorize cada minuto de sua vida e faça sempre o que é mais importante!

151

Segurança ou Felicidade?

1976. Naquele ano, recém-casado e em vias da chegada de Leonardo, meu primeiro filho, decidi que o Jornalismo daria vez ao chefe de família. Não dava mais para trabalhar sem folga, inclusive aos sábados, domingos e feriados. Tinha que assumir meu papel de pai.

Assim, me inscrevi no concurso para a Assessoria de Imprensa da Petrobrás. Eu e mais centenas de jornalistas e estudantes de Jornalismo, que – talvez – tivessem a mesma ideia que eu.

Pensava e tentava me convencer de que era muito mais importante ter um emprego seguro e um salário compensador, do que viver o sonho de ser repórter esportivo do já extinto jornal Última Hora, redator da Rádio Globo e da Waldir Vieira Publicidade.

Dei o passo inicial. Fiz a minha inscrição. Não tinha como voltar atrás. A todo momento, dizia pra mim mesmo que deveria ser realista. O pai que brotava dentro de mim tinha que ser mais forte do que o jornalista que sempre quis ser.

E fui fazendo as provas. Fazendo e sendo aprovado. De repente, não havia mais nenhuma prova. Fui classificado em terceiro lugar e minha vaga seria na Reduc, em Duque de Caxias. No entanto, fui designado para a Refinaria de Araucária, no Paraná.

A indignação tomou conta de mim. Não aceitaria ir para outro Estado. Queria que meu filho nascesse aqui, no Rio de Janeiro, onde eu também nasci. Queria que fosse carioca. Que tivesse orgulho de ser carioca.

Que se danassem o salário atraente e os fins de semana e feriados livres. Poderia ser pai, um pai digno, mesmo sendo jornalista.

E, no primeiro dia de trabalho, depois de 8 meses de provas e exames médicos, me apresentei com uma novidade: pedi demissão. Isso mesmo, pedi demissão de um emprego que milhares dariam tudo para conseguir.

Lembro-me que, naquele momento, a notícia de que um jovem pedia demissão da Petrobrás no primeiro dia de trabalho correu todo o edifício-sede da empresa, na Avenida Chile. E um homem aparentando cerca de 50 anos, cujo nome não sei, foi ao meu encontro. Ele me cumprimentou e disse-me as seguintes palavras: "Você fez o que eu queria ter feito e não tive coragem. Com certeza, você não vai ganhar tanto quanto a Petrobrás lhe daria, mas também é absolutamente certo que não será um frustrado como eu!"

E, sem dizer mais nenhuma palavra, aquele homem de cabelos grisalhos e um olhar entristecido me abraçou, virou as costas e sumiu de minha visão e de minha vida. Nunca mais soube dele. Jamais tive a oportunidade de saber seu nome. Porém, suas palavras continuam vivas em minha mente.

Na verdade, não foi a designação de ir para o Paraná que me fez desistir da Petrobrás. Foi a minha vocação para o Jornalismo, para a Comunicação Social, de modo geral. Troquei a segurança de um emprego pela oportunidade de ser feliz na minha profissão.

Graças àquela decisão, pude realizar muitos de meus sonhos. Trabalhei com os principais comunicadores do Brasil, como Haroldo de Andrade, com quem viajei para cobrir duas Copas do Mundo (Estados Unidos, em 1994 e França, em 1998); Roberto Figueiredo; Waldir Vieira; Loureiro Neto; José Carlos Araújo; Cidinha Campos; Francisco Barbosa; Haroldo de Andrade Jr. e, por fim, Clóvis Monteiro.

Passei por jornais como Tribuna da Imprensa, Última Hora, O Jornal, Estado de Minas. Trabalhei em várias agências de publicidade. Durante 25 anos, estive na Rádio Globo. E, por fim, não poderia encerrar minha carreira sem antes participar da maior emissora popular do País: a Super-Rádio Tupi.

De tudo, ficou uma lição: dinheiro verdadeiramente não é tudo. É importante, porque ninguém vive sem ele, mas fundamental mesmo é ser feliz. E eu posso dizer, sem medo de errar: não me arrependo da decisão que tomei em 1976, ainda muito jovem. Porque decidi ser feliz.

Ricardo Alexandre Simão

Ricardo Alexandre na vitoriosa equipe do Show do Clóvis Monteiro na Rádio Tupi.

Bibliografia

No período que escrevi este livro, pesquisei, estudei, apresentei palestras e organizei temas para entrevistas, lendo o trabalho de muitos autores. A seguir alguns livros que me serviram de referência.

CARNEGIE, Dale (& Associates). *Liderança: como superar-se e desafiar outros a fazer o mesmo?* São Paulo: Companhia Editora Nacional, 2012.

JORDAN, Michael. *Nunca deixe de tentar* (Apresentação e comentários de Bernardinho). Rio de Janeiro: Sextante, 2009.

KOEGEL, Timothy J. *Como se tornar um comunicador fora de série.* Rio de Janeiro: Sextante, 2011.

PANTALON, Michael V. *Instant Influence.* São Paulo: Lua de Papel, 2012.

RATH, Tom; CLIFTON, Donald O. *Seu balde está cheio?* Rio de Janeiro: Sextante, 2005.

REZENDE, Bernardo Rocha de (Bernardinho). *Transformando suor em ouro.* Rio de Janeiro: Sextante, 2006.

Este livro foi impresso nas oficinas gráficas da Editora Vozes Ltda.,
Rua Frei Luís, 100 – Petrópolis, RJ.